HEYNE <

W0369522

PETER HUTH

BERLIN REQUIEM

ROMAN

WILHELM HEYNE VERLAG
MÜNCHEN

MIX
Papier aus verantwortungsvollen Quellen
FSC® C014496

Verlagsgruppe Random House FSC® N001967
Das für dieses Buch verwendete FSC®-zertifizierte
Papier *Holmen Book Cream* liefert
Holmen Paper, Hallstavik, Schweden.

Vollständige deutsche Erstausgabe 05/2014

Dieses Werk wurde vermittelt durch die
Michael Meller Literary Agency GmbH, München
Redaktion: Heiko Arntz
Printed in Germany
Umschlagillustration: Copyright Animagic GmbH, Bielefeld
unter Verwendung eines Motives von SOMATUSCANI
Satz: KompetenzCenter, Mönchengladbach
Druck und Bindung: GGP Media GmbH, Pößneck
ISBN: 978-3-453-67666-4

www.heyne.de

Für Helene

You kill what you fear
And you fear what
You don't understand

Genesis, »Duke's Travels«

PROLOG

Das Wasser war schwarz vor lauter Ölschlieren. Hier lebten keine Fische, das hatten sie schon vor Jahren festgestellt.

Der kleinere der beiden Jungen nahm einen Kiesel und warf ihn im flachen Winkel, doch der Stein versank sofort.

»War ja klar«, sagte der andere Junge und lachte. Er wandte sich ab und setzte sich auf einen alten Autoreifen.

»Blödmann«, sagte der Werfer, suchte eine Handvoll geeignete Steine und machte sich erneut an die Arbeit. Als es ihm schließlich gelang, einen gleich viermal springen zu lassen, zog er zufrieden Rotz in der Nase hoch und spuckte ins Wasser.

»Wir machen ein Spiel«, bestimmte der Junge auf dem Autoreifen. Er nahm seine Brille von der Nase, zog ein sauberes Taschentuch aus der Hosentasche und begann, das rechte Brillenglas zu putzen. Das linke war mit einem braunen Pflaster verklebt, um die Sehstärke im rechten Auge zu trainieren.

Das gibt sich, hatte der Augenarzt gesagt.

Einauge, schrien die Kinder auf dem Schulhof.

»Okay«, sagte der Steinewerfer. »Wie geht das Spiel?«

»Ich stelle dir Fragen. Es gibt immer zwei Antworten.«

»Wie ein Quiz?«

»Nein. Keine Antwort ist falsch, es ist ein Entscheidungsspiel.«

Der Kleinere setzte sich ebenfalls auf einen Autoreifen und sah den Jungen mit der Brille an. Der stellte seine erste Frage:

»Was willst du lieber: drei Tage nichts essen oder drei Tage nichts trinken?«

Der Kleinere nickte, er hatte das Spiel verstanden.

»Ach so. Okay, nicht essen oder trinken …«

»Genau.«

»Essen«, sagte der Steinewerfer. »Lieber nichts essen. Weil nach drei Tagen ohne Trinken bist du fast schon tot. Ich meine, viele Leute in Afrika essen wochenlang nichts, weil sie gar nichts haben.«

»Gut.«

»Und du?«

»Ich auch: lieber nichts essen.«

»Jetzt ich«, sagte der Kleinere. »Was willst du lieber: sitzen bleiben oder dass du dir das Bein brichst und humpelst?«

»Moment. Wie lange muss ich humpeln?«

»Für immer. Für dein ganzes Leben.«

»Trotzdem: lieber humpeln als sitzen bleiben. Auf gar keinen Fall will ich sitzen bleiben.«

»Echt? Lieber ein Krüppel als ein Jahr länger auf der Schule?«

»Damit hat das nichts zu tun.«

»Sondern?«

»Dann müsste ich dich ja auch noch jeden Tag in der Schule ertragen.«

Der Kleinere grinste und warf noch einen Stein ins Wasser. Doch der Brillenjunge lachte nicht mit. Vielleicht, weil er es ernst meinte, vielleicht auch, weil er sich eine neue Frage überlegte. Dann sagte er:

»Und: Willst du lieber verbrennen oder ertrinken?«

»Das ist schwer.«

»Sag jetzt.«

»Okay. Ich glaube, ich will lieber ertrinken. Verbrennen ist fürchterlich. Wenn du da stehst und die Flammen kommen … Erst an den Füßen, dann an den Beinen … Ertrinken geht schneller. Zwei Minuten … vorbei.«

»Falsch. Beim Verbrennen wirst du total schnell ohnmächtig. Vom Rauch. Du bekommst nichts mit.«

»Aha. Sagst du. Aber du hast doch keine Ahnung. Oder bist du mal verbrannt?«

»Habe ich gelesen.«

»Aha. Erschossen oder aufgehängt werden?«

»Hmmm«, machte der Junge mit der Brille.

»Auch nicht schlecht, oder?«

»Mal gucken. Wie denn erschossen? So eine Hinrichtung oder überraschend, wenn einer eine Bank überfällt und ausflippt.«

»Ist doch egal.«

»Ist überhaupt nicht egal. Wenn du zufällig erschossen wirst, geht das total schnell. Aber bei einer Hinrichtung weißt du ja schon die ganze Zeit vorher, was passiert. Das ist noch mal schlimmer.«

»Okay, ich hab's schon verstanden.« Der kleinere Junge wurde ungeduldig.

»Also: Hinrichtung.«

»Dann trotzdem erschießen. Denn wenn beim Erhängen das Genick nicht bricht, dann baumelst du eine halbe Stunde, und die Augen quellen dir aus dem Kopf, und meistens gucken da Leute zu. Und außerdem …«

»Ja?«

»Außerdem weiß ich zufällig, dass du dir in dem Moment, wenn du beim Aufhängen stirbst, in die Hose machst. Und kotzt.«

»Ekelhaft.«

Die Jungen lachten beide. Der kleinere dachte jetzt nicht

mehr an seine Steine und der andere nicht mehr an seine Brille.

Köpfen oder Vierteilen?

Vom Hochhaus fallen oder vom Laster überfahren werden?

Von einem Löwen zerfleischt oder vom Zug mitgeschleift werden?

Lepra oder Pest?

»Wer soll eher sterben? Du oder ich?«

Der Kleinere nickte langsam. Er überlegte eine Minute und streckte dann seine Hand aus, mit der Unterseite nach oben.

»Komm, lass uns nach Hause gehen. Es fängt an zu regnen.«

Wikipedia

Version: 14:05, 24. September

Tod Der Tod ist der endgültige Verlust der für ein *Lebewesen* typischen und wesentlichen Lebensfunktionen. Der Übergang vom *Leben* zum Tod wird *Sterben* genannt. Die genaue Grenze zwischen Leben und Tod ist schwer zu definieren. Je weiter man von der Grenzzone zwischen beidem entfernt ist, desto klarer scheint der Unterschied, je näher man an der Grenze ist, desto unschärfer wird sie: So können Lebewesen, bei denen bereits *Herzstillstand* eingetreten ist, durchaus erfolgreich wiederbelebt werden. Ebenfalls können einzelne Zellen und Gewebe während des sogenannten *intermediären Lebens* noch vielen Stunden nach eingetretenem Hirntod auf äußere Einflüsse reagieren.

Version: geändert am 23:11, 1. Oktober

Tod Bullshit.

1

In der Stadt, in der die Toten sich erheben, geht das Leben seinen Gang. Noch schläft Robert, unruhig, aber immerhin, er schläft. Das schwarze Bettlaken hat sich um seine Beine gewickelt, die Füße zucken in kurzen Abständen. Das blonde Haar verklebt, verfilzt von dem Schaum, der seine Strähnen tagsüber fast wie einen Helm nach hinten bändigt. Nachts eine Katastrophe. Ein Speichelfaden läuft aus seinem Mundwinkel, rinnt am Kinn mit den Bartstoppeln entlang und tropft auf das Kissen. Er sollte sich mal rasieren, wirklich. Kein schöner Anblick, der schlafende Robert. Aber immerhin, er schläft. Schon bald könnte das Luxus sein: durchschlafen. In einem Bett, in einer Wohnung, in einem Haus, in einer friedlichen Straße, mit Geschäften, Autos, Menschen.

Lebenden Menschen.

Roberts Kopf zuckt, er träumt. Wer schläft, verarbeitet die Wirklichkeit. Kein Wunder, dass Roberts Kopf zuckt.

Sarah ist schon eine ganze Weile wach. Erst hat sie Robert beim Schlafen zugesehen, zum ersten Mal seit vielen Jahren. Jetzt starrt sie aus dem Fenster über dem Bett. Der Mond steht gelb am Himmel, rot und weiß blitzen die Lichter an der Spitze des Fernsehturms. Der Himmel ist das Einzige, was sich nicht verändert hat.

Robert schnarcht leise – ein gedämpftes Rasseln, wie durch Watte. Aber bald wird er aufwachen, sich duschen und in den Sender fahren. Dort werden sie sich wieder treffen. Das wird unangenehm. Im Moment gibt es nur Fragen.

Der Fernseher läuft, ohne Ton. Die flackernden Bilder sind immer dieselben. Die Sender zeigen sie seit Tagen: drei Gestalten, taumelnd, wie betrunken oder im Halbschlaf. Dann zoomt die Kamera zurück, man erkennt, dass der Fotograf auf einer Art Aussichtsposten steht. Das Bild wackelt, ein Polizist legt seine Hand auf die Linse, es wird dunkel, der Ton läuft weiter. Jetzt hört Sarah ihn nicht. Aber sie hat den Film tausendmal gesehen, sie weiß, was der Polizist schreit:

»Was machen Sie hier? Sie haben keine ... Sie dürfen hier nicht ... Also, verlassen Sie umgehend das Sperrgebiet! Sofort!«

Sie zeigen den Film mehrmals hintereinander, auch in Zeitlupe. Er ist nur ein paar Sekunden lang, fantastisches Material. Ihr Sender hat es von Renner, einem freien Kameramann, gekauft. Weiß der Teufel, wie er auf den Turm gekommen ist. Aber er war oben, der einzige, der einen Blick auf die andere Seite werfen konnte. Die Kollegen erzählen, er hätte gekotzt, nachdem er sein Material abgeliefert hatte.

Renner war nach Hause gefahren, und Christian hatte ihm eine Flasche Whisky per Boten hinterhergeschickt. Seine Art, Danke zu sagen. Die Bilder sind Gold wert, erst vierundzwanzig Stunden exklusiv gesendet, dann verkauft, landesweit, weltweit. Sie zeigen es immer noch, nach drei Tagen, überall, als Beweis dafür, dass diese endlosen Expertenrunden, Ein-Stunden-Sondersendungen, Talkshows, Verlautbarungs-Pressekonferenzen und Außenreporter-Reportagen wirklich nötig sind. Als Beweis, dass es richtig ist, nicht das *Traumschiff* zu zeigen oder *Wer wird Millionär?* oder *Frauentausch* oder *Die Deutschen, Teil 2*.

Der Titel des Logos links oben ist auf fast allen Kanälen gleich.

Der Lazarus-Virus.

Der Sender, für den Sarah arbeitet, zeigt das Material in starker, grob aufgepixelter Vergrößerung. Die Augen, der Mund. Das Blut.

Robert schläft weiter. Sarah ist wach. Die Toten laufen. Die Stadt begreift erst langsam. Bäcker backen Brot, Lastwagen beliefern Supermärkte, es gibt natürlich noch immer Hummer, Schnittblumen und die neuesten Killerspiele für die Playstation 4. Der Müll wird abgeholt.

Die Fernsehbilder sind nah und doch weit weg. Angst schleicht sich langsam an, bevor sie zur Panik wird. Und es wird zur Panik kommen, aber so weit ist es noch nicht. Der Bürgermeister hält eine Rede, der Innensenator spricht. Es gibt einen Krisenstab. All das soll zeigen: Sie wissen, was sie tun. Und es gibt eine Erklärung, die beruhigen soll: Nicht jeder kann es bekommen!

Das Leben geht weiter. Die Zeitungen erscheinen. Sarah fischt nach dem iPhone und surft durch die Schlagzeilen von heute Morgen.

»Ihre Toten laufen!«

»Wie Experten sich den Lazarus-Virus erklären.«

»Meine Nacht an der Mauer zum Reich der Toten. Ein Berliner Polizist erzählt.«

Noch scheint alles beherrschbar, unter Kontrolle. Noch kann man analysieren und reden und sich einig sein, dass es bald eine Lösung geben wird. Vielleicht ist der Virus ja ein Zeichen, eine Strafe. Das denkt jedenfalls Sentheim. Wenn er in ihrem Studio sitzt, in weniger als fünf Stunden, wird sie ihn darauf ansprechen.

Sarah hat Angst. Vor dem Virus, aber auch vor den Theorien. Gefährlicher als die Krankheit sind die Menschen.

Robert schläft. Was macht sie hier? Warum ist sie nackt? Sie haben gevögelt, den kurzen Rest der Nacht, ohne Verstand. Genau das hätte nie mehr wieder passieren sollen. Das hatte sie sich geschworen, damals, in diesem Schleier aus Blut, in Warschau. Sie tastet nach ihrer rechten Wange, dahin, wo die Narben sind. Sie streicht ihre schwarzen Locken auf die Seite.

Sarah steht auf, sie wickelt sich ihr Laken um den Körper. Nackt will sie nicht sein, obwohl es niemand sieht. Ihr Fuß stößt Robert an, erst leicht, dann fest. Doch er schläft weiter. Sie beugt sich zu der Fernbedienung hinunter, greift sie mit der rechten Hand.

Sie drückt auf die Volume-Taste, die Stimmen der Nachrichtenleute werden lauter und lauter.

»... erreicht die Zahl der Infizierten nach ersten Schätzungen mittlerweile eine fünfstellige Höhe. Bis heute sind ausschließlich Fälle bekannt, in denen Mitbürger mit Migrationshintergrund betroffen sind. Während mit Hochdruck an einer wissenschaftlichen Erklärung dieses Phänomens gearbeitet wird, sind die Stadtteile Kreuzberg und Neukölln jenseits des Columbiadamms bis zur Spree und dem Oranienplatz bis nach Treptow weiterhin gesperrt und nicht mehr zugänglich.«

Sarah zappt.

»Die Sicherheitskräfte sind angewiesen, alle erdenklichen Mittel anzuwenden, um eine Ausweitung des Infekts zu stoppen, und haben vom Krisenstab des Innensenators die Erlaubnis erhalten, im Notfall von Schusswaffen Gebrauch zu machen. Nach dem Ablauf der Frist für die Evakuierung ist das Gebiet zwischen ...«

Sarah zappt.

»... werden seit einer Woche die provisorischen Sicherungsanlagen entlang der sogenannten Kontrollierten Zone durch massive Betonfertigteile verstärkt. Der Bereich innerhalb dieser Grenzanlage wird von fünfunddreißig Wachtürmen aus rund um die Uhr überwacht …«

Sarah zappt.

»… ein internationales Expertenteam arbeitet in der Charité an der Entschlüsselung des Virus …«

Sarah zappt.

»… haben die Sicherheitskräfte vom Krisenstab des Innensenators den Schießbefehl erhalten, wie ein Senatssprecher auf Nachfrage der Nachrichtenagentur dapd einräumte …«

Sarah zappt.

»… erklärte Regierungssprecher Teller ausdrücklich, dass es sich bei der Evakuierung des Regierungsviertels nur um eine Vorsichtsmaßnahme handele. Das operative Geschehen liegt nach wie vor bei den Behörden des Berliner Senats. Die Kanzlerin sagte gegenüber der Deutschen Presseagentur, dass die Vorfälle nach wie vor als regionales Phänomen und nicht als nationale Krise zu bewerten seien.«

Ab wann wird es wohl als nationale Krise bewertet werden? Wenn die Reporter nicht mehr darüber sprechen können, was sie sehen, sondern nur noch das nachplappern, was ihnen die Behörden erzählen? Wenn alle Fernsehstationen die gleichen Bilder senden, die Talkshows die gleichen Gäste haben, wenn da plötzlich Leute sind, die behaupten, sie hätten die Lösung? Eine ganz einfache Lösung?

Olaf Sentheim sagt, er wisse, was zu tun sei. Er hat sich nicht geändert, seit Robert ihn im Januar zu Fall brachte.

Sarah zündet sich eine von Roberts Zigaretten an, obwohl sie nicht raucht. Schaltet den Fernseher aus und sieht sich um. Eine gute Wohnung. Edel, aber nicht protzig. So eine, wie Robert sie immer haben wollte. Robert hat seine Träume wahr gemacht. Einen Moment überlegt sie, nach der Pistole aus Warschau zu suchen. Sie reibt sich die Narbe unter ihrem rechten Ohr. Sie zieht, wie immer. Scheiß Warschau! Scheiß Robert! Scheiß Christian!

Sarah tritt auf die Planken der Holzterrasse. Die Stadt liegt vor ihr.

Im Südwesten ein Schuss. Sarah zieht an der Zigarette. Erstaunlich, wie schnell man sich an das Geräusch von Schüssen gewöhnt. Etwas stirbt, und man hört weg.

Sie wirft die Zigarette über die Brüstung, klaubt ihre Sachen zusammen, streift sich das Kleid über und schlüpft in die Schuhe. Robert schläft immer noch. Sie sieht den roten Bart, den Speichelfaden, aber auch sein Lächeln. *Warum lächelt er?* Weil er glaubt, dass er unschuldig ist. Dass er alles richtig macht. Das hat er immer geglaubt, und damals hat sie ihm das auch abgenommen – und deswegen hat sie ihn geliebt. Damals.

Sie hätte den Job nicht annehmen sollen.

Zeit heilt keine Wunden. Zeit heilt gar nichts.

Sie geht zur Tür und tippt eine SMS, während sie die Treppe hinuntereilt.

Der nächste Schuss hallt über die Straße, als sie schon unten ist.

2

Die Schüsse, die Sarah hört, werden aus einem SG-550-Präzisionsgewehr abgefeuert, Schweizer Fabrikat. Mike Fegin stellt das Gewehr neben sich ab. Er spuckt auf den Boden. Der junge Polizist sieht sich zu Polizeihauptmeister Karsten Seiks um, Schichtführer des Berliner PSK, des Präzisionsschützenkommandos.

»Das war's. Gut gemacht, Junge«, sagt Seiks.

Fegin nickt, greift zum Feldstecher und betrachtet sein Opfer aus der Nähe. Die Leiche liegt genau auf der roten Linie, die exakt hundert Meter vor der Mauer auf den Boden gemalt ist.

Fegin holt ein Aufnahmegerät hervor. »Männlich, etwa fünfunddreißig Jahre alt. Schwarze Haare, Bartträger. Offensichtlich Migrationshintergrund …«

»Was auch sonst, Junge?«, unterbricht ihn Seiks.

Mit träger Beamtenstimme spricht Fegin weiter auf den Rekorder.

»Der erste Schuss wurde um 5:38 Uhr abgegeben , als sich das Subjekt langsam auf die Demarkationslinie innerhalb der Kontrollierten Zone zubewegte und auf mehrmalige Warnrufe nicht reagierte. Das Projektil traf gezielt das rechte Bein, trat wieder aus. Mobilität sollte final unterbunden werden. Das Subjekt bewegte sich dennoch kriechend weiter in Richtung der D-Linie. Der nach Rücksprache mit PHM Seiks abgegebene Schuss traf die Stirn im seitlichen Bereich. Durch den Austrittsdruck wurde der größte Teil des Schädels zerstört. Das Subjekt wurde somit in seiner Vorwärtsbewegung gestoppt und endgültig eliminiert.«

»Genau so, mein Junge.«

Seiks zieht sich die schwarze Sturmmaske, die zur Standardausrüstung des PSK gehört, vom Kopf und klopft Fegin auf die Schulter.

»Noch drei Stunden, dann haben wir es für heute geschafft.«

Die beiden Männer sind seit neun Stunden auf dem provisorischen Wachturm, schon den siebzehnten Tag in Folge. Jeder von ihnen beobachtet die Häuserflucht der Oranienstraße für genau sechzig Minuten durch das Zielfernrohr, dann wechseln sie sich ab, wie es Vorschrift ist. Die Person, die Fegin vor wenigen Minuten ausgeschaltet hat, wird unter der Ziffer 364 dokumentiert werden. Fünfundzwanzig davon hat Fegin getötet, achtzehn Seiks, alle von diesem Wachturm aus. Die übrigen Todesschüsse wurden von den anderen Schichten sowie an den Kontrollstationen Oberbaumbrücke, Mehringdamm Süd und von der Bahnlinie aus abgegeben. Insgesamt sind mehr als hundertfünfzig Beamte des PSK im Einsatz. Ihre Aufgabe ist es, zu verhindern, dass die Infizierten die rote Linie überqueren, sich der Mauer also auf weniger als hundert Meter nähern.

Fegin lehnt sich mit dem Rücken gegen die Brüstung und blickt auf den anderen Teil der Stadt, den Teil, »den es mit allen Mitteln zu verteidigen gilt«, wie es in der Dienstweisung Nr. 64/80907743/a heißt.

Wenn er nach Hause kommt, wird ihn Sabine fragen, wie die aktuelle Lage ist, so wie jeden Tag, wenn er müde am Küchentisch sitzt. Seine Hand wird sie nehmen und erzählen, was sie in den Nachrichten gesehen hat, was dieser und jener Experte gesagt hat. Die kleine Falte auf ihrer Stirn wird größer werden, das ist Sabines Sorgengesicht. Vor den Kindern kann sie es verstecken. Vor ihm nicht. Sie wird sagen: »Du musst es doch wissen.«

Er weiß, was er sieht: Die Toten laufen.

Zu Sabine sagt er jeden Abend: »Mach dir keine Sorgen, wir haben alles im Griff.«

Aber er hat Angst. So wie Seiks, so wie alle anderen auch. Letzte Woche ist ein Reporter auf einen der Türme geklettert und hat mit seiner verfluchten Kamera ein Video gedreht, das jetzt rund um die Uhr im Fernsehen zu sehen ist. Polizeihauptmeister Fegin denkt: Wenn ein Journalist einen der Türme stürmen kann, dann können es die Toten von der anderen Seite vielleicht auch.

Noch sind sie langsam. Leichte Beute.

Fegin wendet sich seinem Kollegen zu.

»Was, wenn sie schneller werden?«

Seiks liegt in vorbildlicher Körperspannung über der Brüstung, das Gewehr aufgesetzt auf den mit Granulat gefüllten Sandsack, das rechte Auge nur Millimeter vor dem Zielfernrohr. Der rote Laserpunkt liegt genau in der Mitte der Oranienburger Straße. Drei Autos, ein Opel und zwei BMW, stehen auf der Fahrbahn, die Türen offen. Die Leuchtreklamen der Dönerbuden und Restaurants flackern, wie immer, bei Tag und bei Nacht. In seinem Blickfeld taumeln insgesamt acht Personen ziellos umher. Zwei Frauen laufen aufeinander zu. Die beiden verfehlen sich um Zentimeter, vielleicht berühren sie sich auch, das kann man bei dem schwankenden Gang kaum erkennen, aber sie nehmen voneinander keine Notiz. Träge stolpern sie weiter, jede für sich.

»Diese Dinger? Warum sollten sie schneller werden?«

Fegin lacht. »Und vor vier Wochen? Wenn dir da einer gesagt hätte, dass die Toten überhaupt laufen können? Was hättest du da gesagt?«

Seiks zuckt mit den Schultern.

»Ich hätte ihn für verrückt erklärt, Kleiner.«

Um acht Uhr ist es fast taghell. Auf dem Oranienplatz hinter dem Turm nehmen die Bautrupps wieder ihre Arbeit auf. Die Mauer, die sie errichteten, besteht aus drei Meter hohen und einen Meter breiten Betonfertigteilen. Es musste schnell gehen vor zwei Wochen, noch klaffen gefährliche Lücken. Eine zweite Verteidigungslinie soll vor der ersten Mauer errichtet werden, dann werden die Türme genau dazwischen stehen, in einem neuen Todesstreifen.

Insgesamt gibt es entlang der Absperrung fünfunddreißig Wachtürme. Wo Gebäude den Übergang zur Kontrollierten Zone markieren, sind die Fenster meist noch provisorisch mit Holz verrammelt, doch die Maurer kommen gut voran. Spätestens Ende des Monats, so der Plan, ist die Zone komplett versiegelt. Das größte Problem ist der Bahndamm im Süden, wo eine Strecke von acht Kilometern abgeriegelt werden muss; am einfachsten ist es im Osten, wo die Spree eine natürliche Barriere bildet. Die Toten können nicht schwimmen. Zumindest haben sie es noch nicht versucht.

All das hat Fegin Sabine gestern Abend erzählt und sich dabei Mühe gegeben, optimistisch zu klingen. Mauern, Wachtürme, die Kontrollierte Zone, die Demarkationslinie ... Gute Worte, Polizeiworte. So ein Scheißdreck.

Dann war das Essen fertig gewesen, und sie hatten sich an den Tisch gesetzt. Es gab Knacker und Kartoffelsalat. Für die Kinder waren die hart gekochten Eier mit Tomatenhälften und Mayonnaisetupfern wie Fliegenpilze zurechtgemacht.

Sabine glaubt, dass so etwas hilft. Julie ist drei, Max acht.

Der Fernseher lief, Spongebob in seiner lustigen Unterwasserwelt. Spongebob verliebte sich in eine Hamsterfrau, die auf dem Meeresboden unter einer Käseglocke lebte. Als Spongebob sie besuchte, musste er sich entscheiden: Liebe oder Leben. Der kleine Kerl gab sich alle Mühe, doch er vertrocknete bei lebendigem Leib, wurde faltiger, fasriger, dünner. Rote Blutadernstriche in seine Augen. Spongebob kotzte. Spongebob musste dringend raus aus der Sauerstoff-Käseglocke. Er war jetzt nur noch ein staubig-gelbes Ding.

Julie fragte: »Geht Sponschbob tot?«

Max schaute nicht vom Fernseher auf.

»In der Schule hat Melvin gesagt, dass wir es nicht kriegen können. Das Schlimme.«

Ja, genau, dachte Fegin. So ist es, mein Sohn.

Sabine aber reagierte, wie Mütter reagieren.

»Max, wen meinst du denn mit *wir*?«

»Na, uns. Die, die es nicht kriegen. Die, die keine Türken sind oder Araber.«

Richtig wütend wurde Sabine. Als wenn Max »Scheiße« gesagt hätte oder »Neger«.

»Das weiß man alles noch gar nicht. Und es ist nicht richtig, ›Türken‹ zu sagen, Max.«

Was für ein Schwachsinn! Warum durfte man denn jetzt nicht mehr »Türken« sagen?

»Papa, aber es stimmt doch, dass wir es nicht kriegen können, oder?«

Er sah seinen Sohn an, den dünnen Jungen mit seinen Sommersprossen und dem blonden Scheitel. Ein Kind, das von seinem Vater hören wollte, dass alles gut sei.

Ist doch so, oder, Papa?

Julie heulte, sie wollte wissen, ob Spongebob stirbt.

»Nein, Max, wir kriegen es nicht. Nur die.«

Sabine stampfte aus dem Zimmer, jetzt auch wütend auf ihn, aber das war es ihm wert. Als er später ins Bett ging, waren ihre Augen geschlossen, aber er wusste, dass sie noch wach war. Und natürlich konnte auch er nicht einschlafen. So hatten sie noch lange nebeneinander gelegen und sich ohne Worte angelogen.

»Da kommen welche.« Seiks reißt Fegin aus seinen Gedanken. Er zeigt in Richtung Kottbusser Tor. Drei Männer – oder das, was von ihnen übrig geblieben ist – schleppen sich die Oranienstraße entlang. Schwarze Lederjacken, gebleichte Jeans, diese fetten Nikes, von denen ein Paar locker 200 Euro kostet. Einer von ihnen ist widerlich fett. Fegin kennt solche Typen, solche Gangs. In ihren tiefergelegten, lächerlich aufgemotzten BMW. Die fremde Musik, kreischend aus den Riesenboxen im Kofferraum. Diese Typen sind die schlimmsten, ganz und gar unerträglich. Fegin denkt: Die benehmen sich so, als ob die Stadt ihnen gehören würde. Genau wie die grinsenden Gemüsehändler, die kichernden Kopftuchmädchen – geschminkte Lippen, billige Stilettos – und deren Mütter – Kinderwagen schiebend und keifend –, zwei Meter hinter ihren Männern, die rauchen, den ganzen Tag, und sich dann in ihre Teestuben verziehen, an denen draußen ein Schild hängt, auf dem auf Türkisch steht, dass er, Fegin, hier nichts zu suchen habe.

Dieser Blick: *Was willst du, Alter?*

Komm doch her, Alter.

Fegin legt an. Sieht die Männer im Zielfernrohr ganz nah. Sehr nah. Fegin betätigt den Abzug.

Sein erstes Opfer torkelt.

Ein schneller zweiter Schuss hebt den nächsten von den Beinen.

»Um Himmels willen, Fegin! Was soll die Scheiße? Was machst du denn da?«

Schuss Nummer drei trifft den Fetten, ins Bein.

Er kriecht weiter. Sie kriechen immer weiter. Das ist, was ihn so verrückt macht.

Drei Kopfschüsse, schnell abgefeuert, machen der Sache ein Ende.

»Kannst du mir bitte erklären, was das soll? Sie einfach so über den Haufen zu schießen?«

Seiks' Stimme zittert. Aber Mike Fegin kennt seinen Partner lange genug, um zu wissen, dass da nicht nur Wut ist. Sondern etwas anderes: Erregung.

Fegins Stimme bleibt ruhig: »Sag mir einen Grund, warum ich warten sollte, bis die Arschlöcher bis zur Linie gerobbt sind. Einen einzigen, Seiks. Wenn du mich fragst: Je eher wir sie fertigmachen, desto besser.«

Weit hinten schälen sich weitere Silhouetten aus dem Schatten der Wohnhäuser. Auf der Straße ein leichter Nebel. Fegin lädt sein Gewehr nach, packt sich zwei Munitionstaschen und steht auf. Er geht zur Brüstung und sieht nach unten. Ein schneller Blick zu Seiks. Der nickt. Mike Fegin springt.

»Wie du meinst, Kleiner«, sagt Karsten Seiks und legt an.

3

Robert wirft die Jacke auf den Tisch und lässt sich in seinen abgeschabten Drehstuhl fallen, nestelt eine Zigarettenschachtel aus der Jeans. Er hält sie dem Techniker hin, einem Pferdeschwanzträger, den alle Zacko nennen. Zacko zeigt auf das Schild hinter ihm. »Rauchen verboten.«

»Ehrlich?«, fragt Robert und zündet sich eine Zigarette an.

»Nee. Natürlich nicht«, sagt Zacko und greift zu. »Ist doch jetzt eh scheißegal.«

Vor den Männern, raumbreit und raumhoch, eine Glaswand, dahinter das Studio. Die Kulisse ist die Skyline der Stadt, von Funkturm bis Fernsehturm. Mini-Lichter in den Papp-Fenstern. Sieht billig aus, denkt Robert. Das hätte ich Sarah ja gestern eigentlich auch mal sagen können. Drei Barhocker stehen in der Mitte, sonst ist das Studio leer. Nichts soll Zuschauer und Gäste ablenken, das ist Christians Konzept. Talk pur. Berlin hautnah. Aber diese blöden Lichter!

Ein Techniker im Holzfällerhemd und kurzen Cargohosen legt Ansteckmikrofone auf die Stühle. Zacko schiebt ein paar Regler auf dem Mischpult hoch und runter. Die Zigarettenasche fällt zwischen die Knöpfe, er bläst sie weg.

»Scheißegal«, sagt er.

»Jetzt sei doch nicht so weinerlich«, meint Robert und sucht nach einem Aschenbecher. »Noch ist kein Fall bekannt, bei dem ...«

»Ja, klar. Bei BSE waren's am Anfang auch nur die Chinesen.«

»Das war die Vogelgrippe, Zacko. Das verwechselst du.«

»Was auch immer ...«

Über dem Regietisch hängen ein Dutzend Bildschirme von der Decke. In der Mitte das Programm des eigenen Senders, links und rechts die Konkurrenz, der Videotext und auf einem weiteren Monitor die Homepage der größten Zeitung der Stadt. Immer noch läuft überall das Material von Renner.

»Ich möchte echt gern wissen, wie der raufgekommen ist«, sagt Robert. Sein fester Kameramann und bester Freund Ben Lieving ist kaum mehr ansprechbar, seit Renner den Film angeboten hat. Neid ist gar kein Ausdruck. Solche Jobs sind normalerweise Bens Ding. Oder richtiger: sind ihr gemeinsames Ding. Aber seit ein paar Wochen läuft es einfach nicht mehr.

»Ich denke, er hat einen von den Bullen bestochen oder so«, sagt Zacko.

Robert schüttelt ungeduldig den Kopf. Was weiß ein Techniker, wie so was geht?, denkt er. Was weiß denn ich über diese ganzen Knöpfe da auf seinem Mischpult? Tatsache ist: Renner hat die Bilder, diese fantastischen Bilder, und wir haben sie nicht.

Hinter der Glasscheibe tauchen jetzt immer mehr Leute auf, auch Sarah. Sie sieht gut aus. Nicht vertraut-gut, sondern profi-gut. Ausgeruht, lässig. Wie sie das wohl angestellt hat, nach der kurzen Nacht? Sie bemerkt ihn, hebt aber nur den Arm zu einem schnellen Gruß. Was auch sonst?

»*Wir sind Idioten. Komplette Idioten*«.

Diese SMS schickte sie ihm um 4:55 Uhr, wahrscheinlich aus seiner Wohnung, als er noch schlief. Roberts schlechtes Gewissen ist wieder da, natürlich, obwohl die Nacht sein Plan war, seit Christian ihn vor vier Monaten in sein Büro geholt hatte und Sarah dasaß und er mit offenem Mund vor den beiden stand und nichts sagen konnte. Vor Überraschung, vor Glück und vor Angst. Weil es wieder losgehen würde mit ihnen. Nicht ganz von Anfang an, dafür kannten sie sich zu lange, aber mit dem unvermeidlichen, ewig gleichen Ausgang: Sarah verzweifelt, Robert demaskiert als das Monstrum, das er schon immer gewesen ist.

»Die Ratten verlassen das sinkende Schiff«, sagt Zacko. Ja, natürlich, denkt Robert und fragt sich, ob der Techniker bekifft ist. Alle Techniker kiffen. Aber, mein Gott, es ist noch nicht mal elf Uhr morgens! Zacko nickt zum mittleren Bildschirm, auf dem n-tv läuft. »Breaking News« steht auf dem Nachrichtenband.

»Mach mal lauter«, sagt Robert, und Zacko tippt auf die Fernbedienung.

»... zweiundzwanzig Tage nach dem erstmaligen Auftreten der Erkrankung scheinen die Behörden nach wie vor keine Erklärung für oder eine Strategie gegen den sogenannten Lazarus-Virus zu haben. Der Krisenstab der Bundesregierung, die Kanzlerin und die wichtigsten Minister haben die Hauptstadt verlassen, um in Bonn über das weitere Vorgehen zu entscheiden ...«

Die Bilder: schwarze Limousinen vor dem Kanzleramt. Die Kanzlerin steigt ein, ein paar Minister. Alle in schwarzen Anzügen, nur Baron von Tendy wie immer in Zivil. Ernste Miene, superprofessionell und eine Spitzenfrisur. Er ist der Einzige, der den Reportern ins Mikro spricht:

»... sind wir in der ehemaligen Hauptstadt auf eine solche Situation bestens vorbereitet und durch die Nähe zu den europäischen Behörden in Brüssel vielleicht sogar an einem noch idealeren Ort, um zielgerichtet ...«

»Die Ratten verlassen das sinkende Schiff«, wiederholt Zacko, wohl aus Sorge, dass Robert den Gag beim ersten Mal nicht gehört hat. Er nickt und deutet ein Lächeln an. Wie alle anderen Journalisten war auch Robert auf Tendy hereingefallen, auf seine verbindliche Art, seine vornehme Herkunft, seinen unverhohlenen Drang nach Aufstieg, Führung und Verantwortung. Es hatte ihn ehrlich beeindruckt, wie offen der Politiker mit ihm über seine Ambitionen sprach. Erst als der Provinzfürst, mittlerweile Bundesminister, genau das nicht mehr tat, erkannte Robert, dass er nur einer der vielen Steigbügelhalter gewesen war, nutzlos ab dem Moment, als Tendy die nächste Stufe erklommen hatte. Es war zwar nicht das erste Mal gewesen, dass Robert von einem Politiker benutzt worden war, diesmal aber hatte es wehgetan, denn er hatte wirklich geglaubt, dass da so etwas wie Freundschaft im Spiel gewesen war.

Im vergangenen Jahr hatte ihn Tendy in seinen Brandenburger Wahlkreis eingeladen, auf das Landgut seiner Familie. Der Baron hatte Robert überredet, mit auf die Jagd zu gehen. Im Morgengrauen waren sie aufgebrochen, in einem Audi Q7. Die einzige Waffe, die Robert jemals in der Hand gehalten hatte, war die verfluchte Pistole in Warschau gewesen, jetzt drückte ihm Tendy eine Flinte in die Hand, mit in den Schaft geschnitztem Familienwappen. Auf einer Lichtung trafen sie einen Waldhüter, stiegen zu dritt auf den Hochsitz und warteten, bis eine Rotte Wildschweine herantrottete, angelockt von ausgelegten Ködern. Ihr Moschusgestank strömte über den ganzen Platz. Seit seiner Jugend hatte Robert so etwas nicht mehr gerochen, düster wie der Wald, geil wie ein schweres Parfüm. Der Abgeordnete ballerte als erster, eine Bache und zwei Frischlinge brachen blutend zusammen, dann schoss der Wildhüter und schließlich auch Robert, immer und immer wieder, er konnte nicht anders, obwohl er ständig an Sarah und Christian und Warschau denken musste. So aber hatten sie etwas besiegelt, der Politiker und der Journalist, mit dem Blut dieser armen Wildschweine, ein Männerding, für das sich Robert schämte und das ihn doch auch stolz machte. Anschließend reichte ihnen der Wildhüter Schnaps aus einem Flachmann in einer Lederhülle. Sie tranken mit gierigen Schlucken, es war noch nicht einmal sieben Uhr morgens.

Ob er mit der Kanzlerin wohl auch zum Jagen war?, fragte Robert Christian, als sie ein paar Monate später gemeinsam die Bilder von Tendys Ministereid in der *Tagesschau* sahen. Es sollte spöttisch klingen, tat es aber nicht, sondern enttäuscht, denn die Treffen mit dem Jagdkumpanen waren immer seltener geworden. Und als er vergangene Woche wegen eines Interviews anfragte, vertröstete ihn Tendys Vorzimmerdame auf Montag. Das Gespräch, das er hatte führen wollen, las er dann schon am Sonntag im Vorabdruck des *Spiegel* – dem Magazin, das mit der Frau des Politikers wegen ihrer Tätigkeit für eine dubiose Pharmafirma zwar hart ins Gericht gegangen war, aber eben überregional erscheint und nicht, wie Christians Sender, nur in Berlin zu sehen ist.

Robert drückt die Facebook-App auf seinem Telefon, die blaue Seite öffnet sich. Nicht, dass ihn der Müllmix aus Erlebnissen, Gedankenfetzen und Einladungen von Freundesfreunden sonderlich interessierte; er will nur jede weitere Unterhaltung mit Zacko verhindern, bis die Aufzeichnung beginnt.

Seine Mutter postet ein Foto von einem neuen Hotel, das ihrer Meinung nach den Strand verschandelt, Bands kündigen Konzerte an, ehemalige Kollegen schicken Links zu Artikeln, die sie bemerkenswert finden. Menschen, die er nicht kennt, wollen ihm virtuelle goldene Eier und Zauberpflanzen für Spiele schenken, die er nicht spielt, amerikanische

Hausfrauen schicken Fotos von Katzen, die aussehen wie Adolf Hitler. Roberts Finger schiebt die Meldungen weiter und weiter, dann ist da ein Foto, das von einer Facebook-Gruppe namens »Darwins Freunde« gepostet wurde: das bekannte Bild mit den drei wankenden Gestalten, dazu eine Überschrift in Schnörkelschrift: »*Was, wenn sie der nächste Schritt der Evolution sind?*« Das wiederum ist so krank, dass Robert für einen Moment überlegt, es Zacko zu zeigen, der würde sich sicher freuen.

Dann klopft es an der Glasscheibe, und Sarah steht vor ihm, ganz nah. Sie verdreht die Augen und macht eine Halsabschneidergeste. Aber es geht nicht um die Kanzlerin und Tendy auf dem Bildschirm. Es geht um ihren Studiogast.

Ganz großer Auftritt.

Olaf Sentheim, im billigen, blauen Anzug, an den Ärmeln schon glänzend, und doch fürstlicher, als es von Tendy je werden könnte. Die weißen Haare zerzaust, perfekter Albert-Einstein-Look und natürlich Sentheims Markenzeichen, die schwarze Klappe vor dem linken Auge. Die Magnum-Flasche Armand de Brignac, die der Chefredakteur des *Stern* für den Journalisten ausgelobt hatte, der ihm die Geschichte über Sentheims verlorenes Auge bringen würde, ist nach wie vor ungetrunken.

Aber es ist jedes Mal Sentheims Gang, stolz und doch leicht, federnd und bestimmt, der Robert imponiert. Diesen Gang hat man oder man hat ihn nicht. Solche Männer straucheln, aber sie fallen nicht, und wenn sie fallen, werden sie zur Legende. Vor weniger als einem Jahr hatte Robert ihm ein Bein gestellt. Jetzt aber ist Sentheim wieder obenauf.

Der Mann, der hinter Sentheim ins Studio kommt, hat eine Glatze, trägt einen weißen Kittel und eine rahmenlose Brille. Das ist also der »wissenschaftliche Experte«, den jede Talkshow braucht. Wahrscheinlich ein Genie, wenn es darum geht, innerhalb einer Woche vier Generationen von Meerschweinchen um die Ecke zu bringen und das Ganze als Triumph der Medizingeschichte zu verkaufen, aber in einem Fernsehstudio ein hilfloser Fall. Er klettert auf den Barhocker mit einer Konzentration, als wäre es der Mont Blanc.

»Siehst du das? Der gibt Sarah noch nicht einmal die Hand! Was ist denn das für ein Arschloch! Sentheim, du Wichser!«

Zacko zeigt dem Weißhaarigen durch das Glas den Finger. Das ist nicht sonderlich mutig, weil die Studiogäste jetzt nicht mehr sehen können, was im Regieraum passiert. Dann muss sich der Techniker auf seinen Job konzentrieren, denn der Vorspann der Sendung läuft bereits. Robert zündet sich eine zweite Zigarette an.

»... begrüßt Sarah Samir nun Professor Andreas Schadeck, den Chefvirologen der Charité, und den ehemaligen Justizsenator von Berlin, Olaf Sentheim, dessen Buch *Debatte Deutschland* seit einem halben Jahr die Agenda sowohl im Bundestag als auch an den Stammtischen bestimmt. Herzlich willkommen bei *Streitzeit Mitte*.«

Das Telefon klingelt. Zacko sagt: »Scheiße«, und hebt ab. Dann wirft er Robert den Hörer zu. »Ist für dich. Führerhauptquartier.«

»Mist.«

Der Techniker zuckt mit den Schultern.

Die Stimme im Hörer gehört Emma. Christians Sekretärin. Sie säuselt: »Robert, er will dich sehen.«

Robert fragt: »Hat das nicht Zeit?«

Emma antwortet: »Ich glaube eher nicht. Nein. Er hat gesagt, sofort.«

Robert wirft den Hörer neben den Apparat und macht eine

abfällige Geste. Zacko schaut nicht hin, er ist mit der Sendung beschäftigt. Durch das Glas sieht Robert Sentheim, der lächelt, Sarah zieht die Augenbrauen hoch. Das kann ja was werden, denkt Robert und stemmt sich aus dem Sessel.

4

Herzlich willkommen dort, wo es nicht weiter nach oben geht, Robert.«

»Danke, Emma, du siehst wie üblich ganz zauberhaft aus.«

Die beiden Sekretärinnen sitzen an einem Doppelschreibtisch, hinter ihnen geht der Blick über den Norden der Stadt. Spektakulär. Und beruhigend in diesen Tagen, denn der düstere Teil Berlins liegt auf der anderen Seite. Die Espressomaschine zischt. Emmas Kollegin, eine Neue, ganz süß, mit Zöpfchen, bringt ihm die kleine Tasse. Sie legt einen Keks dazu, er wirft ihn sofort in den Papierkorb. Robert stellt die Tasse auf ihren Schreibtisch, holt seine Zigaretten heraus, das Zöpfchen protestiert. Er steckt die Packung wieder weg. Man muss ja nicht immer streiten.

»Und? Er wollte mich sehen. Hier bin ich.«

»Einen Moment. Christian telefoniert noch.« Emma zeigt auf ein rotes, blinkendes Licht auf ihrem Telefon.

»Ja«, sagt Robert. »Ja, klar. Natürlich.«

Er lässt sich auf eine schwarze Ledercouch fallen und starrt auf den Bildschirm, auf dem die Talkshow aus dem Studio übertragen wird. Der Ton ist abgeschaltet. Man sieht Sarah, kontrolliert, abgeklärt, den Wissenschaftler, Schadeck, eingeschüchtert und aufgeregt. Er schwitzt unter den Scheinwerfern im Studio. Die perfekte Wissenschaftler-Besetzung. Sentheim dagegen nimmt Sarahs Ruhe wohl als Kampfansage, er will die Auseinandersetzung, das sagt sein Blick, die Art, wie er sich durch die weißen Haare fährt.

Emma sagt: »Der Sentheim ist ja nicht mein Typ. Also so als, äh, Mann.« Sie steckt sich einen Bleistift hinter das Ohr, das soll wohl neckisch wirken. »Aber meine Mutter, die würde ihn sofort zum Kanzler wählen. Und am besten zum Bundespräsidenten gleich dazu.«

Robert meint: »Fantastische Idee, Emma. Ich nehme an, du sprichst von der Mutter, die gesagt hat, sie wolle sich das Leben nehmen, als die Flippers ihre Abschiedstournee ankündigten?«

Das Zöpfchen mischt sich ein: »Dass Sie nichts von ihm halten, das wundert mich nicht. Sie und Ihre Freundin. Aber Sentheim hat schließlich stets darauf hingewiesen, in welcher Gefahr wir uns …«

Stets. Sie sagt tatsächlich: *stets.*

Was Robert wirklich ärgert: Hier kann niemand die Schnauze halten. Wer hat gequatscht? Ben? Eher nicht. Zacko? Könnte sein. Wer war noch dabei, gestern Abend, in der Lindbergh-Bar? Ein paar von den Redakteuren, zwei Praktikantinnen, Jörn Wilder aus der Rechtsabteilung. Und keine zwölf Stunden später weiß eine Frau über seine letzte Nacht Bescheid, die er noch nie zuvor gesehen hat. Es ist *stets* das Gleiche in solchen Läden.

Die Mädchen plappern weiter, Robert vertreibt sich die Zeit mit seinem Lieblingsgedanken: sofortige Kündigung.

Tut mir leid, Christian, aber das war's für mich.

Was, wieso, warum denn?

Einfach so, und jetzt leck mich am Arsch.

Er würde ihm den Hausausweis hinwerfen und die Schlüssel für den Dienstwagen. Dann einfach rausmarschieren. Draußen, vor dem Haus, wäre er schon ein freier Mann. Mit dem Taxi zum Flughafen, in drei Stunden könnte er auf der Insel sein.

Hallo Mutti, ich zieh jetzt bei dir ein, für 'ne Weile. Nee, ich bin jetzt arbeitslos. Hartz IV – auch nicht so schlecht.

Vielleicht würde er ja Sarah mitnehmen, mit ihr über den Deich spazieren, dann barfuß am Strand, gebackene Muscheln an der Bude oder mit dem Kescher auf Krabbenjagd gehen. Abends mit ihr ins Nordeck, trinken, reden, das Wachs aus den Kerzen pulen. Später vögeln. Vielleicht. Müsste aber gar nicht sein.

»Guten Morgen, Robert!«

Christian steht in der Tür.

»Komm, komm!«

Er winkt Robert hinein.

Immer, wenn er in das Büro kommt, fühlt er sich unwohl. Unfrisiert, ungeduscht, in Schmutzklamotten. Christians Büro ist ein Hort der absoluten Reinlichkeit, man könnte auf dem Schreibtisch eine neurochirurgische Operation durchführen. Auch weil er, bis auf ein silberfarbenes MacBook Air und eine schwarze Stahllampe, komplett leer ist. Robert setzt sich nicht auf den Besucherstuhl vor dem Tisch, sondern auf das Sofa im vorderen Teil des Raums. Christian – wie üblich im schwarzen Anzug, weißen Hemd, Einstecktuch statt Krawatte – geht ein paar Schritte, steht jetzt vor der Regalwand, in der Hunderte Exemplare eines einzigen Buches säuberlich nebeneinanderstehen: *Einsamkeit*. Der Autor: Christian von Posen. Nur in der Mitte ist ein rechteckiger Regalplatz frei. Dort steht ein Monitor, in dem tonlos die Übertragung von Sarahs Talkshow läuft.

»Entschuldige, dass ich dich da weggeholt habe. Du kannst dir ja später ein Band ansehen.«

Christian lächelt, unsicher.

»Oder Sarah kann es dir erzählen.«

Robert zuckt mit den Schultern.

»Ich war davon ausgegangen, dass *du* es dir auch gerne ansehen würdest.«

»Ach! Was wird er schon sagen? Immer und immer wieder hat er gewarnt, und sie haben nicht auf ihn gehört, und jetzt sieht man, was man davon hat ...«

Christian geht einen Schritt in Richtung Fenster, dann dreht er sich um und zeigt auf ein Bild, das Robert noch nicht kennt. Es passt nicht in den Raum – es ist bunt. Rot, blau, grün, gelb. Viermal Christian im Andy-Warhol-Stil.

Christian lässt es wirken. Dann sagt er: »Ich sehe fett aus, findest du nicht? Richtig fett.«

»Doch«, sagt Robert und mustert seinen Freund. »Ich würde sagen, in Wirklichkeit acht Kilo weniger.«

»Achteinhalb, um genau zu sein, heute Morgen gewogen. Ich hab's jetzt raus. Das ganze Geheimnis ist: kein Brot. Also, kein Mehl. Mehl ist das Leichentuch Europas. Zwei Wochen, und du bist ein neuer Mensch. Solltest du auch mal probieren.«

»Mach ich, Christian. Versprochen. Aber deswegen bin ich nicht hier, oder?«

»Nein. Das Bild da, weißt du, was das ist?«

Ohne Roberts Antwort abzuwarten, spricht er weiter.

»Das ist das offizielle Geschenk zu meiner Auszeichnung als Medienmann des Jahres. Große Sache. Empfang in Hamburg, Elbphilharmonie. Wäre wirklich gerne hingefahren ...«

»Aber ..?«

»... aber man hat mir ziemlich deutlich klargemacht, dass man Verständnis dafür hätte, wenn ich aus beruflichen Gründen nicht kommen könnte. Wegen der Krise, wie sie das nennen. Verstehst du?« Christian schüttelt den Kopf. »Unglaublich! Haben die Angst, dass ich sie anstecke? Diesen Virus in ihre ach so saubere Pfeffersack-Stadt schleppe? Ich?«

Robert lacht. Christian hat noch nie einen Menschen angesteckt, weil er noch nie krank war. Keinen Tag. Keine Stunde. Ein medizinisches Wunder, keine Frage. Ein Wunder, vor allem, weil Christian früher, bevor er vom Geld seines Vaters den maroden Sender kaufte, mehr Chemie konsumierte, als sämtliche Versuchskaninchen in den Laboren von Bayer.

Ein Wunder. Oder die Erklärung.

»Da haben sie mir diese Scheußlichkeit eben per DHL geschickt, mit einem sehr freundlichen Schreiben und der Laudatio von Serkan Töbgül auf Büttenpapier.«

Christian geht zum Schreibtisch, zieht einen Umschlag aus einer flachen Schublade und reicht ihn Robert, der das Schreiben herausnimmt und überfliegt.

»... ist es uns eine Ehre, Herrn Christian von Posen und seine Redaktion in diesem Jahr für ihr kritisches Engagement auszuzeichnen ...«

»... in einer Zeit, in der immer weniger Journalisten ihre in der Verfassung verankerte Aufgabe der Kontrolle des politischen Systems, als vierte Gewalt im Staate ...«

»... hat die Redaktion unter der Leitung von Christian von Posen bewiesen, dass es auch jenseits einer Mainstream-Agenda ...«

»... nicht zuletzt die Recherche von Robert Truhs über die persönliche Vorteilnahme des Justizsenators Olaf Sentheim im Zusammenhang mit der Privatisierung des Großklinikums ...«

»... selten geworden, dass die energische Berichterstattung eines Mediums zu so weitreichenden Konsequenzen führt, wie wir es Anfang des Jahres in der Sentheim-Affäre erlebt haben ...«

Robert lässt die Laudatio mit einer betont lässigen Bewegung auf den Tisch gleiten. Er sagt: »Immerhin. Das ist der einzige Medienpreis, den ich kenne, den man nicht kaufen kann.«

Christian tritt an ihn heran und legt ihm die Hände auf die Schultern. Er beginnt, leicht zu kneten. Robert spürt neun Finger an seinem Rücken. Am deutlichsten aber spürt er den Finger, der fehlt. Den, der in Warschau geblieben ist.

»Komm schon. Du bist stolz. Das ist in Ordnung. Aber das ist doch auch dein Triumph.«

Robert löst sich aus Christians Umklammerung. Er hasst es, wenn Christian das tut. Er weiß, dass Christian es tut, weil er es hasst.

»Ich? *Du* hast den Preis bekommen. *Du* bist der Medienmann des Jahres. *Ich* bin nur der Reporter, der die Sache herausgefunden hat. *Du* bist der, der die Eier hatte, sie zu senden. Meinen Namen haben sie schon vergessen.«

»Ach was. Sei nicht so kindisch. Du hast ihn abgeschossen, sein Geweih hängt über deinem Schreibtisch.«

Robert lacht kurz und nickt zum Monitor, wo Sentheim ausnahmsweise schweigt.

»Hör zu, Robert. Du und ich, wir hatten unseren Spaß. Es war schön, aber es ist vorbei. Und deshalb ...«

Christian nimmt die Laudatio vom Tisch, zerreißt sie einmal, zweimal, dreimal, wirft die Schnipsel in den Papierkorb und klopft sich mit einer übertriebenen Geste die Hände ab.

»... und deshalb sollten wir jetzt über einen, ich will es mal so formulieren, Neuanfang nachdenken, was unsere Beziehung zum ehemaligen Justizsenator angeht ... Hast du damit ein Problem?«

Robert antwortet nicht sofort. Sentheims *Debatte Deutschland* ist ein trotziges, wütendes Pamphlet eines notorischen Besserwissers. Ein Freund, der in dem Verlag arbeitet, hatte Robert die Fahnen vorab zugeschickt, und schon beim ersten Überfliegen wusste Robert, dass das Buch ein Erfolg werden würde. Der Mann, dessen Karriere er zerstörte, hatte einen für alle Unzufriedenen unwiderstehlichen Cocktail zusammengebraut. Es geht um zu hohe Sozialausgaben, ungerechte Manager-Boni, schlecht funktionierende Winterdienste, Kinderpornografie im Internet, den schädlichen Einfluss von Heavy Metal und sinkende Geburtenraten. Die perfekte Angstbibel – mit einem absurden Forderungskatalog: Sentheim schlägt vor, Banken zu verstaatlichen, einen Zwangsarbeitsdienst für Sozialhilfeempfänger einzuführen und die Pressefreiheit drastisch einzuschränken.

Natürlich weiß Christian, was Robert denkt. Er sagt: »Wie lange kennen wir uns jetzt?«

Schon immer.

Christian wartet Roberts Antwortet nicht ab.

»Habe ich jemals falsch gelegen? Dann nenn' mir ein Beispiel.«

Robert schweigt. Christian hat recht.

»Robert, wir, also ich, der Sender – wir müssen jetzt auf Sentheim setzen ...« Er sieht zum Monitor. »Drei Millionen Menschen haben sein Buch gekauft ...«

Robert schüttelt den Kopf.

»Und davon haben es vielleicht dreitausend gelesen.«

»Was überhaupt keine Rolle spielt. Es geht darum, dass die Menschen in Sentheim ein Ventil gefunden haben. Einen, der für sie Luft ablässt. Der das sagt, was sie für die Wahrheit halten.

»Olaf Sentheim, Messias der Schlachthöfe.«

»Du kannst dich darüber lustig machen. Steht dir frei. Kein Problem. Bei dir zu Hause, in der Kneipe, wenn du mit einem Mädchen im Bett liegst. Aber für uns geht es hier auch darum,

Geld zu verdienen. Das Geld, das am Ende auch auf dein Konto überwiesen wird. Mit dem du deine exquisite und ausgesprochen teure Wohnung bezahlst und deine Muntermacher. Das ganze schöne Spielzeug.«

Robert ist nicht naiv. Er weiß, dass alles stimmt, was Christian sagt. Er ist lange genug im Job. Werbung wird da gebucht, wo viele einschalten. Leute sehen am liebsten die Programme, die ihnen zeigen, was sie kennen, und ihnen sagen, was sie hören wollen. Als er Sentheim wegen der Finanzsache überführt hatte und der Sender die Geschichte brachte, war das ein Schuss ins Schwarze gewesen. Menschen gehen davon aus, dass Politiker unersättlich geldgierig und unermesslich korrupt sind. Genau das bestätigte seine Enthüllungsstory.

Die ersten Tage nach dem Beitrag waren ein Triumph gewesen. Spitzenmeldung in den landesweiten Nachrichtensendungen, keine Zeitung, die nicht darüber berichtete. Titelstory in den Magazinen. Seine Rolle als rastloser Top-Enthüller wurde angemessen heroisch herausgestellt. Gratulationen von allen Seiten, von Kollegen, Freunden, Verwandten, selbst seine Mutter hatte davon gehört, auf der Insel. E-Mails von Bekannten, von denen er seit Jahren nichts gehört hatte. Respektbekundungen von Gegnern, die er schon bald vergessen würde. Robert genoss es, im Mittelpunkt zu stehen, denn deswegen war er schließlich Journalist geworden. Deswegen werden alle Journalisten Journalisten: um einmal das ganz große Rad zu drehen, sodass alle es mitbekommen.

Aber dann drängten sich andere Geschichten vor, wichtigere und unwichtigere, neue Geschichten. Sentheims Nachfolger wurde ernannt. Jetzt waren es nur noch die Kollegen, die ihm auf die Schulter klopften. Sein Ruhm strahlte noch eine Weile, aber er wurde von Tag zu Tag blasser. Wenn über die Affäre berichtet wurde, fiel der Name des Senders, aber nicht mehr der von Robert Truhs.

Die Bestie, die er meinte, getötet zu haben, war nur verwundet. Sentheim begann, das Buch zu schreiben, und als es erschien und zu einem gigantischen Erfolg wurde, musste Robert feststellen, dass er selbst es gewesen war, der dies seinem Feind überhaupt erst ermöglicht hatte.

Als er das begriffen hatte, war er tagelang wie gelähmt gewesen. Dem kurzen Rausch des Ruhms folgte eine mittelschwere Depression, in der er sich ganz seinem Selbstmitleid überließ. Und je länger der Zustand anhielt, desto deutlicher erkannte er, dass er ein Jäger war, der nicht aus Hunger, sondern aus Lust an der Trophäe jagt. Das Gegenteil von einem guten Journalisten. Wenn ihm die vergangenen Monate etwas gebracht hatten, dann diese Erkenntnis.

Christian greift sich immer wieder an die Nase, streicht sich das Haar aus dem Gesicht, die alten Gesten. Er geht zum Fenster. Drei Polizeihubschrauber fliegen in Formation vom Reichstag in Richtung Kreuzberg. Christian dreht sich um.

»Und wenn er recht hat? Hast du darüber schon einmal nachgedacht? Wenn es stimmt, was er über die da sagt?« Er zeigt mit einer schnellen, zornigen Geste nach Süden. »Könnte es nicht so sein? Auch wenn uns das nicht gefällt?«

Immerhin, er hat uns *gesagt.*

Das letzte Kapitel in *Debatte Deutschland* heißt »Was das Kopftuch verbirgt« und entwickelt auf knapp dreißig Seiten die These, dass Deutschland aufgrund einer gescheiterten Einwanderungspolitik schon bald die nationale Identität verlieren werde. Genau das sei das Ziel radikalisierter Gruppen innerhalb der islamischen Bevölkerung, deren Einfluss rasant wachse. Keine allzu gewagte These, selbst bei Liberalen nicht sonderlich umstritten. Robert vermutet, dass Sentheim dieses

Feindbild ganz bewusst am Ende heraufbeschwor, um dem Hartz IV beziehenden White-Trash, den er vorher massiv beschimpfte, einen Schuldigen vorzuwerfen, der sich noch weniger wehren kann.

Doch dann kam der erste Tote zurück. Ein achtzehnjähriger Drogendealer aus der Sonnenallee. Und die Menschen lasen Sentheims Sätze plötzlich wie die Worte eines Propheten, die von einem Tag auf den anderen Wirklichkeit geworden waren.

»Du glaubst also auch, dass diese Krankheit …«

Christian unterbricht.

»Krankheit? Das nennst du eine Krankheit? Ganz schön mutig. Oder dumm. Sie fallen über die Lebenden her wie Kannibalen. Was soll denn das für eine Krankheit sein?«

Dann sagt er ruhiger, aber ganz klar: »Ich wünschte, ich könnte es so sehen wie du, so optimistisch. Aber das kann ich nicht. Ich bin Pessimist, das ist mein Beruf, damit verdiene ich Geld. Unser Geld. Mir bleibt ja gar keine andere Wahl, das verstehst du doch.«

Alles, was Christian sagt, stimmt. Robert weiß keine Antwort. Seine Gedanken gleiten ab. Weißes Rauschen. Darin ein Echo von Wellen. Sarah. Die Insel. Einfach weg aus dieser Stadt, weg von diesen Menschen. Politikern, Journalisten, Wichtigtuern, Lobbyisten, Türken, Taxifahrern, Zackos, Wissenschaftlern, Kameraleuten. Diesen Zombies, die die Berliner Republik erschaffen hat.

»Robert?« Christian sieht ihn ernst an.

»Was erwartest du von mir?«

»Gib dir einen Ruck. Er will einen Kotau. Sentheim in die heutige Sendung zu kriegen war eine diplomatische Meisterleistung. Aber er will nur weiter mit uns zusammenarbeiten, wenn er eine Entschuldigung für die Berichterstattung bekommt. Um es klar zu sagen: Meine hat er schon. Spaß hat es mir nicht gemacht, das kannst du mir glauben.«

Er tritt an Robert heran.

»Du musst dich auch bei ihm entschuldigen. Persönlich. Am besten gleich, wenn du wieder unten bist. Es tut mir leid, aber es geht nicht anders.«

Ist das der letzte Stein im Mosaik? Der Tropfen im vollen Fass? Schwappt es jetzt über? Robert dreht sich um. Er will die Tür zuschlagen. Dann hat er eine bessere Idee.

»Ich habe mit Sarah geschlafen.«

Christian fährt sich durch die Haare, die Geste zerstört alle Souveränität. Seine Augen schimmern. Die Stimme hat keinen Ton mehr.

»Ja, natürlich. Das weiß ich doch.«

»Nein, weißt du nicht. Nicht damals. Gestern Nacht.«

Robert geht. Die Tür bleibt offen, Emmas Mund auch.

5

Hinter der Glasscheibe steht Olaf Sentheim allein im Studio und sortiert seine Papiere, legt sie in eine braune Aktentasche aus augenscheinlich sehr teurem Leder, die nicht zu seinem billigen Anzug passt. Olaf Sentheim hat offensichtlich gute Laune.

Auf der anderen Seite, im Technikraum, trifft Robert auf Zacko, der, mit einer glimmenden Zigarette in der Hand, in seinem Stuhl hinter dem Mischpult alle viere von sich streckt.

»Alter, ich weiß ja nicht, was oben bei Christian los war. Aber hier unten hast du echt was verpasst.«

Robert sieht sofort, dass etwas schiefgelaufen ist. Und zwar gründlich.

»Warum seid ihr schon fertig? Die Sendung müsste doch noch mindestens zehn Minuten laufen ...«

»Die Show hat gerade mal zehn Minuten gedauert, Alter.«

»Zeig mir das Band!«

»Genau, Mann, das solltest du dir angucken. Sarah hat's echt gebracht, aber dieser Sentheim ist einfach ein Oberdreifachnaziarsch.«

Der Oberdreifachnaziarsch hat sich unterdessen seine Tasche unter den Arm geklemmt, schaut sich noch einmal im Studio um und verlässt es jetzt durch die schwere Tür, über der immer noch der Hinweis »Achtung Aufnahme« rot leuchtet. Im Herausgehen winkt er in Richtung Scheibe.

Ganz großer Abgang.

Zacko drückt auf ein paar Knöpfe und zeigt auf einen

kleinen Monitor. Robert erkennt am Timecode, dass die Talkshow seit 4 Minuten, 53 Sekunden und 31 Millisekunden läuft. Dann startet Zacko die Aufnahme.

Schadeck, der Experte spricht.

»... der Virus ist höchst ansteckend, das steht ganz außer Frage, wir wissen, dass die Übertragung durch direkten Körperkontakt erfolgt.«

Sarah fragt: »Was bedeutet das: direkter Körperkontakt?«

Schadeck wiegt den Kopf. Er quält sich.

»Nun, äh, durch ... durch Bisse. Die Infizierten greifen ihre Opfer an, und, nun ja, sie beißen sie.«

»Also, wie ... wie Vampire?« Sarahs Stimme klingt spöttisch, obwohl Robert weiß, dass es nicht so gemeint ist.

»Nein, natürlich nicht. Es gibt keine Vampire ...«

»Aber wie soll man sich das dann vorstellen?«

»Es ist, ich würde sagen, eher eine Form von extrem aggressivem Kannibalismus.«

»An lebenden Menschen?«

»Ja. Das ist korrekt.«

»Sie wollen sagen, die Infizierten essen ihre Opfer?«

Schadeck nimmt seine Brille ab und dreht sie in der Hand.

»Nach allem, was wir wissen, und sie müssen bedenken, dass es so gut wie keine Augenzeugen gibt, ist es so, dass den Opfern fürchterliche Verletzungen zugefügt werden, normalerweise sogar tödliche Verletzungen. Aber sie werden nicht, nun ...«

Die Schweißperlen auf Schadecks Stirn laufen zusammen, werden zu einem kleinen Rinnsal.

»... sie werden nicht aufgefressen. So ist es nicht, nein. Irgendwann ... Irgendwann lassen ...«

»Ja?«

»... lassen sie von ihren Opfern ab, alle gemeinsam. Es ist

fast wie ein archaisches Ritual, so könnte man es vielleicht beschreiben.«

Sentheim schüttelt energisch den Kopf, er geht dazwischen. »Ja, wie bei den Wilden. Wie bei den verfluchten Wilden!«

Schadeck blickt zu Sentheim, setzt seine Brille auf, sagt dann schnell: »Aber ich bin kein Anthropologe, Frau Samir. Ich kann Ihnen nur zu der medizinischen Seite Auskunft geben.«

»Gut, das verstehe ich. Spekulationen bringen uns nicht weiter. Was also genau richtet der Virus im Körper an?«

»Wenn er in das Blutsystem des Opfers gelangt, also durch die Bisse, dann, nun ...«

»Ja?«

»... beginnt ein Prozess, den wir die Transformationsphase nennen. Die Körperfunktionen setzen aus.«

»Erklären Sie uns das, bitte.«

»Nun, bei den insgesamt, äh, drei Patienten, die wir behandelt haben, konnten wir nach der Infizierung weder Puls noch Atmung feststellen. Die Personen waren aber ansprechbar, also wach. Wir konnten mit ihnen, also, sie mit uns ... Sie konnten ... reden. Ja.«

Sarah runzelt die Stirn.

»Sie können sprechen? Und sie wussten, was mit ihnen geschehen ist?«

»Ja, in dieser Phase ganz bestimmt. Also in zwei Fällen war das so. Die dritte Person war zu sehr ... verletzt. Ihr Hals war einfach viel zu beschädigt, um ...«

Sarah schüttelt den Kopf. »Sie waren bei Verstand, obwohl es keine Atmung und keinen Puls gab, sie waren also ...«

Sentheim unterbricht: »Tot. Absolut tot!«

»Und was geschieht dann später, nach der Transformationsphase, wie Sie das nennen?«

»Nach einem gewissen Zeitraum, der unterschiedlich lang sein kann, fallen die Infizierten in eine kurze Phase, die man sich wie ein, nun, Koma vorstellen kann.«

»Nach einem gewissen Zeitraum?«

»Nach unseren Beobachtungen und denen der Einsatzkräfte an der Kontrollierten Zone zwischen acht und zwölf Stunden. Vielleicht auch länger. Das hängt offensichtlich davon ab, wie schwer die Verletzungen sind.«

Wieder fällt ihm Sentheim ins Wort.

»Und dann kommen sie zurück.«

Sarah schüttelt den Kopf, kneift die Augen zusammen. Zu Schadeck: »Aber sie sind nicht mehr so wie vorher, oder?«

»Nein, nein. In dieser finalen Phase ist es ihnen nicht mehr möglich zu kommunizieren. Ihre Motorik ist – je nach Verletzung – funktionsfähig. Aber alles andere ...«

»Und dann fallen sie über Menschen her! Sagen Sie es doch! So ist es! Es hat Todesfälle gegeben!« Sentheim brüllt jetzt fast.

»Ja, das ist korrekt. Die Infizierten haben Personal in der Charité angegriffen. Sie – erwachten, und ihre Körper, anders kann man das wohl kaum mehr nennen, gingen auf ...«

Sentheim fällt ihm ins Wort: »Sie sind auf einen Arzt und eine Krankenschwester losgegangen!«

Schadeck, mit einem irritierten Blick zu Sarah: »Ja.«

»Und haben sie regelrecht zerfleischt!«

»Ja.«

Sarah bleibt ruhig. Alle Achtung, denkt Robert.

»Was genau geschah mit den Patienten nach diesen Vorfällen?«

Sentheim, noch lauter: »Ich tue mich äußerst schwer, wirklich äußerst schwer, in diesem Fall von Patienten zu sprechen.

Sollten wir nicht endlich Ross und Reiter nennen? Also: Täter und Opfer?«

»Bitte, fahren Sie fort, Professor Schadeck. Was geschah mit den Personen, die Ihr Personal angegriffen haben?«

»Der Sicherheitsdienst hat sie, nun, erschossen.«

Sarah, leise: »Die Toten wurden – erschossen?«

»Ja, es wurden gezielte Schüsse abgegeben, in den Zerebralbereich, um genau zu sein.«

Schadeck weiß offenbar nicht, wie sehr er ins Detail gehen soll, und Sarah schweigt, eine Sekunde zu lang. Sentheim nutzt die Gelegenheit. Die kurze Stille wirkt wie eine Kunstpause, bevor er herausplatzt: »Kopfschüsse heißt das auf Deutsch.«

Sarah sieht zu Sentheim. Dann wieder zu Schadeck.

»Und was geschah mit dem Arzt und der Schwester?«

Schadeck wirft Sentheim einen flüchtigen Blick zu, den Sarah nicht bemerkt. Aber Robert ist für eine Sekunde irritiert.

»Nun, sie waren … Sie, äh, erlagen ihren multiplen Verletzungen.«

Robert wendet sich vom Monitor ab. Sagt zu Zacko: »Okay, das weiß ich alles schon. Spul vor. Was ist dann passiert?«

Der Techniker zuckt mit den Schultern, legt seine Finger auf ein kleines, joystickartiges Rad auf der Tafel und spult so vor. Die Bewegungen der Teilnehmer sind im Schnelldurchlauf slapstickhaft verzerrt. Aber eins erkennt Robert sofort: Sentheim hat viel mehr Redeanteile.

Zacko verlangsamt das Tempo.

»Und hier, jetzt, das müsste es sein.«

Der Timecode steht bei 9:12:34. Schadeck hat das Wort.

»… die Patienten in der Klinik waren drei Männer mit

arabischer und türkischer Herkunft, ja, das kann ich bestätigen.«

Sentheim, jetzt erstaunlich ruhig: »Und aus der Kontrollierten Zone, was berichten die Sicherheitskräfte da?«

»Auch dort scheinen ausschließlich Personen aus diesem Bevölkerungsbereich betroffen zu sein.«

Jetzt hakt Sarah ein, völlig gefasst: »Ich muss da noch einmal nachfragen. Sie sagen also, dass der Virus nur Menschen mit sogenanntem Migrationshintergrund befallen hat?«

»So ist es.«

Sentheim geht dazwischen.

»Der Ursprung dieser Seuche lässt sich demnach ganz klar festlegen, das heißt ethnisch verorten. Das Phänomen, mit dem wir es hier zu tun haben, scheint mir ein biologisches Problem zu sein. Da ja bekannt ist, dass diese Menschen bestimmte Gene teilen …«

Sarah stutzt für einen Moment. Sie legt den Kopf schief. Das ist die Story, über die morgen alle reden.

»Wie meinen Sie das?«

»Ganz genau so, wie ich es sage: Türken und Araber teilen ein bestimmtes Gen, das sie von anderen unterscheidet. Und nur Türken und Araber werden infiziert. Ergo: Es muss an diesem Gen liegen.«

»Am Türken-Gen, oder wie verstehe ich das?«

Robert schlägt die Faust in die flache Hand.

Achtung! Jetzt hat sie ihn. Jetzt darf sie es nicht vermasseln. Er sieht Sentheim an, wie es in ihm arbeitet. Er weiß, dass er einen Fehler gemacht hat. Er ist zu weit gegangen. In Deutschland spielt man nicht mit Genen.

»Noch mal, Herr Sentheim, liegt es am Türken-Gen?«

Er kommt nicht mehr zurück. Er sitzt in der Falle.

»Wenn Sie so wollen: Ja, am Türken-Gen.«

Cool bleiben, Mädchen. Lass ihn reden, und er ist so gut wie erledigt. Einfach laufen lassen!

Aber Sarah verliert die Fassung.

Ihre Locken fallen zur Seite.

Die Narben unter ihrem rechten Ohr pochen.

Ihre Stimme wird schrill.

Wer schreit, hat verloren. Immer, überall.

»Das ist ungeheuerlich, was Sie hier behaupten, das ist Ihnen doch wohl klar?«

Sie hat recht, aber so läuft das nicht. In ihrem Zorn wirkt sie selbstgefällig. Ganz schlecht.

»Nein, das ist durchaus nicht ungeheuerlich. Aber vielleicht unbequem für …«

Sarah gerät außer Kontrolle: »Für wen soll das unbequem sein?«

»Mein Gott, Frau Samir, dann muss ich es eben aussprechen: Für Leute wie Sie! Türkische Leute, arabische Leute. Und Ihre Freunde, die nicht einsehen wollen, wem wir diese Seuche zu verdanken haben, die sie alle immer noch verniedlichend Lazarus-Virus nennen. Soll ich Ihnen sagen, wie ich diesen Virus nennen würde? Ich würde sagen, wir sollten es den Mohammed-Virus nennen.«

Das wollte er nicht sagen, das war nicht geplant, das hat jeder gesehen. Aber sie hat ihn provoziert mit ihrem schrillen Geschrei. Für die Zuschauer war er eine Sekunde lang ihr Opfer. Und dann ist etwas aus ihm herausgeplatzt. Er hat nur ausgesprochen, was alle denken.

Für Sentheim ist es perfekt gelaufen. Sarah hat es vermasselt. Big Time.

Aber es kommt noch schlimmer.

Jetzt steht sie auf und kippt Sentheim ein Glas Wasser in den Schoß und verlässt das Studio.

Zacko stoppt die Aufzeichnung.

Robert fragt: »Wann war das?«

»Vor ziemlich genau fünfundzwanzig Minuten.«

Robert blickt auf sein iPhone.

Eine SMS.

»Es tut mir leid. Such mich nicht.«

Du mich auch, denkt Robert. Du mich auch, blöde Kuh. Aber es brennt wieder. Das Spiel hat von Neuem begonnen. Ein Grund mehr, zu gehen. Und zu bleiben.

6

Das Café Dreistein, eine mit fast verdächtiger Detailliebe originalgetreu renovierte ehemalige Nazivilla in Schöneberg – die erste Adresse für informelle Geschäftsessen von Politikern und Politikern, Politikern und Journalisten, Politikern und Lobbyisten sowie Journalisten und Lobbyisten –, ist fast menschenleer.

»Alle weg«, sagt Paulo, der Kellner, nimmt Robert den Mantel ab und hängt ihn in einen Eichenschrank. »Alle zurück in ihrem *Bonn*.« Er spricht es »Bönn« aus, was noch verächtlicher klingt.

»Die kommen schon wieder, Paulo«, sagt Robert, aber er will den Mann nur trösten.

Hennig Sterb sitzt bereits an seinem Platz, vor ihm eine Platte mit elf Austern, die zwölfte hält der Innensenator von Berlin in seinen fleischigen Händen und führt sie in dem Moment an den Mund, als sich Robert ihm gegenüber auf den Stuhl setzt.

»Auch eine?«

»Nein. Mir ist der Appetit vorläufig vergangen.«

»Frau Samir hatte eine Auseinandersetzung mit unserem speziellen Freund, habe ich gehört.«

»Sie sind wie immer gut informiert. Und ziemlich schnell, das muss man schon sagen.«

Sterb zuckt mit den Schultern und nimmt sich eine weitere Auster aus dem Eis.

»Ach, lieber Truhs, Sie wissen doch, wie das ist. Diese

Stadt ist eine große Familie, so sehe ich das wenigstens. Und ich bin der Onkel, zu dem man mit seinen Sorgen kommt.«

Robert nickt. Sterb – Jurist, Unternehmer, Mäzen, seit vierzig Jahren in der Landespolitik, seit dreißig Jahren der starke Mann hinter einer Reihe von schwachen Bürgermeistern – ist der mächtigste Strippenzieher der Stadt. Und er ist Roberts bester Informant. Oder Robert ist Sterbs bester Journalist. So genau will er darüber nicht nachdenken. Er war es, der ihm die entscheidenden Hinweise auf die dubiosen Geldgeschäfte des Innensenators gab und einen ganzen Haufen interessanter Papiere zuspielte. Material, das Gold wert war. Vor allem für Sterb, der sich so eines lästigen Konkurrenten entledigen konnte.

»Wie geht es dem Bürgermeister? Behält er die Nerven?«

»Was denken Sie denn?«

Jetzt fixiert er Robert mit seinen blauen Augen. Sterb ist kein schöner Mann, aber diesen Augen, da ist sich Robert sicher, hat er einiges zu verdanken.

»Er wird die Nerven verlieren.«

Der Senator macht eine Geste, winkt Paulo heran, der die übrigen Austern wegträgt.

»Sie haben recht, die Dinger schmecken nicht in diesen Zeiten.«

Mit der Serviette, die er sich vom Schoß zieht, wischt sich Sterb über den Mund. Er wirft sie auf den freien Stuhl zu seiner Linken und sieht sein Gegenüber wieder fest an. Solchen Augen folgt man in die Hölle, denkt Robert.

»Truhs, der Mann ist überfordert, klar. In ruhigen Zeiten, mit dem üblichen Koalitionsgeplänkel, ein paar Flugroutendebatten und einem kleinen Berlinale-Skandal vielleicht, kann man ihn gut gebrauchen. Aber das, was wir jetzt erleben … Meine Güte, was ist nur aus dieser Stadt geworden?«

»Mir macht eher Sorgen, was aus dieser Stadt noch wird, wenn es so weitergeht. Die Bundespolitiker sind nach Bonn geflüchtet, und der Bürgermeister ist viel zu schwach, um mit so einer Situation fertigzuwerden, da sind wir uns einig. Und Sentheim wird stärker …«

»Gerade nach der Sendung heute Morgen.«

»Wir wissen beide, wie die Menschen sind. Der Hass, den Sentheim in ihre Köpfe gepflanzt hat, bekommt jetzt plötzlich einen realen Hintergrund.«

»Richtig, mein Freund! Lassen Sie uns einen Espresso nehmen, und dann zeige ich Ihnen etwas, was Sie interessieren wird.«

Nachdem Paulo den Kaffee gebracht hat, holt der Senator ein iPad hervor und schaltet es mit einer Selbstverständlichkeit ein, die Robert bei ihm überrascht.

»Den kurzen Film, den ich Ihnen jetzt zeige, Truhs, kann ich Ihnen nicht überlassen. Insgesamt kennen nicht mehr als acht Menschen überhaupt dieses Material, und wenn es irgendwo auftauchen würde, wäre es nicht sonderlich schwer, die undichte Stelle herauszufinden.«

»Okay, das verstehe ich. Aber warum wollen Sie mir das zeigen, wenn ich es nicht verwenden kann?«

»Weil ich denke, dass Sie die Wahrheit kennen sollten.«

Diese Augen adeln jede Lüge, denkt Robert.

»Ich danke Ihnen für das Vertrauen, aber ehrlich gesagt glaube ich, dass ich schon ganz gut im Bilde bin, was los ist. Glauben Sie mir, ich hätte niemals gedacht, dass ich so einen Satz bei klarem Verstand sagen würde, aber es ist ja wohl so, dass die Toten auferstehen und …«

Der Senator tippt auf die Videofunktion des iPad. Der Film startet, aufgenommen offensichtlich von einer stationären Überwachungskamera in einem pathologischen Labor. Die

Wände sind weiß gekachelt, in der Mitte des Raums stehen zwei Tische aus gebürstetem Metall, darauf zwei menschliche Körper, bedeckt mit einem weißen Laken. Der Timecode zeigt das Datum: 01/10, und die Uhrzeit: 05:34.

»Das, Truhs, sind die beiden Charité-Mitarbeiter, die dort angegriffen worden sind.«

Robert ist irritiert.

»Ja. Und die dann gestorben sind.«

Sterb sagt nichts.

»Die Geschichte ist bekannt. Jeder, der in den letzten Tagen auch nur zehn Minuten ferngesehen hat, weiß darüber Bescheid. Was wollen Sie mir zeigen?«

»Warten Sie ab, junger Freund.«

Sterb wischt über das Gerät, der Film wird vorgespult, dann verlangsamt. Jetzt stehen dort die Zahlen 01/10 und 13:33.

»Sehen Sie genau hin. Jetzt …«

Zunächst denkt Robert, es sei ein Fehler im digitalen Bild, dann aber erkennt er, wie der rechte Arm der ersten Leiche und ein Bein der zweiten sich bewegen. Anfangs ist es nur ein Zucken, wie von einem elektrischen Schlag. Bei der zweiten Leiche rutscht das Laken vom Gesicht. Der Tote ist etwa fünfunddreißig Jahre alt, er hat blonde Haare und trägt den weißen Kittel eines Arztes oder Sanitäters. Nein, eher ein Arzt; in seiner Brusttasche sieht Robert die übliche Ansammlung von Kugelschreibern. Die zweite Leiche ist eine Frau. Rotblonde Haare, Schwesterntracht.

»Sie kommen zurück? Wie die in der Kontrollierten Zone?«

»Ja.«

»Aber das kann nicht sein.« Robert stockt. »Die beiden sind doch gar keine …«

»Nein. Sind sie nicht. Sie sehen Dr. Heinrich Badwasser,

geboren in Spandau, und eine gewisse Lena Stricker, Krankenschwester. Sie kommt aus Moers, das ist am Niederrhein. In denen fließt so viel arabisches Blut wie Trinkwasser in der Spree.«

Die Leichen erheben sich. Der Arzt streckt seine Arme aus, weit vor sich, greift nach etwas, das nicht da ist. In diesem Moment öffnet sich eine Tür im Hintergrund, und ein Polizist in schwerem Kampfanzug betritt den Raum, hinter ihm ein Arzt. Der Polizist legt an, schaut über die Schulter zu dem Mediziner, der nickt. Dann feuert der Beamte beiden Toten aus nächster Nähe in die Schädel.

Rote Muster an den Kachelwänden. Graue Masse auf dem Boden.

Zwei Leichen, die endgültig tot sind.

Der Senator steckt das iPad weg.

»Das bedeutet ...« Robert hat Mühe, einen klaren Gedanken zu fassen.

»Das bedeutet, dass die Toten neue Tote schaffen, die neue Tote schaffen. Nun, das wussten wir schon. Aber sie dachten, die Sache wäre begrenzt, auf Türken, Syrer, Libanesen, Araber, was weiß ich. Aber dieses Video beweist, dass es keinen Zusammenhang mit der ethnischen Abstammung gibt. Absolut keinen. Jeder, der von einer dieser Kreaturen angegriffen und gebissen wird, verwandelt sich. Nach der Transformationsphase fallen sie in eine Art kurze Ohnmacht, und dann kommen sie zurück. Alle.«

»Aber ...«

Sterb nickt.

»Ich weiß, was Sie sagen wollen, Truhs. Und jetzt wissen Sie auch, warum wir die Stadtteile hermetisch abriegeln müssen. Keine infizierte Person darf die Kontrollierte Zone verlassen. Nach unseren Berechnungen würde Berlin durch die

Kettenreaktion innerhalb von weniger als einer Woche zu einem wandelnden Friedhof werden.«

»Wie viele Leute sind… Wie viele konnten Sie noch herausholen?«

Sterb macht eine verzweifelte Geste.

»Keine zweitausend …«

Dann, fast entschuldigend: »Einige wollten auch gar nicht gehen.« Der Senator holt tief Luft. »Das Auffanglager Urban-Krankenhaus wurde geschlossen, alle VRP …«

»VRP?«

»Virusresistente Personen. So wurden die Leute genannt, von denen wir gedacht hatten, dass sie nicht direkt gefährdet seien.«

»Aber jetzt wissen wir es besser.«

Sterb nickt. »Bis gestern hatten wir noch Kontakt zu den Ärzten dort. Aber nachdem, was Sie gesehen haben, ahnen Sie vielleicht, was dort inzwischen wohl geschehen ist.«

Robert greift die Perrier-Flasche. Seine Hand zittert zu sehr, und er schüttet die Hälfte daneben. Das Wasser versickert im weißen Stoff der Tischdecke.

»Das bedeutet, dass der Senat, dem Sie angehören, mehr als zweihunderttausend Bürger dieser Stadt *aufgegeben* hat? Und dass er zulässt, dass die Migranten zum Sündenbock gemacht werden? Und Sentheim als Volksheld dasteht? Das wissen Sie alles und sitzen hier und bestellen sich Austern?«

Sterb greift wieder zu der Serviette, jetzt aber tupft er sich die Schweißperlen von der Stirn.

»Glauben Sie mir, Truhs, ich habe getan, was ich tun konnte. Die anderen hatten ziemlich überzeugende Argumente, das dürfen Sie nicht vergessen. Bedenken Sie, was passieren würde, wenn dieser Film öffentlich wird, also wenn alle erfahren würden, wie schlimm es wirklich um uns steht. So argumentiert jedenfalls der Bürgermeister …«

»Der Bürgermeister! Der Mann war immer Ihre Marionette.«

»Die Dinge haben sich verändert, Truhs. Nicht zum Guten, vor allem nicht für mich. Sie haben gefragt, ob er die Nerven verlieren würde. Er hat sie schon verloren. Und er hört nicht mehr auf mich. Der Bürgermeister hat einen neuen Berater.«

»Sentheim.«

»Genau.«

Robert hustet trocken, dann lacht er. Bitter.

»Wie sich die Geschichte wiederholt.«

»Sie sagen es. Aber diesmal kriegen wir ihn nicht so leicht.«

Robert ist seit fast neunzehn Jahren Reporter. Wenn er etwas gelernt hat, dann dies: Es kommt immer schlimmer, als man denkt. Immer.

»Herr Senator, ich muss Sie noch mal fragen: Warum tun Sie das? Warum haben Sie mir diesen Film wirklich gezeigt?«

Sterb atmet schwer aus, er beugt sich ganz nah zu Robert. Die blauen Augen sind wässrig. Das kann er nicht spielen.

»Weil ich Sie zum Freund haben möchte, Robert. Ich brauche jemanden, auf den ich mich verlassen kann, einen, der mich beschützt, falls mein alter Weggefährte Sentheim wieder Oberwasser haben sollte und sich dann an die weniger schönen Momente unserer Zusammenarbeit erinnert. Für diesen Fall brauche ich einen Verbündeten, der etwas besitzt, das für unseren gemeinsamen Freund sehr unangenehm werden könnte. Das verstehen Sie doch?«

Robert sagt nichts. Er hat Angst vor diesem Mann, der ihm jetzt die Hand entgegenstreckt. Zittert sie tatsächlich?

Gerade will er einschlagen, weil er sich nicht traut, diesem Mann etwas zu verweigern, da klingelt ein Handy. Wagner, die Ouvertüre zu *Parsifal*.

Sterb greift in die Innentaschen seines Jacketts. Er meldet sich, hört dann zu, sagt schließlich: »Ich komme sofort!«

Roberts Blick ist eine Frage und Sterb gibt ihm die Antwort: »Oranienplatz. Truhs, es ist etwas am Oranienplatz passiert.«

Robert nickt. Im Herausgehen vibriert auch sein iPhone. Es ist Ben Lieving, sein Kameramann. Robert sagt: »Ja, ich bin schon unterwegs.« Dann, zu Sterb: »Teilen wir uns ein Taxi?«

Der Senator schüttelt den Kopf: »Besser nicht.«

7

Mike Fegin prallte auf den Asphalt, ohne den Sturz abfangen zu können. Ein greller Schmerz in seinem rechten Bein, dann verlor er das Bewusstsein, wachte irgendwann wieder auf, hörte eine Stimme von oben. Sie war von Seiks, der sich mit besorgtem Blick über die Brüstung lehnte. Seiks rief ihm zu, dass er ein Seil beschaffen wolle, oder eine Leiter, irgendwas, und dann verschwand er.

Der Schmerz in Fegins Fuß pocht jetzt bis in die Hüfte, der Fuß steht in einem bizarren Winkel zum Unterschenkel. Fegin ist längst klar, dass er es nicht mehr zurück auf den Turm schaffen wird, absolut unmöglich. Seit einer Ewigkeit wartet er jetzt auf seinen Partner, zusammengekrümmt hinter einem roten Golf, den irgendjemand in einer anderen Zeit an der Straße abgestellt hat, die jetzt von der Mauer geteilt wird. Über den Beton dringt gedämpft das Heulen der Blaulichter und das Rasseln und Kreischen der Baumaschinen. Vor ihm die leere Oranienstraße, flackerende Leuchtreklamen in den Läden, zerborstene Fensterscheiben. Und die Leichen der Toten, die Seiks und er erledigt haben.

Fegin zieht sich an der Tür des Autos nach oben, tritt vorsichtig auf, knickt wieder ein. Keine Chance.

Er untersucht seine Ausrüstung, das Gewehr, die Munitionstaschen. Genug, um ein paar Hundert von ihnen endgültig zu eliminieren. Genug, um etwas zu tun, was effektiver ist als das endlose Warten auf dem verfluchten Turm. Immerhin.

Also robbt Fegin los, wie er es gelernt hat, damals noch bei der Bundeswehr, das Gewehr vor sich. Vorn an der Straße keine Bewegung. Oder doch?

Er hört sie, bevor er sie sieht. Ihr hohles Stöhnen, dieses erbärmliche Röcheln. Da sind sie: drei Gestalten, unendlich langsam. Und doch so viel schneller als er. Drei Schüsse, zwei Treffer. Den dritten erledigt Seiks vom Turm aus.

»Komm zurück, Mike, verdammt noch mal! Ich bin wieder da! Hilfe ist unterwegs, dauert nicht mehr lange! Wir holen dich raus!«

Aber der Polizist hat seine Entscheidung gefällt.

»Keine Chance«, brüllt Fegin, »ich ziehe das hier durch, keine Sorge!«

Seiks hat Tränen in den Augen. Er denkt an Sabine und die Kinder. An die Stunden mit Fegin auf dem Turm, an ihre gemeinsamen Abende, an seinen verfluchten Dickschädel.

Fegin kriecht weiter, ein einsamer Kämpfer im Feindesland. *Hinter feindlichen Linien*, schießt es ihm durch den Kopf, als er die rote Linie überquert. Und dann: *Ich habe überhaupt kein Ziel. Ich habe keinen Befehl, und ich habe kein Ziel.* Das macht ihm für einen Moment große Sorgen, doch als er nach rechts in die Seitenstraße blickt und die Horde sieht, weiß er, dass er ganz einfach einen gigantischen Fehler gemacht hat.

Er legt das Gewehr an und feuert. Er leert ein Magazin und dann noch eins, doch für jeden Toten, den er trifft, tauchen zwei neue auf, eine Wand von Leibern, die unaufhaltsam auf ihn zukommt.

Die Gestalt (männlich, zirka zwanzig Jahre, Lederjacke), die als erste an ihm ist, bekommt seinen rechten Arm zu fassen, krallt sich fest. Der imprägnierte Stoff der Uniformjacke reißt nicht, und Fegin gelingt es, mit der Rechten, in der er immer noch sein Gewehr hält, auf den Schädel der Leiche einzuschlagen. Tatsächlich geht der Tote, grunzend, schnaubend, zu Boden. Fegin will anlegen und der Sache ein Ende bereiten, als er einen heißen Schmerz im Nacken spürt. Etwas Warmes fließt in seinen Kragen. Der Polizist ahnt, dass es sein Blut ist, denn der Schmerz wird intensiver. Er hört ein hässliches Geräusch, dann ist er frei. In der Drehung sieht er, dass das Wesen hinter ihm (weiblich, Alter unbestimmt, Kopftuch) etwas Rotes, Tropfendes zwischen seinen Zähnen hält, und er begreift, dass dies ein Stück aus seinem Körper sein muss; Gewebe, Fleisch. Er greift sich an die Wunde. Schmerz spürt er nicht, ein gnädiger Schock legt seine Empfindungen lahm, denn noch ist Fegins Organismus im Kampf- und Fluchtmodus. Adrenalin wird durch Adern ins Gehirn gepumpt, er fühlt sich gut, kräftiger denn je. Nichts produziert mächtigere Drogen als der menschliche Körper im Kampf ums Überleben.

Fegin hievt sich auf die Knie, sieht auf seine blutige Hand, er hebt sie zur Faust und schlägt der Frau ins Gesicht. Sie torkelt einen halben Meter zurück, doch der Schlag bleibt ohne nachhaltige Wirkung, sofort kommt sie wieder auf ihn zu. Aus dem Augenwinkel sieht Fegin die Mauer und den Turm, darauf Seiks und andere, die ihm zuwinken. Er schätzt die Entfernung ab, aber er muss feststellen, dass es endgültig zu spät ist. Also rammt er der Leiche den Gewehrkolben ins Gesicht, Knochen splittern; es ist leichter, als er gedacht hat. Mike Fegin, Vater von zwei Kindern, stimmt einen Schrei an, wie er ihn noch nie von sich gegeben hat, den Schrei eines Urzeitmenschen, der seine Lanze in die Brust eines Säbelzahntigers gerammt hat.

Er ist so begeistert von seinem Schrei, dass er die beiden Toten nicht bemerkt hat, die ihn nun links und rechts an den Schultern packen. Erstaunt, wie stark der Griff der Leichen ist, die äußerlich so gebrechlich scheinen, sieht Fegin ein, dass er sich nicht aus dieser Lage befreien kann. Beim Versuch einer schnellen Bewegung verliert er sein Gewehr. Es entgleitet seiner feuchten Hand.

Fegin tritt nun seitlich auf die Toten ein. Der erste, ein männliches Wesen, geht zu Boden, fast ein Kinderspiel, doch die zweite Leiche setzt mit ihrem Gebiss an und reißt ihm eine tiefe Wunde in die Schulter, die Fegins rechten Arm endgültig außer Gefecht setzt. Das Adrenalin ist verbraucht, der Schmerz kommt in einem einzigen Schwall, der seinen Körper durchströmt. Alle Euphorie ist verflogen, stattdessen Verzweiflung. Ein weiterer Toter (junger Mann) wirft sich an seine Beine, reißt ihn zu Boden. Im Sturz sieht Fegin aus einem seltsamen Winkel einen Teil der Mauer, den Turm, Seiks und die Verstärkung, viel zu spät.

Eine Leiche (Frau) beugt sich über ihn und greift in sein Gesicht, er bemerkt den Gestank schon nicht mehr. Ein Blitz jagt durch Fegins Hirn, als etwas in seine Augen greift, zudrückt, dann ist da nur noch Schwarz. Fegin spürt, wie von allen Seiten an seinen Beinen, an seinem Oberkörper gezerrt wird. Wild verzweifelt, und doch geht all das mit einer gespenstischen Ruhe vor sich. Der letzte Gedanke, den Fegins Verstand produziert, ist ein Gebet. Doch am Ende seines Lebens steht Polizeihauptmann Mike Fegin kein gnädiger Gott zur Seite.

8

Roberts Taxe erreicht den Oranienplatz nur wenige Sekunden nach dem Dienstwagen des Senators. Er wirft dem Fahrer einen 20-Euro-Schein zu, sagt: »Stimmt so«, und steigt aus dem Auto, ohne die Frage des Mannes nach einer Quittung zu beantworten.

Robert sieht sich um. Blaulicht und Sirenen, Polizei-Hundertschaften in Mannschaftswagen, »Wannen« genannt, dazwischen Notärzte, Sanitäter und natürlich die Kollegen. Robert wirft Schneider von der *Post* und Tölper vom *Abend* einen Gruß zu, die alten Haudegen rauchen erst mal eine: Zeitungsjournalisten. Ihre Fotografen sind vorn im Getümmel, skrupellose Burschen, die sich gegenseitig ein Bein stellen und sich schubsen, um zu verhindern, dass der Kollege das bessere Bild bekommt. Später gehen sie alle zusammen in die Kneipe. Solche Tage sind wie Klassentreffen für die härtesten Hunde. Menschen sind zu Tode gekommen. Nichts ist echter als ein Ort, an dem gestorben wird.

»Da feuerte ein Bulle wie blöd auf die Dinger, und dann haben sie ihn erwischt«, hatte Ben ins Handy geschrien, den Robert jetzt entdeckt, nur ein paar Meter vom Senator entfernt. Sterb hat seinerseits einen verantwortlichen Polizeiführer gefunden, einen grauhaarigen Mann in tadelloser Uniform, der dem Senator Bericht erstattet. Robert hastet zu Ben, der – nicht ganz unpassend – ein Metallica-T-Shirt mit der Aufschrift »Kill 'em all!« trägt. Er redet sofort los, und Robert hat Mühe, ihm zu folgen, weil er gleichzeitig dem Senator-Informanten lauscht.

Ben: »… ist es ja so, dass ich praktisch rund um die Uhr den Bullenfunk scanne, im Auto, zu Hause, im Büro, weißt du ja, und erst hat's sich nur angehört wie so eine kleine Sache, Zwischenfall am Oranienplatz, kennst du ja, wie die immer alles so runterspielen im Funk, aber ich dachte, Oranienplatz, hallo, das ist doch an der Mauer, und dann …«

Der Polizist berichtet dem Senator: »… wurden wir in Kenntnis gesetzt über eine Schussfolge am Kontrollposten 2a, offensichtlich nicht autorisiert. Außerdem wurde der Code für ›Polizeibeamter in ungesichertem Gebiet‹ gefunkt. Sofort wurden nach Anweisung des Krisenstabs sämtliche Einheiten des Abschnitts KJ in Mannschaftstransportern hierhin verlegt, um sich ein Bild von der Lage zu machen. Schon kurz nach Eintreffen …«

Ben: »… habe ich natürlich sofort gesehen, dass hier die Hölle los ist, verdammte Scheiße. So viel Grün und Blau auf einem Haufen habe ich seit Jahren nicht mehr gesehen, aber die waren voll unorganisiert, rannten durcheinander, wussten gar nicht …«

Polizist: »… was geschehen war, ließ sich in den ersten Minuten schwer rekapitulieren. Aber offensichtlich war es auf der jenseitigen Seite der Sicherungsanlage zu einer ungewöhnlich großen, man könnte fast sagen versammlungsähnlichen Formation der, äh, Subjekte gekommen. Wir …«

Ben: »… haben gesehen, also ich und Renner, der alte Arsch, dass da diese Lücke ist und sind sofort hin. Aber mit dem Renner hatte ich ja noch was offen, und plötzlich liegt der flach, die Kamera in tausend Stücke, weiß auch nicht, ob da mein Bein ganz zufällig vor seinem gewesen ist. Jedenfalls seh ich die Leiter, so ein Polizeiding, was die immer bei den Demos haben, stell sie an, und hoch. Auf der anderen Seite, unglaublich. Mehr als …«

Polizist: »... zweihundert Subjekte aus Richtung Skalitzer Tor in Richtung des Wachturms marschiert sind, anfangs, allerdings wurden es immer mehr, eine regelrechte Zusammenrottung, ausgelöst wahrscheinlich ...«

Ben: »... von diesen durchgeknallten Polizisten, diesem jungen Typen und einem alten Sack. Die sind wohl durchgedreht und haben von dem Wachturm da oben aus einfach rumgeballert, auf die Dinger ...«

Polizist: »... während es leider nicht verhindert werden konnte, dass Vertreter der Medien, mithilfe von Steighilfen sich ein Bild der Lage vom Geschehen auf der anderen Seite machten. Sie haben ...«

Ben: »... Bilder gemacht, wie du sie noch nie gesehen hast, das kannste mir glauben, nur ich, das ist ganz exklusives Supermaterial. Aber das Beste kommt noch. Kaum hatten die Bullen uns von den Leitern geholt, krabbelte auch ...«

Polizist: »... PHW Fegin nach Zeugenbericht unter Missachtung sämtlicher Dienstanweisungen von seinem Posten auf dem Wachturm, während sein Vorgesetzter, PHM Seiks ihm von oben Feuerschutz geben wollte. Diese Kollegen schienen ...«

Ben: »... vollkommen durchgeknallt, mega stoned, total am Ende. So was habe ich noch nie gesehen. Du glaubst nicht, was hier hinten los war. Die ganzen Chefbullen brüllten in ihre Funkgeräte, in die Megafone, aber natürlich traute sich keiner hinterher. Ich ...«

Polizist: »... durchbrach ebenfalls den noch ungesicherten, schmalen Teil der Befestigungsanlage M unterhalb von Turm 2a und begann, wiederum Filmaufnahmen zu tätigen. Erst mit einer gewissen Zeitverzögerung gelang es einer Gruppe von Kollegen, den Kameramann ...«

Ben: »... mit Schlagstöcken und Reizgas von der Leiter

herunterzudreschen, jetzt weißt du auch, warum meine Augen aussehen, als hätte ich drei *Sissi*-Filme hintereinander weggeguckt und dabei schlechtes Gras geraucht. Aber das Zeug, was ich gedreht habe: Unfassbar. Auf der anderen Seite …«

Polizist: »… erhöhte sich die Zahl der Subjekte ständig und überstieg jede bislang gesehene Anhäufung um ein Vielfaches. Nach ersten Schätzungen waren bis zu achthundert von ihnen aus den Nebenstraßen auf den Bereich vor dem Turm gekommen und je …«

Ben: »… mehr diese Durchgeknallten auf sie feuerten, umso mehr wurden es. Das war ein scheiß Krieg, den die da angezettelt hatten. Und wenn du mir nicht jedes verdammte Wort glaubst, dann kannst du dir das gerne später ansehen, das Material ist schon in der Redaktion und läuft wahrscheinlich jetzt, in diesem Moment im Fernsehen und macht mich zum berühmtesten Scheißkameramann des Landes. Die Bilder, Robert, die kann Christian mit Geld eigentlich gar nicht bezahlen. Also mir egal, wie ich aussehe und die ganzen Schmerzen, aber das war …«

Polizist: »… eine Lage, die uns an den äußersten Rand der Belastung gebracht hat, anders kann ich es nicht ausdrücken. Auf der anderen Seite sieht es …«

Ben: »… aus wie nach dem Vietnamkrieg, da steht das Blut in knöcheltiefen Pfützen. Hinter dieser Mauer da, Alter, da liegt jetzt die Hölle …«

Robert denkt: Ich stehe hier, im Zentrum der deutschen Hauptstadt, Blaulicht, Sirenen, Polizei, so weit das Auge reicht. Sie haben wieder eine Mauer gebaut, das ist doch Irrsinn, und hinter dieser Mauer liegt die Hölle, sagt Ben. Es sollte mich wirklich anfixen, denn das ist ohne Zweifel die größte, gigantischste Geschichte aller Zeiten. Das erste

Schlachtfeld von Armageddon. Es sollte mich wirklich interessieren.

Ben hört endlich auf zu sprechen, japst nach Luft, wischt sich mit dem T-Shirt den Schweiß von der Stirn. Dann schaut er Robert an, stolz, voller Erwartungen. Glücklich.

Adrenalin sollte durch Roberts Adern pumpen, sein Herz im News-Takt hämmern, die Knie müssten weich werden. Was hätte er früher dafür gegeben, so etwas miterleben zu dürfen! Vor einem Jahr, noch vor sechs Monaten. Jetzt steht er auf dem Oranienplatz und macht die falschen Dinge. Er sollte sich sofort an Sterb wenden und ihn interviewen, ein Statement einholen, es dann in sein Handy brüllen, damit die Redaktion eine Agenturmeldung daraus machen kann. Er sollte der Erste sein wollen. Stattdessen zündet er sich eine Zigarette an und betrachtet die Szenerie wie ein Zuschauer, der jederzeit wieder gehen kann und damit nichts mehr zu tun hat.

In diesem Moment begreift Robert, dass er kein Reporter mehr ist.

»... in den Sender fahren, ob du nun mitkommst oder nicht«, hört er Ben sagen, spürt, wie sein Kollege an seinem Mantel zerrt. Er trottet ihm hinterher, an Sterb vorbei, der jetzt bei den Zeitungskollegen steht und mit seinen Händen Statements in die Luft diktiert. Robert nickt zu dem Mann, der ihn als Freund gewinnen wollte. Der Senator hebt den Zeigefinger zum Mund, es ist eine irrsinnig schnelle Geste, eine Erneuerung des Schweigegelöbnisses aus dem Dreistein. Erst jetzt realisiert Robert, dass die anderen hier, die Polizisten und die Kollegen und auch Ben die Wahrheit noch nicht kennen, die von dem Video. Sie wissen nicht, wie schlimm es wirklich ist. Sie denken immer noch, dass es nur *die* bekommen können, dass das alles ein »lokal begrenztes Phänomen«

ist, dem man mit »geeigneten Maßnahmen« »innerhalb eines überschaubaren Zeitraums« Herr werden könne. All diese Phrasen, die Sterb mit Sicherheit gerade wiederholt, in seinem immer gleichen Redeschwall.

Robert sieht in die Gesichter seiner Kollegen.

Er kennt jeden einzelnen von ihnen, ihre Storys und ihre Geschichten. Es ist immer schwieriger geworden in den letzten Jahren. Weniger Auflage heißt mehr Arbeit und weniger Zeit, nachzudenken. Kitter, der Mann, der '89 die Maueröffnung auf Agentur gegeben hat. Geitenhaupt, mit dem er mal die Leiche eines Mädchens in einer Jauchegrube fand. Von Schertzen macht normalerweise Promis, aber bei so einem Ding wie heute ist er mit von der Partie.

Sie sind froh, dass da wieder eine Mauer steht. Weil sie die Toten abhält, über sie herzufallen. Und sie selbst, über die Toten herzufallen.

»Ich fahre!« Ben holt ihn zurück aus seinen Gedanken.

»Klar.«

Kameramänner und Fotografen wollen immer fahren. Es sind nur ein paar Schritte bis zu Bens Wagen. Robert lässt sich auf den Beifahrersitz sinken, stößt mit den Füßen die Starbucks-Becher zur Seite und beginnt im Kopf, die ersten Sätze seines Beitrags zu formulieren. Nutzt ja alles nichts.

9

Nach der zweiten Flasche Corsair findet Sarah den Mut, nach dem Schlüssel zu suchen, eine ganz und gar alberne Angelegenheit, denn natürlich weiß sie, wo er ist: in dem ehemals weißen, jetzt an den Rändern vergilbten Pappkarton von Ikea, begraben unter abgelaufenen Ausweisen, einer kaputten Uhr, ihrem Impfpass, ein paar Briefen, Unterlagen und Zetteln – diesem ganzen Krempel eines vergangenen Lebens, vor allem aber unter den alten Fotos –, und vor genau diesen Fotos hat sie Angst.

Robert und Sarah, das Album. Gute Zeiten, schlechte Zeiten. Ziemlich saugute Zeiten und dann nur noch ziemlich extrem schlechte Zeiten. Wie immer, wenn sie die Kiste öffnet, versucht Sarah, nicht auf die Fotos zu sehen, aber das geht nicht. Also blättert sie die Bilder auch jetzt durch: Sie im Bikini und Robert in grünen Shorts am Schlachtensee, sie und Robert vor dem Cibo Matto in Mitte, im E-Werk, beide vollgepumpt und außer sich. Die nächsten Fotos hatte Christian gemacht. Sie, Robert und seine Mutter; ihre Mutter und Robert in Spanien, in Altea. Dann: Robert und Sarah auf dem Eiffelturm, in der Metro, das erste gemeinsame Hotelzimmer. Es sind vielleicht hundert Fotos, abgegriffen, so oft hat sie sich die Bilder angesehen in der schlimmen Zeit nach Warschau, den schlimmen Jahren nach Warschau.

Ihre Narbe beginnt zu pochen, sie kratzt sich unwillkürlich fester, weil der Schmerz ihr guttut. Das letzte Bild: Robert und sie in dem gelben Bambuskachelbadezimmer im Hyatt. Aufgenommen am Morgen vor der Nacht, in der Christian ihr fast das Gesicht weggeschossen hätte.

Sarah fischt den Schlüssel heraus, wirft die Fotos zurück in den Karton. Sie zieht sich eine Jacke über, winkt an der Straße ein Taxi heran, gibt dem Fahrer die Adresse im Grunewald und setzt sich die Kopfhörer auf und dreht »My Death« von Scott Walker auf volle Lautstärke. Der Taxifahrer gibt ordentlich Gas, und die Straße und die Lichter verwischen, die Fahrt kann Sarah gar nicht lange genug dauern. Am besten wäre es, immer weiter zu fahren, dieses eine traurige Lied immer und immer wieder zu hören, bis man vergessen hat, wohin man möchte und vor allem, wo man herkommt.

Die beiden größten Fehler ihres Lebens – alle Achtung – trennen nicht mal acht Stunden und verbinden sich auf geradezu gespenstische Weise. Robert, den sie wieder in ihr Leben gelassen hat – noch schlimmer: in ihre Seele –, und das Glas Wasser in Sentheims Schoß, das sie wahrscheinlich die Karriere kosten wird. Christian wird den Teufel tun, ihr den Auftritt von vorhin zu verzeihen, im Gegenteil. Wenn er das von Robert und ihr erfährt, und das wird nicht lange dauern, wird er sie mit eiskaltem Rachelächeln feuern, und sie kann nichts dagegen tun, weil sie ihm den perfekten Vorwand selbst geliefert hat. Diese Gedankenschleife läuft seit Stunden in ihrem Kopf, immer und immer wieder. Andererseits: Wenn sie heute noch fliegt, am besten jetzt gleich, kann sie noch am Abend in Spanien sein.

Also wieder flüchten.

Nein, diesmal ist es anders. Vielleicht ist sie der Lösung ihrer Probleme näher denn je, so bescheuert sich das anhören mag. Es ist das Wort, das Sentheim gesagt hat und wie erleichtert, ja befreit, er war, als er es einmal ausgesprochen hatte, als also die Grenze überschritten war und das Wort jetzt in der Welt war und für immer bleiben würde.

Dieses Wort hatte sie ausrasten lassen.

Türken-Gen.

Was, wenn Sentheim recht hat?

Ihre verfluchte Heißblütigkeit, einerseits. Dieses hektische Gestikulieren, Herumfuchteln, die Finger drohend an der Nase. Letztlich das Glas Wasser. Und, schlimmer, andererseits: ihre Unfähigkeit, mit Männern im Allgemeinen umzugehen, und mit Robert im Speziellen. Wie sie sich unterordnet, immer wieder, wie er mit ihr spielt. Und dass sie es sich gefallen lässt. Wie viel steckt von ihrer Großmutter Ambra, ihren Tanten und Cousinen aus der anderen Welt wirklich in ihr?

Unmöglich, den Gedanken zu stoppen.

»Ist hier okay?«, fragt der Taxifahrer jetzt. Sarah blickt aus dem Fenster und nickt, das Haus kann man von der Straße aus kaum sehen, die Hecken sind zu dicht, vor allem seit niemand mehr hier wohnt. Das Schild mit der Hausnummer hat irgendjemand gestohlen oder heruntergerissen. Sie steigt aus und öffnet das Tor. Der Taxifahrer lässt den Motor laufen. Über die früher immer blitzblank gekärcherten und jetzt komplett vermoosten Kiesplatten geht sie zur Tür. In ihrer Erinnerung ist sie die vier Stufen als Kind immer hochgehüpft, und dann, später, wenn sie und Robert bis in die Morgenstunden in den Clubs waren, geschlichen.

Jedes Haus hat einen Geruch, so unverwechselbar wie ein Fingerabdruck, und er ist nichts anderes als die Summe der Gerüche der Menschen, die in diesem Haus leben, also ein Familiengeruch. Das Haus von Sarahs Großeltern aber riecht und würde immer nur nach ihren Großeltern riechen. Daran hat auch nicht ändern können, dass sie und ihre Mutter so viele Jahre dort gelebt hatten. Der Geruch von Wohlstand, Ehrgeiz, Disziplin, holzig und doch spitz, hängt in dem Haus, auch jetzt noch. Sarahs Großvater war an einem Herzinfarkt gestorben. Seine Frau war ihm nur elf Monate später gefolgt, es waren vielleicht die schönsten elf Monate ihres Lebens.

Schon allein wegen dieses Geruchs dachte Sarah keinen Moment lang darüber nacht, hier einzuziehen, als sie zurück nach Berlin ging. Tatsächlich ist es das erste Mal seit der Beerdigung ihrer Großmutter, dass sie das Haus, in dem sie die zweite und bessere Hälfte ihrer Jugend verbrachte, wieder betritt. Ihrer Mutter kommt einmal im Jahr aus Barcelona, um nach dem Rechten zu sehen, die monatlichen Wartungsarbeiten erledigt eine Hausmeisteragentur.

Sarah geht durch die Räume, die wie einbalsamiert wirken, mit den Plastikbezügen über den Möbeln, den eingerollten Teppichen und zugezogenen Vorhängen vor den bodentiefen Fenstern. Die Tür zum Büro ihres Großvaters steht halb offen, ein kurzer Blick, die Bücher im Regal, unten die, die sie lesen durfte, oben die verbotenen. Sie findet das Cover sofort, blau. *Drehn Sie sich um, Frau Lot!* von Ephraim Kishon. Sie hatte nie darüber lachen können. Sie sieht die Bernsteinkugel auf dem Schreibtisch und dahinter, im Dunkeln kaum zu erkennen, den Lederstuhl. Dann ist sie wieder draußen, vorbei am Badezimmer der Großeltern, in den hinteren Bereich mit dem zweiten Bad, ihrem ehemaligen Zimmer und dann dem dritten, größten Raum. Das Jugendzimmer ihrer Mutter, in das sie wieder eingezogen war, mit vierunddreißig Jahren und einer halbwüchsigen Tochter. Das war für ihre Mutter vielleicht die größte Demütigung gewesen. Dagegen war die tägliche, selbstzufriedene Rechthaberei ihres Vaters absolut harmlos.

Sarah stößt die Tür auf und kniet sich vor die Biedermeierkommode. In der unteren Schublade muss sein, wonach sie sucht, in einem ungeordneten Haufen aus Papieren wahrscheinlich, denn ihrer Mutter waren finanzielle Dinge nie wichtig. Geld hatte sie immer genug, oder jedenfalls ihre Eltern. Von Sarahs Vater Unterhalt einzufordern war ihre Art, sich an ihrem Ex zu rächen. Sie wusste, dass der Betrag ihm deutlich mehr wehtat, als er ihr nutzte, und weil er das auch wusste, tat sie es überhaupt.

Sarah zieht die Unterlagen heraus und hat Glück. Der Bescheid liegt ganz oben, und er ist aktueller, als sie dachte, vom letzten Jahr. An der Adresse sieht sie, dass ihre Mutter die Papiere tatsächlich aus Spanien bei ihrem jährlichen Besuch mit nach Berlin brachte. Eine gute Methode, das alte Leben konsequent aus dem neuen herauszuhalten, denkt Sarah. Wichtig ist aber nicht, wie der Brief in die Kommode kam, wichtig ist die Adresse ihres Vaters.

Weserstraße 13. Er lebt also noch in der alten Wohnung. Das hätte sie sich denken können. Aber es ist wichtig, dass sie Gewissheit hat. Wenn sie schon in die Kontrollierte Zone geht, dann muss sie absolut sicher sein, dass sie die Leute auch trifft, die diese furchtbare Ahnung, dass Sentheim mit seinem Türken-Gen doch recht habe könnte, in ihrem Kopf zu stoppen vermögen.

Das Taxi wartet, der Fahrer steht an seinen Wagen gelehnt und raucht. Er schmeißt die halb aufgerauchte Zigarette weg, steigt ein. Sarah nennt ihm das Ziel, einen Ort, von dem sie sicher ist, dass er sie in die Kontrollierte Zone führt. Dann ist sie unterwegs, ihre andere Familie zu besuchen.

10

Die Oranienstraße liegt in totaler Stille. Mike Fegin, der Polizist, den die Toten töteten, erhebt sich aus einem dunklen Teich aus verkrustetem Blut, das aus seinen vielen Wunden auf den Asphalt geflossen ist. Mit einiger Anstrengung und mithilfe der Finger, die ihm an der rechten Hand geblieben sind, gelingt es ihm, Schorf und den Rest seines Lides vom rechten Auge zu schieben, sodass er etwas sehen kann. So wie er es bei der Bundeswehr im 3. Panzergrenadierregiment in Niederschönruppinow gelernt hat, checkt der ehemalige Obergefreite seinen Körper auf Verletzungen ab.

Das Resultat ist niederschmetternd.

Sein linkes Auge ist verloren. An der linken Hand fehlen der kleine und der Ringfinger. Noch im Liegen stellt der Polizist fest, dass sein Oberkörper und der Unterkörper dunkel und blutig sind. Der rechte Oberschenkel ist vom Beckenansatz bis zum Knie abgenagt.

Mit einem Ruck schiebt er den Fuß, den er sich beim Sprung von dem Turm verletzt hatte, zurück in seine ursprüngliche Position.

Er spürt: nichts.

Mike Fegin empfindet keinen Schmerz mehr. Nirgendwo. Auch nicht in den Nieren. Dort, wo die Hiebe seines Vaters in unerbittlicher, jahrelanger Routine eine Wunde geschlagen hatten, die auch dann nicht heilte, nachdem Obrist Fjodor Feginski seinen Sohn an einem kalten Novembertag im Jahr 1990 zum letzten Mal verprügelt hatte.

Als die 6. motorisierte Schützengarde der einst glorreichen Roten Armee frühmorgens an diesem Tag das Kasernengelände in Berlin-Karlshorst verließ, um nie mehr wieder dorthin zurückzukehren, lag Feginski, wie die meiste Zeit, auf einem Sofa, das fast drei Jahrzehnte zuvor bei den VEB Möbelwerken in Waltersdorf hergestellt worden war. Feginski, damals noch an seine Zukunft und die der UdSSR glaubend, hatte es sich vom ersten Jahressold abgespart. Es sollte für ihn und seine Familie das Symbol des Aufstiegs sein. Sogar Fotos des gelben Polstermöbels wurden angefertigt und in die Heimat, ein zugiges Minendorf jenseits des Ural, geschickt. Mittlerweile aber waren nicht nur die UdSSR, sondern auch Feginski und sein Sofa in einem desolaten Zustand. Vom Gelb des Möbels waren nur noch an den inneren Nähten Spuren zu erahnen, den restlichen Stoff bedeckte eine Collage aus Flecken verschiedenster Herkunft: Erbrochenes, Spucke, Sperma, Männerschweiß und Dreck. Sie erzählten eine Geschichte, die Mitleid erregt hätte, wenn ihre Hauptperson nicht so ein Scheusal gewesen wäre.

Die Armeekarriere von Obrist Feginski war bereits beendet, bevor sie richtig begonnen hatte, nachdem er einen jungen Rekruten so zugerichtet hatte, dass der sein Gehör verlor. Selbst in der rauen Ausbildungsrealität der Roten Armee war für einen Mann von solcher Brutalität kein Platz. Lange wussten die Vorgesetzten nicht, was sie mit Feginski anfangen sollten. Einerseits wollten sie ihn schnellstmöglich loswerden, andererseits hätte das eine Unmenge von Papierkram nach sich gezogen und darüber hinaus ein schlechtes Licht auf die Einheit geworfen. In Moskau wollte man sich nicht mit Armee-Versagern beschäftigen, und am Ende wäre wohl nicht nur der Kopf des Prügelnden, sondern auch der seines Vorgesetzten gerollt. Als man herausfand, dass Feginski in der Schulzeit Mitglied eines kleinen Orchesters gewesen war, wo er Tuba gespielt hatte, wurde er zum Mitglied der Regimentskapelle ernannt. Ihm kam das sehr gelegen, brachte es ihm doch gewisse Sonderrechte, denn sein Spiel wurde erträglicher, je mehr er getrunken hatte.

In einer Milchbar in Karlshorst lernte er Doris kennen, eine Berlinerin aus Köpenick, Dispatcherin in der Textilindustrie, deren Ansprüche kaum zu unterbieten waren. Sie heirateten, Feginski verbrachte die Flitterwochen im Dauerrausch statt wie versprochen in St. Petersburg. Im zwölften Jahr ihrer Ehe kam Doris bei einem Busunfall ums Leben, als sie den gemeinsamen Sohn Michail von einem Ferienlager der Jungen Pioniere abholen wollte. Feginski machte das Kind für den Verlust der Ehefrau verantwortlich, den sein Herz weitaus besser verkraftete als sein Verstand, denn er begriff, dass er mit der duldsamen Doris eine kostenlose Putzfrau verloren hatte.

Mit dem Tag der Beerdigung begann für den Sohn ein Martyrium, denn seither verprügelte Feginski ihn täglich, mit harten, gezielten Handkantenschlägen auf die Nieren. Er ging wortlos zu Werke und erwartete von seinem Sohn, dass er die Strafe ebenfalls wortlos ertrug. Michail weinte später in die Kissen, jede Nacht bis in den frühen Morgen, um dann die letzten Stunden bis Schulbeginn damit zu verbringen, sich auszumalen, wie er seinen Vater eines Tages töten würde.

Auch als der Obrist Feginski an jenem Novembernachmittag aus seinem Rausch erwachte, holte er als Erstes seinen Sohn, der in der Küche saß und Hausaufgaben machte, zu sich und verabreichte ihm eine historische Tracht Prügel. Dann legte er sich zurück auf das Sofa und schlief wieder ein.

Michail, zwölf Jahre alt, überlegte lange, was er tun sollte: seine Aufgaben in Mathematik fertig machen und anschließend mit den Freunden am Zaun der Kaserne rauchen oder seinen schlafenden Vater mit Wodka übergießen und anzünden. Gerade, als er sich in seinem Zimmer auf die Suche nach dem Feuerzeug machte, wurde die Tür zur Wohnung eingetreten, sein Vater von zwei russischen Militärpolizisten vom Sofa, dann auf die Straße und schließlich in einen Transporter gezerrt, der ihn zurück in die kalte Heimat bringen würde.

Zurück auf dem riesigen, verlassenen Kasernengelände blieb Michail Feginski mit seinen Mordgedanken und fürchterlichen Schmerzen in der Nierengegend. Beide verließen ihn nie mehr; nicht, als er schon lange bei seinen deutschen Großeltern in Pankow lebte und Mike Fegin hieß, nicht, als er erst bei der Bundeswehr und später bei der Polizei arbeitete und in Seiks einen Vaterersatz fand. Nicht als er Sabine kennenlernte, nicht in den Nächten, als er mit ihr seine beiden wunderbaren Kinder zeugte.

Aber jetzt sind die Schmerzen nicht mehr da, und Mike Fegin weiß, dass das Schicksal ihm etwas Unglaubliches geschenkt hat: die Freiheit. Mike Fegin weiß aber auch, dass aus jedem Geschenk eine Verantwortung erwächst. So hat es ihm seine Großmutter beigebracht. Mike Fegin beschließt, etwas zurückzugeben. Er sieht das Gewehr neben sich, greift danach, schließt es fest in seine Hände und beginnt, seiner Verpflichtung nachzukommen.

11

Redaktionen arbeiten am besten am Rand des Nervenzusammenbruchs, das weiß jeder Journalist, und Roberts Redaktion arbeitet gut, seit die Toten das Laufen lernten. Verdammt gut. Das Problem: Alle anderen tun es auch.

Sein Entschluss steht fest, aber er will das mit Anstand zu Ende bringen.

»Der Polizist. Wissen wir, wer das ist?«, ruft Robert in den Großraum und, zu seiner Sekretärin: »Einen Kaffee. Groß.«

»Ja«, ruft Schröder, einer der besten Rechercheure, von seinem Schreibtisch. »Der Typ heißt Mike Fegin, dreiunddreißig, gebürtiger Russe, verheiratet, zwei Kinder.«

»Und haben wir die Kinder und die Mutter dieser Kinder?«

Schröder, ein Hüne, macht ein Gesicht wie ein Schulterzucken, Robert weiß, was das heißt: Nein. Oder noch schlimmer: Wir nicht. Andere schon. Er denkt: Scheiße. Ohne die Story von dem Polizisten ist das alles nichts wert, theoretischer Mist. Tausend Tote beim Fährunglück in Bangladesch? Nicht halb so viel wert wie sechs Tote bei einem Gasunglück in Berlin. Wenn man sie denn im Foto hat.

»Also?«

Schröder bricht die Haltefeder von seinem Kugelschreiber ab, das macht er immer, wenn was nicht so läuft.

»Also, Schröder?«

Die Sekretärin, Sandra, bringt einen Kaffee, Robert trinkt.

»Der *Tag* hat die Frau exklusiv eingekauft, Fotos, Story

alles. Da ist Schild dran gewesen, guter Mann. Ich glaube nicht, dass da für uns noch was übrig ist.«

Robert sieht auf die Uhr. Kurz vor sechs. Der *Tag* druckt in einer halben Stunde, ist in einer Stunde auf dem Markt, zumindest in den Kneipen, Abendverkauf.

»Schild hat mir die Schlagzeile verraten.«

»Und die wäre?«

»›Der Polizist, den die Toten töteten‹«.

»Keine schlechte Zeile, das muss man ihnen lassen.«

»Super Zeile.«

Robert zuckt mit den Schultern.

»Ich ruf an.« Er zündet sich eine Zigarette an und ruft zur Sekretärin. »Koppel, gib mir Koppel ans Telefon!«

Der Deal mit dem Chefredakteur ist schnell gemacht, weil die anderen Sender gepennt haben. Robert bekommt die Fotos vom *Tag* und verpflichtet sich, sie nur mit dem Wasserzeichen »Exklusiv-Fotos: Schild/Der Tag« zu zeigen und außerdem die Titelseite einzublenden. Das bringt der Zeitung Aufmerksamkeit und Auflage. Und 1000 Euro. Damit zahlen sie Schilds Tageshonorar und haben noch Gewinn gemacht. Ein gutes Geschäft.

Robert schaltet den Computer ein, öffnet das Schreibprogramm und beginnt, den Beitrag zu formulieren. Wenn alles gut läuft, ist er in drei Stunden durch, und das war es dann. Er bittet Sandra, einen Flug zu buchen, für morgen früh. Hin und zurück, damit es keine dummen Fragen gibt. Die kommen natürlich trotzdem.

»Dienstlich oder privat?«

»Privat.«

»Eine oder zwei Personen?«

Gute Frage. Er tippt Sarahs Nummer in das iPhone.

»*Anruf fehlgeschlagen*.«

Schade.

»Eine Person.«

»Gut. Und soll ich Urlaub für dich beantragen?«

»Nein. Ich sehe Christian noch.«

»Okay …«

»Ist noch was?«

»Naja. Komische Zeit für einen Urlaub. Finde ich. Aber musst du selber wissen. Übrigens: Da ist etwas für dich mit einem Boten gekommen.«

»Danke.«

Auf dem übergroßen, wattierten Umschlag steht:

»Robert Truhs
persönlich/vertraulich«

Er reißt ihn auf, ein iPad gleitet in seine Hand. Er drückt auf den Home-Button, die Apps erscheinen auf dem Bildschirm. Keine Code-Abfrage. Seltsam. Robert holt sein Prepaid-Handy aus der Schreibtischschublade und wählt.

»Hier Sterb.«

»Ihr Paket ist angekommen.«

»Gut.«

»Ich weiß nicht, ob ich mich dafür bedanken soll …«

»Wir sind doch jetzt Freunde, oder nicht?«

»Ein ziemlich großer Freundschaftsbeweis, würde ich sagen.«

»Ich, äh, nun …«

»Ärger?«

»Das wäre eine Untertreibung, Truhs. Gut möglich, dass ich bald, sehr bald, für einige Zeit aus der Stadt verschwinden muss.«

»Der Bürgermeister lässt sie fallen?«

»Die letzten Wochen waren für ihn fürchterlich. Er hat Angst. Vor allem davor, dass die in Bonn ihn absetzen und hier die Kontrolle übernehmen.«

»Und Sentheim hält ihm Händchen?«

»Ja – und sorgt gleichzeitig dafür, dass die Angst bleibt, um sich unentbehrlich zu machen. Das ist seine Kunst, die beherrscht er perfekt, der Hund. Wie in seinem Buch. Erst schürt er die Angst, jetzt spielt er sich als Retter der Nation auf. Und er hat die Menschen hinter sich. Sie vertrauen ihm. Haben Sie die Umfrage gesehen?«

Hat er. Siebenundachtzig Prozent wünschen sich, dass Sentheim Innensenator wird. Das also ist von Roberts großem Scoop übrig geblieben. Gerade mal ein halbes Jahr später.

Robert versucht es mit Trotz.

»Ein Telefonvoting fürs Fernsehen! Da rufen doch nur seine Fans an.«

»Eben. Truhs, Sie sind doch lange genug im Geschäft, um da den Trend zu erkennen.«

»Was wird er tun?«

»Auf jeden Fall alles, um mich loszuwerden.«

»Entschuldigen Sie, Sterb, aber ich meinte, mit der Stadt?«

»Schwer zu sagen. Die Zone weiterhin sichern, sehen, dass niemand und nichts rein- oder rauskommt. Abwarten, bis sich die Dinge dort selber regeln.«

»Was sagen die in Bonn denn dazu?«

»Das Mädchen wird nervös. Aber sie kann nichts tun. Glauben Sie mir, ich möchte nicht in ihrer Haut stecken. Oder wie würden Sie die Sache in Ankara und Tripolis erklären?«

»Wenn man dort von dem Video erfahren würde …«

»Dann gnade uns Gott. Dann sind wir da, wo wir 1944 waren.«

»Also?«

»Mein Gefühl sagt mir, dass sie den Bürgermeister und Sentheim weitermachen lässt. Dann kann sie später im Zweifelsfall immer noch die Verantwortung auf die Berliner abschieben, in so etwas ist sie ja gut. Bis dahin gibt's Reisebeschränkungen, aber damit kann man uns Berliner nicht sonderlich schockieren.«

»Und Sie? Sie setzen sich ab?«

»Junge, stellen Sie unsere zarte Freundschaft nicht auf die Probe.«

»Warum bleiben Sie nicht?«

»Weil ich hier nichts mehr tun kann. Sehen Sie es so: Ich bringe mein Gehirn und meine Beziehungen in Sicherheit.«

»Schöne Formulierung.«

»Ich gehe nach Brüssel, für den Fall der Fälle.«

»Und der wäre?«

»Haben Sie mir nicht zugehört? Wenn das hier versaut wird, vom Bürgermeister oder Sentheim oder wem auch immer, und die Kleine in Bonn macht einen Fehler, dann wird das ganz schnell nicht nur eine nationale, sondern eine kontinentale, wenn nicht globale Angelegenheit. *Das* ist der Fall der Fälle.«

»Verstehe.«

»Na, hoffentlich.«

»Deswegen habe ich jetzt das Video? Weil es auf keinen Fall mit Ihnen in Verbindung gebracht werden darf?«

»Ich sehe, ich habe mich nicht in Ihnen getäuscht, Truhs.«

»Und wenn ich es sende? Dann fällt Sentheim auf die Schnauze. Und Sie können zurückkommen.«

»Ja, theoretisch. Aber praktisch? Was meinen Sie, was dann

von dieser Stadt noch übrig ist? Nein. Vor zwei Wochen vielleicht. Jetzt nicht mehr.«

»Und warum meinen Sie, dass ich bleibe?«

»Ich dachte, Ihr Mädchen sei noch hier?«

»Sie machen mir Angst, Sterb.«

»Alles eine Frage der Übung.«

Die Sekretärin macht eine Geste durch die Glastür. Noch zwei Stunden bis zur Sendung. Roberts Bericht ...

»Ich muss Schluss machen.«

»Gut ... Und, Truhs?«

»Ja?«

»Gottes Segen!«

Während draußen in der Redaktion der Countdown zur Abendsendung gestartet wird, lehnt sich Robert in seinem Stuhl zurück und dreht das iPad vorsichtig in seinen Händen, vorsichtig und voller Respekt, so als wäre es ein gefährliches Tier, das nur schläft und jederzeit zum Leben erwachen kann.

In einer knappen halben Stunde könnte es gezeigt werden, keine zehn Minuten später würden die großen deutschen Anstalten anfragen, um es einzukaufen, und dann die Agenturen, die für die internationalen Networks arbeiten. Keine zwei Stunden später würden alle Fernsehsender der Welt ihre Programme unterbrechen. Die Stadt würde zur Hölle werden für die, die drin sind. Und zur Höllenpforte für alle anderen. Wenn sie schon Flugzeuge abschießen wollen, die von Terroristen gekapert werden, was würden sie sich für eine Stadt einfallen lassen, in der ein Virus wütet, das die Toten über die Lebenden herfallen lässt?

Was würde ich tun?, fragt Robert sein Spiegelbild im iPad. Ich würde eine Atombombe werfen. Das wäre wahrscheinlich sogar das Vernünftigste.

Nur noch einen Bericht.

Einen, der ihn nicht zum Weltzerstörer macht.
Ohne das Material von Sterb.
Eher was fürs Herz.
Der Polizist, den die Toten töteten.
Und morgen früh nichts wie weg.

12

Die meisten Fotografen und Kameramänner bleiben wahnsinnig gern in Redaktionen, wenn sie ihre Bilder abgeliefert haben. Während für die Redakteure und Cutter die wichtigste Arbeit erst anfängt, stehen die Kameramänner auf den Fluren oder in der Kaffeeküche, rauchen, wo immer sie dürfen, und versuchen, sich gegenseitig mit immer drastischeren Schilderungen der besonderen Gefahren, unter denen ihre Bilder zustande gekommen sind, zu übertreffen. Ben Lieving ist da anders, immer schon gewesen.

Die Angst, die nächste große Geschichte zu verpassen, weil man sich lieber die Angebereien der Kollegen anhört, als den Polizeifunk zu verfolgen, treibt ihn auch jetzt wieder aus der Redaktion in sein Auto. »Patrouillen« nennt Lieving diese Fahrten. Er sagt: »Ich bin mal auf Patrouille«, und das bedeutet nichts weniger, als dass er stundenlang kreuz und quer durch Berlin fährt, den Scanner für die Amtsfrequenzen auf dem Beifahrersitz neben sich.

Jetzt aber geht ihm das Gebrabbel aus dem Lautsprecher auf die Nerven, unverständlicher Kram das meiste und der Rest nichts Neues: Die meisten Polizeikräfte sind nach wie vor damit beschäftigt, das Chaos rund um die Ereignisse auf dem Oranienplatz in den Griff zu bekommen. Was dort geschehen ist, weiß er besser als die Polizisten am Funk. Heute konnte er ein paar Punkte gegen Renner gutmachen; das Material, das er lieferte, ist einzigartig, fantastisch und über jeden Zweifel erhaben – mehr als achthundert Tote, die auf die Mauer zulaufen und die, einer nach dem anderen, von der Berliner Polizei mit Kopfschüssen umgelegt werden. Aber die richtig guten Bilder, die niemand anderes haben kann, die wird er nur bekommen, wenn er dahin geht, wo es richtig gefährlich ist. Wie das eben immer so ist: Nur was wehtut, wird wirklich gut.

Ben steuert einen Drive-Thru an, bestellt vier Cheeseburger mit Kaffee und rollt auf den Parkplatz hinter dem McDonald's. Während er den Becher in den Halter in der Mittelkonsole steckt, fällt sein Blick auf den *Abend*, den Robert wohl dort liegen gelassen hat. Warum nicht mal eine Zeitung lesen, denkt Ben, schält den ersten Burger aus dem Papier und schlägt das Blatt auf. Er beginnt, den Kommentar auf der dritten Seite ohne große Lust zu lesen, doch je weiter er kommt, desto deutlicher wird ihm, was er tun muss, um wirklich reich und berühmt zu werden.

Wir haben ein Recht auf die Wahrheit!

Von Wolf Möller

Der Bereich von Berlin, den Behörden, Politiker, Sondereinheiten, Krisenstäbe, Senatoren, Grenzschützer, Einsatzkommandos, Sondersendungs-Redakteure, Mediziner, Militärs, Quarantäne-Spezialisten, Innenausschuss-Mitglieder und Fernsehexperten meinen, wenn sie von der Kontrollierten Zone sprechen, ist vor allem eines offensichtlich nicht: kontrolliert.

Seit vierzehn Tagen hat den Bereich zwischen Oranienstraße und dem südlichen Rand der Hasenheide, zwischen dem Tempelhofer Damm und der Spree im Osten niemand mehr betreten und auch wieder verlassen. Seit zehn Tagen gibt es keinen Kontakt mehr zu den Bewohnern des Gebiets.

Das letzte verlässliche Lebenszeichen kam aus dem Urban-Krankenhaus, in dem sich eine Gruppe von Ärzten, Pflegern und Patienten verschanzt hatte. Eine Evakuierung wurde als zu gefährlich bewertet und nicht weiter diskutiert. Stattdessen wurden das Festnetz gekappt und die Mobilfunkverbindungen abgeschaltet. Eine Sicherheitsmaßnahme, betonte die Landespolizeibehörde. Seither weiß niemand, was sich in diesem Gebiet abspielt, wie viele Menschen dort noch am Leben sind, in welchem Zustand sie sind und welche Ausmaße das Grauen angenommen hat.

Eine Krise, sagt der Bürgermeister. Und hofft, dass sich das Problem von selbst erledigt.

Ein Rätsel, sagen die Mediziner. Und arbeiten verzweifelt daran, ein Anti-Serum zu entwickeln.

Eine regional begrenzte Situation, sagt die Bundeskanzlerin. Und telefoniert sich schwindelig, um die Regierungen im Ausland zu beruhigen.

Der Mohammed-Virus, flüstern die Leute auf der Straße. Und sind erleichert, dass es nur »die«, aber nicht »uns« trifft.

Ein Zeichen, sagt der alte, neue starke Mann in Berlin, Olaf Sentheim, in einem Radiointerview.

Was geschieht wirklich in der Zone, die niemand kontrolliert, sondern die, im Gegenteil, sich komplett selbst überlassen wurde?

Wir haben ein Recht, das zu erfahren.

Um wirklich etwas zu reißen, muss Ben dahin gehen, wo die Geschichte angefangen hat: nach Kreuzberg, in diese bescheuerte kontrollierte oder eben nicht kontrollierten Zone. Wer Bilder von dort hat, hat die ganze Story, und die kann einem keiner mehr wegnehmen. Nie mehr. Auch der verfluchte Renner nicht. Ben schmeißt das vierte Cheeseburgerpapier auf den Beifahrersitz. Soll er mit Robert sprechen? Eher nicht. Er ist in letzter Zeit nicht mehr der Alte. Kein Biss mehr. Das ist ja wohl vorhin ganz klar geworden.

Diese Sache, denkt Ben Lieving, die muss ich allein durchziehen. Und schnell. Schneller jedenfalls als Renner. Also: sofort.

Drei Stunden später schleppt er eine Sony-Handkamera, eine digitale Spiegelreflexkamera von Nikon, genügend Akkus, Aufladegeräte, Ersatz-Chips, zwei iPads, einen Baseballschläger und eine schwarze Luftmatratze – alles verpackt in einen Rucksack – auf die Bahntrasse beim Ostbahnhof. Es hat bereits zu dämmern begonnen, und Ben schleicht geduckt im Schatten des rostigen Geländers auf die Brücke. Wenn die Lichtkegel der Suchscheinwerfer in seine Richtung wandern, macht er Pausen und legt sich auf den Boden. Dann kriecht er weiter. Der metallische Geruch der Schienen steigt ihm stechend in die Nase. Kurz vor dem Punkt, an dem die Gleise die Spreebrücke kreuzen, stoppt der Fotograf und presst sich gegen das Geländer. Quietschend legt sich der Zug in die Kurve. Kaum hat die Lok ihn passiert, nutzt Ben den Moment und springt über das Geländer von der Trasse. Er rollt sich in dem dichten Gestrüpp ab, fängt seine Ausrüstung auf. Hier, perfekt verborgen, liegt ein drei Quadratmeter großer Bereich, der ihn vor allen Blicken schützt. Aus der linken oberen Tasche seiner Tamrac-Weste fischt er eine Schachtel Camel aus einer wasserdichten Hardbox. Das Zippo (»WM-Edition 2006«) klickt. Ben raucht. Nur einen Moment Ruhe.

Die Luftmatratze ist in weniger als zehn Minuten aufgeblasen. Bis auf die Boxershorts zieht sich Ben aus, verstaut die Kleidung im Rucksack und verschnürt ihn fest. Vorsichtig kriecht der Fotograf zum Ufer und lässt sein Floß zu Wasser.

Es trägt. Gut.

Die Spree gurgelt leise in Richtung Mitte.

Ben gleitet hinter die Luftmatratze, stößt sie ab, bis an die Unterlippe liegt er im kalten Wasser, er und das Gefährt verschmelzen zu einem schwarzen Etwas, das diagonal über den Fluss treibt; mit ein paar Schlägen seiner Füße korrigiert der Fotograf die Lage in der Strömung. Keine zwei Minuten dauert es, und er ist am anderen Ufer, etwas nördlich vom Brückenpfeiler. Er steigt, wieder in der Deckung eines Busches, an Land, zieht den Rucksack mit seiner Ausrüstung hoch und lässt die Luftmatratze treiben, die Spree abwärts, ins Museumsviertel.

Gut zehn Meter sind es bis hinter das erste Gebäude des Heizkraftwerkes. Er schafft den Weg sekundengenau, bevor der Scheinwerfer seine Beine erfasst. Dann ist er in Sicherheit (vor denen, die ihn beschützen wollen), er zieht sich an, sieht auf seine Breitling: fast halb sieben. Ben raucht wieder eine Zigarette und überlegt sich, in welche Richtung er das Labyrinth der Industrieanlage verlassen soll.

Dann hört er die Schüsse. Nicht von außerhalb der Kontrollierten Zone. Sondern aus ihrem Inneren. Südlich, ungefähr bei der Skalitzer Straße. Ben Lieving nimmt die Witterung der Geschichte auf, die ihn berühmt und zum Besitzer eines Penthouse in Dubai machen soll.

13

Sarah steigt aus der Röhre, die aus dem untersten Geschoss des ehemaligen Flughafens Tempelhof quer unter dem Columbiadamm hindurch bis in einen alten Keller am Volkspark Hasenheide führt. Lächerlich einfach war das. Drei Schlösser, mit einem Bolzenschneider geknackt. Eine Stadt wie Berlin birgt so viele Geheimnisse, dass sich niemand die Mühe macht, sie alle zu ergründen. Jenes, das ihr nun Eintritt in die Kontrollierte Zone verschaffen wird, kennt Sarah bereits seit vielen Jahren.

Ihr Cousin Hassan war schon als Kind kein guter Mensch, er verdiente sein Geld mit dem Tod anderer, denen er in Stanniol verpacktes Heroin verkaufte. Es war ein kranker Nachmittag, als er ihr den Gang zeigte, sie war erst neun, und er wollte angeben mit dem Fluchtweg, den ihm, dem Dreizehnjährigen, seine Bandenchefs, die Zwanzigjährigen, gezeigt hatten.

Es war das letzte Mal, dass sie Hassan sah. Erst, als sie schon lange mit ihrer deutschen Mutter aus Kreuzberg weggezogen war, erfuhr sie, dass Hassan einer der Gründe dafür war. Die anderen waren: Adil und Abdullah und Mohammed und Tarik, die Cousins und Onkel. Und Aischa und Fatima und Laila und Birger, die Cousinen und Tanten. Und alle anderen der Familie ihres Vaters. Omar aber war der Hauptgrund, warum ihre Mutter mit ihr wegging, denn Eva wollte ihrer Tochter das ersparen, was für sie selbst so romantisch begonnen und so grausam geendet hatte: die Ehe mit einem

Mann aus einer anderen Welt. Bei Eva war es Omar. Bei Sarah sollte es Hassan werden.

In Grunewald, keine dreißig Kilometer weiter westlich und doch auf einem anderen Kontinent, wurde aus der reumütigen Eva wieder die Tochter ihrer Eltern und Sarah vom Mädchen zur Frau. Ein Leben in der Villa, eine gute Schule und fantastische Freunde: Robert und Christian – das war Sarahs Welt. Die Zeit und das Leben vorher verloren sich zu Erinnerungsfetzen in seltenen Albträumen.

Jetzt ist sie zurück, fast. Um herauszufinden, ob man seiner Herkunft entkommen kann oder nicht.

Sarah lässt den Bolzenschneider fallen, für den Rückweg wird sie ihn nicht mehr brauchen. Hier, wo sie nun ist, gibt es wohl niemanden mehr, der die Tür verschließen könnte, während sie sich auf den Weg in die Weserstraße macht. Der erste Kellerraum ist vollgestellt mit hohen, weißen Schränken, wie sie früher in Apotheken standen. Das war das Zwischenlager für die Drogen, die Hassan und die anderen in der Hasenheide verkauften. Das Profi-System einer Profi-Organisation. Im Lichtkegel der Taschenlampe sieht Sarah die Holztür, sie ist unverschlossen und klemmt trotzdem. Nur mit Anstrengung gelingt es ihr, sie aufzustoßen, und auf der anderen Seite erkennt sie, warum: Ein schwarzer Schäferhund liegt auf dem Boden, ein kalbgroßes Tier, steif und tot.

Im zweiten Raum kommt ein Luftzug von einer engen Wendeltreppe auf der gegenüberliegenden Seite, die nach oben, nach draußen, führt. Die Absätze von Sarahs Stiefeln schlagen hohl auf das Metall der Stufen. Mit der Stablampe schlägt sie das Gestrüpp zurück, in dem der Zugang seit Jahrzehnten vergessen und auch jetzt noch verborgen ist. Dann ist sie draußen, über ihr ein wolkiger Abendhimmel. Sarah sieht sich um. Da ist der große Backsteinbau, ein ehemaliges

Verwaltungsgebäude, zu dem der Keller gehörte, bis Hassans Chefs die Verbindung zu dem Hauptgebäude einfach zumauerten. Dreist und effektiv.

Sie geht ein paar Schritte an dem Haus entlang, um sich einen Überblick zu verschaffen, steht dann an einem zwei Meter hohen Drahtzaun, dessen feine Maschen silbern funkeln, wenn sich das Mondlicht für einen Augenblick durch die Wolkendecke kämpft. Der Zaun ist nagelneu, nur ein paar Wochen alt. Die erste Bastion zwischen Drinnen und Draußen, hektisch über Nacht errichtet, bevor die Bagger kamen, um die Betonmauer in den Boden zu stampfen, an der nördlichen Seite des Columbiadamms. Sarah sieht den Wall weit hinten und auch einen der Wachtürme. Der Suchscheinwerfer gleitet durch die Dunkelheit, in ihre Richtung, und als er den Zaun erreicht, sieht sie, bizarr verformt wie Schattenrisse, die verwesten Kadaver der Tiere. Kaninchen und Füchse, Fell und Fleisch, aus dem bleiche Knochen schimmern, verwoben mit den Maschen. Die Tiere, jäh gestoppt in ihrer rasenden Flucht, kannten offensichtlich nur ein Ziel: raus. Jetzt gibt es hier kein Rascheln, kein Flattern, kein Bellen, kein Rufen, kein Tiergeräusch mehr.

Sarah gräbt ihre Fingernägel tief in die Oberarme, bis der Schmerz sie beruhigt, ein alter Trick. Als der Suchscheinwerfer sie zum dritten Mal passiert hat, ist sie bereit. Ein paar Meter robbt sie rückwärts, bis sie sicher ist, dass sie vom Turm aus nicht mehr zu sehen ist, dann rennt sie los, hinein in die Hasenheide, dem Volkspark von Neukölln. Hier ist das Reich von Hassans Dealerbossen und ihren Rivalen aus Somalia oder vom Balkan. Sie sitzen in den Cafés rund um den Hermannplatz, trinken, rauchen, palavern, während die Kinder für sie im Park die dreckige und die gefährliche Seite des Geschäfts erledigen.

Sarah kennt den Park gut, die Wäldchen und Lichtungen, es war ihr Spielplatz, damals, als sie noch in Kreuzberg lebte. Die alten Wege geben ihr ein Gefühl der Sicherheit, nur einmal quer durch den Park, dann über den Hermannplatz, und sie ist in der Weserstraße. Kein großes Ding. Ein Weg, den sie tausendmal gegangen ist. Nichts bewegt sich, kein Lufthauch. Die sanfte Dunkelheit macht alles weich und friedlich. Alles nicht so dramatisch. Alles in bester Ordnung.

Nur einen Moment ausruhen. Sarah setzt sich auf die Parkbank voller schwarzer Kritzeleien. Tags, mit Edding auf das Holz geschmiert, wie überall hier, denkt Sarah, stützt die Hände auf, schließt die Augen und legt den Kopf in den Nacken. Nur einen Moment …

Sie atmet tief ein, dann riecht sie es. Eine Erinnerung, blitzartig: Warschau. Blut. Sarah springt auf, hält die Hände vor das Gesicht, dreht sie ins Mondlicht. Sie sind schwarz wie von Kohle, aber das ist keine Kohle, und die Farbe auf der Bank ist kein Edding. Der Geruch frisst sich in ihre Nase, ins Hirn. Sarah reibt die Hände an ihrer Jeans ab und wird das Blut doch nicht los, es ist jetzt überall an ihr, sie springt auf, dreht sich im Kreis, fällt hin, gräbt ihre Hände tief in das Gras. Es ist kühl und feucht, nein, nicht feucht, sondern nass. Viel zu nass, pfützennass. Blutschwarz führt die Spur, fast ein kleiner Bach, über die Wiese zu einer kleinen Böschung.

Renn!, schreit Sarahs Verstand, doch sie kann sich nicht bewegen, ihre Panik nagelt sie auf allen vieren fest in der Blutlache. Oben auf der Böschung bewegt sich etwas, die Äste zittern, und da ist ein Rascheln, das erste Geräusch, das sie hört, außer ihrem donnernden Herzschlag, seit sie aus dem Tunnel gekommen ist.

Das Laub teilt sich, etwas bahnt sich seinen Weg mit echsenhaften Bewegungen, ruckhaft, langsam und doch unaufhaltsam. Sarah presst ihre Hände auf den Boden, stößt sich ab und fällt nach hinten. Dann erkennt sie das Kind. Ein Mädchen, schwarze Augen, schwarze Haare. Das Kleid hängt zerschlissen an ihm herab, Sarah sieht eine tiefe Wunde, ein dunkler Schatten auf der Haut, so bleich wie Papier. Da sind Blutspritzer, im Gesicht, um den Mund. Eine Grimasse, die der Tod in ein Puppengesicht gestickt hat. Das Kind hebt die Arme, streckt sie aus, in Sarahs Richtung, als ob sie ein Spielzeug halten würde, das das Mädchen gern hätte. Sarahs Panik weicht einem anderen Gefühl: Mitleid. Sie kann sich jetzt wieder bewegen, steht auf und macht einen Schritt in Richtung des Mädchens.

Komm in meine Arme!

Das Kind taumelt schneller, es sind vielleicht noch dreißig Meter zwischen ihnen. Sarah hört ein leises Stöhnen, aber für sie ist es nicht bedrohlich, eher ein Wimmern. Sie kommen sich näher. Als nur noch ein paar Meter zwischen ihnen liegen, bleibt das Kind plötzlich stehen, legt seinen Kopf schräg. Tränen schimmern in Sarahs Augen, und sie ist sicher, auch ein Glitzern in den Augen des Mädchens zu sehen. Doch dann reißt es den Mund auf und stürzt auf sie zu, die kleinen Hände schlagen wie Klauen durch die Luft. Sarah taumelt rückwärts, strauchelt, im Sturz sieht sie die zweite Gestalt, die jetzt schnell, viel schneller als das Kind, aus Richtung der Böschung herankommt. Eine erwachsene Frau, nackt bis auf den Fetzen eines Kopftuchs um den Schädel, der Körper übersät mit tiefen Wunden. Sie faucht, schlägt mit den Händen in Sarahs Richtung, kommt immer näher.

Sarah rafft sich auf und läuft, erst ein paar Schritte rückwärts, dreht sich und rennt, bis sie am anderen Ende der Wiese ist, weit genug von den beiden Gestalten.

Ein unnützer Gedanke schießt ihr durch den Kopf: *Drehn*

Sie sich um, Frau Lot! Die Frau aus der Bibel, die zur Salzsäule erstarrte, weil sie noch einmal zurückblickte auf Sodom, auf die Stadt, der sie gerade entkommen wollte.

Was Sarah sieht, als sie sich umdreht, ist die Frau, fast auf der Höhe des Kindes, beide haben Sarah fest im Blick ihrer Glutaugen, und als die Mutter bei der Tochter ist, schlägt sie ihr beim Überholen mit dem rechten Arm fast beiläufig gegen den Schädel, sodass das Kind hart auf den Boden fällt.

Mit diesem Bild vor Augen läuft Sarah weiter, bis sie aus dem Park kommt, auf eine Straße mit Kopfsteinpflaster. Links und rechts Altbauten. Es geht leicht abwärts, unten ist der Hermannplatz, das weiß sie. Sie rennt jetzt in der Mitte der Fahrbahn, um ein gutes Dutzend Autos herum, die mit offenen Türen kreuz und quer auf der Straße stehen, als seien ihre Besitzer ausgestiegen und fortgegangen, weil ihnen das Benzin ausgegangen wäre.

Ob sie noch verfolgt wird, weiß sie nicht, sie blickt nicht zurück, niemals mehr würde sie zurückblicken. Auf den Balkonen der Häuser, in den offenen Eingängen, dahinter in den Höfen – sie kann nichts erkennen, und wenn sie könnte, wollte sie es nicht sehen. Sie rennt und rennt, aber irgendwann kann sie einfach nicht mehr, wird langsamer und langsamer. Da taucht die südliche Seite des Karstadt-Kaufhauses am Hermannplatz vor ihr auf. Das blaue Logo auf dem Dach leuchtet nicht, aber sie weiß, dass es da ist, das gibt ihr ein gutes Gefühl.

Das Karstadt, die Zoo-Abteilung mit dem großen Aquarium der Tropenfische, die beiden Papageien, die bunten Flakons und Proben in der Parfümerie, ab Oktober Sonderflächen »Weihnachten bei Karstadt erleben« und »Weihnachtsmarkt am Hermannplatz«. Das »Feinschmecker-Paradies« unten, wo sie mit ihrer Mutter heimlich einkaufte, Würste aus

Schweinefleisch auf die Hand. Das Kaufhaus war immer gut zu ihr gewesen, eine Insel für sie und ihre Mutter. Noch heute kauft sie am liebsten bei Karstadt am Kurfürstendamm ein, obwohl das eigentlich ein Wertheim ist.

Solche Gedanken hat Sarah, als sie die letzten Meter zum Hermannplatz taumelt, ihr Kopf und ihr Körper sind am Limit. Ein Wunder, dass sie die Gestalt hinter dem Rollgitter des Karstadt-Parkhauses überhaupt bemerkt, die ihr winkt, erst wie verschämt, dann immer energischer.

Ja, denkt sie, ich komme ja, ich komme ja schon, ich bin gleich da. Und dann sieht sie, dass der gesamte Hermannplatz in Bewegung ist, wie ein Bienenstock oder ein Ameisenhaufen, sieht, dass da Hunderte Menschen sind, und sieht, dass sie sich träge in ihre Richtung bewegen.

»Schnell! Hierher!«, ruft die Gestalt, und mit letzter Kraft läuft Sarah über die Straße, lässt sich vor das Gitter fallen und greift nach der Hand, die sie unter der Eisenkante, über den feuchten Asphalt ins Innere zieht.

14

Olaf Sentheim hatte das Rote Rathaus damals mit erhobenem Haupt verlassen, und genauso würde er es jetzt wieder betreten. Er bahnt sich den Weg zum hohen Portal des Gebäudes durch die Masse der Reporter, die ihm ihre Mikrofone und Kameras entgegenstrecken. Seine weißen Haare sind vom Wind zerzaust, dazu die Augenklappe und sein trotziger Blick, für die Kameraleute ist das das volle Programm. Sie haben ihn immer geliebt für diese Bilder, und sie lieben ihn auch jetzt. Die Journalisten bedrängen ihn von allen Seiten, und die Securitasmänner haben Mühe, sie im Zaum zu halten. Das war beim letzten Mal auch so gewesen. Nur ist es heute kein Spießrutenlauf.

»Glückwunsch, Herr Sentheim!«, schreit einer der Fotografen und versucht, zu ihm durchzubrechen. Die Kamera hängt vor der Brust, er will ihn nicht fotografieren, sondern ihm auf die Schulter klopfen. Aber er wird im letzten Moment weggedrängt, zurück in die Menge.

»Wir haben denen das nie geglaubt, beim *Tag*, die ganze Geschichte nicht«, ruft ein hagerer Mann mit einer seltsamen Kraushaar-Frisur und wedelt mit einer Klarsichtfolie voller Zeitungsartikel. »Hier, unsere Berichte, Herr Senator, Sie können sich davon überzeugen. Wir waren immer auf Ihrer Seite! Immer!«

»Ja, ja«, sagt Sentheim und überlegt, wie der Reporter heißt.

»Das erste Interview, das kriegen doch wir, Herr Senator? Wäre nur fair, finden Sie nicht?«

Sentheim verzieht das Gesicht, es soll wie ein freundliches Lächeln aussehen, ist aber nur ein schiefes Grinsen. Dann schaufelt einer der Securitasmänner den Reporter zurück in die Menge, und Olaf Sentheim betritt das Rote Rathaus. Als Bürger gehe ich hinein, als Innensenator hinaus, denkt er, ohne einen Anflug von Selbstironie.

Er läuft die weite Freitreppe hinauf, nicht zu langsam, aber auch nicht zu eilig. Oben steht Böttcher, sein ehemaliger Referent, einer der wenigen, die immer zu ihm hielten. Als Sentheim nach seiner Entlassung begann, *Debatte Deutschland* zu schreiben, war ihm der junge Kollege ein fleißiger Helfer, er versorgte ihn unter der Hand mit Statistiken und Erhebungen aus der Senatsdatenbank, dem Stoff, mit dem Sentheim seine Thesen unterfütterte. Elend lange Zahlenkolonnen, Gegenüberstellungen, Untersuchungen; Material, das niemand lesen wollte, Olaf Sentheim selbst am allerwenigsten. Stundenlang hatte er mit seinem Verleger gestritten, der auf einer »wissenschaftlichen Herangehensweise« bestanden hatte, während Sentheim selbstbewusst genug war, seine eigene Meinung als ausreichende Grundlage für ein Buch zu erachten.

»Schön, dass Sie wieder hier sind, Herr Senator.«

Böttcher streckt ihm die Hand entgegen, Sentheim ergreift sie und schüttelt sie. Er murmelt: »Nun, Böttcher, noch nicht ganz«, aber der junge Mann hört ihm nicht zu.

»Und gut, Sie in solchen schweren Zeiten wieder auf der Brücke zu sehen.«

Der Referent nickt, um seine Worte zu bestätigen. »Ich habe, Ihr Einverständnis vorausgesetzt, bereits um meine Versetzung in Ihr neues Ressort gebeten.«

Er ist eifrig, denkt Sentheim, vielleicht etwas zu eifrig. Streber haben ihn, der seinen natürlichen Platz immer ganz oben gesehen hat, stets gelangweilt. Aber er sagt: »Selbstverständlich, Böttcher. Wir sind ja … nun, ich würde sagen, ein bewährtes Team.«

»Gut, ausgezeichnet.« Die Wangen des Referenten glühen mit seinen Aknenarben, die noch nicht lange verheilt sind.

»Dann würde ich sagen, ich lasse Sie nun Ihr Gespräch erledigen und sehe Sie später. Sie wissen, wo Sie mich finden, Herr Senator.«

»Ja, natürlich.«

Auf den letzten Metern zum Büro des Regierenden Bürgermeisters überkommt Olaf Sentheim dann doch so etwas wie ein Anflug von Stolz oder Genugtuung, jedenfalls hat er nun ausgezeichnete Laune. Er betritt das Vorzimmer, geht, nur mit einem Kopfnicken grüßend, an der Assistentin vorbei, klopft kurz an die schwere Holztür, wartet nicht ab, tritt sofort ein.

Der süßliche Duft des Aftershave – auf billige Art teuer – manche sagen, er sei das Geheimnis des Erfolges dieses Bürgermeisters schlägt Sentheim entgegen, und sofort ist seine Euphorie verflogen. Die alten Bilder kommen wieder, die seines letzten Besuchs in diesem Raum: die traurigen Augen des Bürgermeisters, Mitleid und Verständnis heuchelnd, Augen, die, wie Sentheim weiß, in jedem Moment lügen. Der weiche Händedruck, seine leise Stimme, diese elend langen Sätze, die gebildet tun und doch nicht gegen den verräterischen Akzent des Berliner Politaufsteigers aus dem proletarischen Wedding ankommen.

Er hörte gar nicht hin damals und ließ alles einfach über sich ergehen, die Vorwürfe, vor allem aber die Beleidigung seiner Intelligenz, weil sie beide wussten, dass der Bürgermeister ihn mit voller Wucht belog. Hennig Sterb, dieser Jahrhundertintrigrant, hatte alles eingefädelt, mit ein paar geschickt zusammengestellten Papieren, Abrechnungen, Unterschriften und handschriftlichen Notizen. Ein Puzzle, das auf einen ersten und flüchtigen Blick ein schlüssiges Bild ergeben mochte. Hätte man genauer hingeschaut, wäre klar geworden, wie wenig die einzelnen Teile in Wirklichkeit zusammenpassen. Insgesamt war das nichts, was ihn vor den Richter bringen könnte, aber genug, seine politische Karriere zu zerstören. Sterbs Journalisten-Gehilfe Truhs hatte alles brav gesendet, wahrscheinlich wusste dieser naive Mensch nicht einmal, dass er nur als eine Schachfigur, und zwar höchstens ein Bauer, im Ränkespiel des Senators war. Jedenfalls hatten alle Sender, Radiostationen und Zeitungen die Geschichte gierig aufgegriffen, abgeschrieben und nachgebetet, bis von seinem guten Ruf nichts mehr übrig war. Der einzige Mensch, der seine Karriere hätte retten können, wäre der Bürgermeister gewesen. Doch statt sich hinter Sentheim zu stellen, hatte er ihn fallen gelassen.

»Sie müssen das verstehen«, hatte er gesagt. »Bei Sturm bleibt man besser im Haus.«

Eine Nacht lang dachte er darüber nach, sich gegen die Angriffe zu wehren, seinen privaten Feldzug zu starten, um sie alle zu Fall zu bringen: Sterb, Truhs und schließlich auch den Bürgermeister. Es hätte gelingen können, doch stattdessen entschied sich Olaf Sentheim, den Regierenden Bürgermeister von Berlin anders zu bestrafen: indem er ihm gestattete, ihn zu entlassen.

Als der Bürgermeister ihn nun wieder angerufen hatte, um ihm einen neuen, wichtigeren Posten anzubieten, den des Innensenators, entschied Sentheim für sich, dass der Politiker nun genug bestraft worden sei, und sagte zu.

»So sieht man sich wieder, Olaf, mein Guter, in dieser Situation, da müssen wir doch zusammenhalten, oder nicht?«

Der Bürgermeister lächelt sein Standardlächeln für Wahlplakate und Altenheimbesuche. Dieses Lächeln wirkt, immer, jederzeit, er kann es einschalten wie eine Lampe, einen Spezialeffekt. Jenseits dieses Lächelns ist er kein schöner Mann, hängende Wangen und geplatzte Adern. Das gute Glas Rotwein am Abend ist bei dem Bürgermeister längst zur Flasche Rotwein geworden. Und nicht immer bleibt es bei einer.

»Ja, das müssen wir wohl.«

»Schön, dass Sie das so sehen, finde ich wirklich gut.« Die rechte Hand des Bürgermeisters hängt schlaff in der Sentheims, mit der anderen deutet er auf das schwarze Sofa. Sentheim setzt sich, gleich unter das bunte Bild, das ihn jedes Mal anekelt, Wartezimmerkunst, Otmar Alt vielleicht, aber kein Druck, sondern ein Original.

»Sehen Sie, Olaf, leicht ist mir das nicht gefallen damals, diese ganze Sache. Das wissen Sie ja auch. Natürlich wissen Sie das! Wie auch immer, wir müssen die alten Geschichten jetzt schnell hinter uns lassen, weil wir vor neuen Herausforderungen stehen, ich sage das so, weil ich es auch so meine, vor Herausforderungen von bislang ungekannten Ausmaßen …«

Er konnte ewig so reden, mit vielen Worten nichts sagen. Sentheim hat diese Verschleierungssätze immer verachtet, aber die Wähler halten einen, der so redet, wohl für ganz besonders klug. Seine eigene Sprache ist anders: kurz und knapp, Klartext, und auch ihn lieben die Menschen, das hat das Buch bewiesen. Platz eins auf der Bestsellerliste, das ist das eine, das andere aber ist noch wichtiger: Ein gedrucktes Buch wird bleiben, wenn die Wischiwaschi-Sätze des Bürgermeisters schon lange verhallt sein werden.

Sentheim blickt durch den Glastisch hindurch auf die perfekt geputzten braunen Budapester Schuhe des Regierenden, dann auf seine, schwarz und fleckig. Er zieht seine Füße mit einem schnellen Ruck unter den Sessel.

»Wir hatten es am Telefon ja schon vorbesprochen, Olaf, also, ich sage es gerne noch einmal: Ich möchte Sie wieder in meinem Team haben, in meinem Kabinett, und noch mehr. Olaf, ich möchte Sie zu meinem engsten Berater machen, weil Sie jemand sind, dessen Meinung mir viel bedeutet. Sehr viel. Und das war immer so, Olaf.«

»Den Eindruck hatte ich nicht in den vergangenen Wochen, Herr Bürgermeister.«

Sentheim will scharf klingen, aggressiv, so wie in dieser Talkshow mit dieser schrecklichen Frau, aber es gelingt ihm nicht. Der Regierende sieht ihn mit treuherzigen Augen an, mit einem Blick, der so laut lügt, dass es Sentheim fast körperlich wehtut. Nichts an diesem Mann ist echt oder wahrhaftig, er hat ihn noch nie etwas sagen hören, was ehrlich gemeint war oder keinen Zweck verfolgte. Ganz am Anfang bewunderte Sentheim ihn dafür sogar. Dieser Mann, der immer konsequent vom Ausgang her denkt, der nichts anfängt, von dem er das Ende nicht kennt, faszinierte ihn. Doch nach wenigen Monaten im Senat des Bürgermeisters und dem damit verbundenen Crashkurs in angewandter Politik begriff er, der Parteilose, dass es in Wahrheit Hennig Sterb war, der im Roten Rathaus die Strippen zog, der dem Bürgermeister den Kurs diktierte. Genau das war das Todesurteil für den Senator Olaf Sentheim gewesen. Graue Eminenzen wie Sterb dulden niemanden, der sie durchschaut und zudem, wie Sentheim, nicht durch Parteiräson zu kontrollieren ist.

»Nun gut«, setzt Sentheim erneut an, als der Bürgermeister weiterhin schweigt. »Wir alle müssen nach vorne blicken, gemeinsam. Ich habe nur eine Frage …«

»Fragen Sie, Olaf, fragen Sie. Ganz offen, von der Leber weg, fragen Sie!«

»Was ist mit Sterb?«

Der Bürgermeister schnaubt, wirft seine Arme lässig hinter den Kopf, sieht zur Zimmerdecke, sein Hemd spannt nur ganz leicht über dem Bauch. Ein Affentheater.

»Ach, Sterb. Sterb …«, beginnt der Bürgermeister und beugt sich über den Glastisch zu Sentheim, so nah, dass der Geruch des Aftershave unerträglich wird. »Der wurde mir hier schon seit einer geraumen Weile, wie soll ich sagen, zu aufdringlich? Der Mann konnte noch nie unterscheiden, wer Ross und wer Reiter ist. Verstehen Sie das, mein lieber Olaf?«

Alles Weiche, Einfältige und Berechenbare ist vom Bürgermeister abgefallen, seine Augen sind klein, seine Stimme kalt geworden.

»Sterb ist kein Problem mehr. Für mich nicht. Und für Sie auch nicht. Sterb wird nach Brüssel gehen. Zur EU.«

Sentheim nickt. Vielleicht hat er den Bürgermeister unterschätzt. Vielleicht haben ihn alle unterschätzt. Ganz sicher hat Sterb ihn unterschätzt.

»Gut. Dann habe ich also freie Hand?«

»Absolut. Sie werden völlig freie Hand haben, Olaf, das sichere ich Ihnen hier mit meinem Wort zu. Ich will nur eins: dass unsere Stadt sauber bleibt. Anständig. Auch in den Augen von unseren, nun, den vielen, vielen Menschen, die aus dem Ausland gerne nach Berlin kommen. Als Besucher. Sie verstehen, was ich meine?«

»Ich denke schon.«

»Das ist gut, mein Freund. Das ist sehr gut.«

Der Bürgermeister erhebt sich, für ihn ist das Gespräch beendet. Sentheim steht ebenfalls auf und folgt ihm zur Tür. Der Bürgermeister hat die Hand schon an der Klinke, als er sich noch einmal umdreht.

»Eine Sache noch, Herr Innensenator …«

»Ja?«

»Es sind übrigens nicht die Ausländer, also die Migranten oder wie auch immer ... das mit der Seuche ... also, Sie, ich ... jeder kann es bekommen.«

Der Bürgermeister blickt ihn an. Für einen Moment sieht Sentheim so etwas wie Verlegenheit, dann ist es auch schon wieder vorbei. »Was die Details angeht, da sprechen Sie bitte mit Schadeck von der Charité. Sie kennen ihn ...«

»Aus der Sendung. Ja. Aber ...«

Der Bürgermeister atmet laut aus, schaut Sentheim an.

»Ich weiß, das macht es nicht einfacher, auf den ersten Blick. Aber vielleicht doch, Olaf, verstehen Sie? Man könnte zwei Fliegen mit einer Klappe schlagen, denken Sie nicht?« Jetzt öffnet er die Tür, deutet eine Umarmung an. »Ich bin überzeugt, dass Sie das Richtige tun werden, Olaf. Davon bin ich ehrlich überzeugt.«

15

Keine Frage. Wer so lange im Geschäft ist wie Ben Lieving, kann eine schlechte Geschichte von einer guten Geschichte unterscheiden und eine gute Geschichte von einer sehr guten.

Die Geschichte, die da vorn, keine dreißig Meter von ihm entfernt, über die Skalitzer Straße marschiert, diese Geschichte ist ganz ohne Zweifel die beste aller Geschichten. Die Mutter aller Geschichten sozusagen. Eine grausame Mutter allerdings.

Die Gestalt, die Ben durch das Zoom seiner Kamera beobachtet, ist eine Gotteslästerung auf zwei Beinen. Zuerst, als er den Schüssen, die das Monstrum immer wieder abfeuerte, vom Heizkraftwerk solange gefolgt war, bis er sich auf ein paar Hundert Meter angenähert hatte, glaubte er, einen der Infizierten vor sich zu sehen. Doch die Mordlust, die diese Gestalt ausstrahlt, ist eine andere: Wie bei einem Jäger, zielgerichtet, trickreich, einem Plan folgend. Kein dumpfes Taumeln wie das der anderen, die ihre Opfer erst ins Visier zu nehmen scheinen, wenn sie direkt vor ihnen stehen. Dieses Ding ist anders, es benutzt eine Waffe und zwar so routiniert, als ob es noch nie etwas anderes gemacht hat. Seit über einer Stunde verfolgt Ben die Gestalt, die vielleicht dreißig oder vierzig der Infizierten erschoss, alle mit perfekt platzierten Schüssen, gleich in den Kopf. Keine Frage, das, was da läuft und schießt, weiß genau, was es tut und tut das mit einer Kaltblütigkeit, die Ben mehr Angst macht als die Zufälligkeit und Hilflosigkeit der Infizierten, die Ben jetzt so oft sichtet.

Das, was Ben sieht, der, den er bei sich den Nackten Rächer nennt, ist kein lebender Toter. Er ist etwas viel Grausameres: Es ist ein Mensch.

Der Nackte Rächer legt das Gewehr an und schießt auf einen der Lederjacken-Träger, der ihm von vorn entgegenkommt. Das hat zur Folge, dass aus einem Imbiss-Restaurant (»Orient-Grill – Kebab/Köfte/Currywurst/Broiler«) weitere Gestalten heranwanken. Nichts lockt sie so schnell an wie Schüsse, denkt Ben. Ganz am Anfang dachte er, sie kämen ihren Kameraden zu Hilfe, aber mittlerweile ist er sicher, dass es nichts als Gier und Mordlust ist, was sie antreibt. Immerhin verstehen sie, dass nur lebende Menschen Schüsse abfeuern können.

Sein rechter Finger bedient routiniert das Zoom. So muss er kaum schwenken und vermeidet Bewegungsunschärfe. Der Nackte feuert, die Toten sinken zu Boden. Dann lädt die Gestalt nach, erstaunlich geschickt mit nur zwei Fingern. Sie geht zu einem der Toten, stellt einen Fuß auf den Körper, hebt beide Arme in die Höhe und verschränkt die verbliebenen Finger ineinander, wirft sie über sich, wie ein Formel-1-Pilot auf dem Siegertreppchen. Ben filmt und filmt und filmt und erst jetzt bemerkt er, dass der Nackte Rächer posiert.

Und zwar für ihn.

Ben Lieving verschwendete keine Gedanken daran, welchen Preis er womöglich zahlen würde für seine Jagd nach den Bildern. Dass es kein Spaziergang werden würde, war ihm klar gewesen, no risk, no fun, hatte er sich eingeredet, wie üblich, wenn es ans Eingemachte ging. Doch jetzt, wo er den Nackten Rächer dort stehen sieht mit seiner professionellen Bewaffnung, der offenbar genau weiß, dass Ben hier ist und was er hier tut, da kommt ihm zum ersten Mal in den Sinn, dass er diese Jagd unter Umständen nicht überleben wird.

You kill what you fear and you fear what you don't understand. Der Song ist in seinem Kopf. Manchmal ist das Leben nicht viel komplizierter als ein Popsong.

In diesem Moment ruft der Nackte Rächer etwas und winkt Ben zu. *Sind das Worte?* Ja, denkt Ben. Die Toten sprechen nicht. Sie leben. Aber sie reden nicht. Aber, so denkt sich Ben Lieving, wer redet, der hört vielleicht auch zu. Mit dem kann man verhandeln.

»Ich kann dich nicht verstehen«, ruft Ben.

Sein Gegenüber spuckt etwas aus, ruft noch einmal.

Ein Penthouse in Dubai. Oder erschossen auf der Skalitzer Straße?

Ben wählt das Risiko. Er steht auf, sodass ihn der Nackte Rächer gut sehen kann. So gut sehen kann, dass er versteht, dass von Ben keine Gefahr ausgeht. Er winkt mit dem linken Arm, der rechte hält nach wie vor die laufende Kamera. Fantastisches Material, schon jetzt.

Der Nackte greift seine Munitionstaschen, schultert die Waffe und geht auf Ben zu. Ben hat das Gefühl, dass er sich große Mühe gibt, aufrecht zu gehen und ohne zu schwanken, um zu beweisen, dass er den Infizierten überlegen ist. Als er ungefähr die Hälfte der Strecke zurückgelegt hat, denkt Ben, dass es vielleicht klug wäre, sich tendenziell kooperationsbereit zu zeigen, also macht er sich auch auf den Weg. Er muss über einige Leichen steigen, dann stehen sich beide gegenüber. Ben weiß auch nicht so recht, wie es jetzt weitergehen soll. Doch der Nackte Rächer übernimmt die Initiative.

Er streckt Ben das hin, was von seiner rechten Hand übrig ist.

»Keine Angst. Ich bin Polizist. Ehrenwort. Polizeikommissar Fegin.«

Er schaut an sich herunter.

»Du kannst mich Mike nennen.«

»Freut mich, äh, Mike«, sagt Ben.

Und meint es auch so. Absolut. Er weiß jetzt, wen er vor sich hat: den Typen, der heute Morgen von seinem Wachturm in die Kontrollierte Zone gesprungen ist. Der Bulle, der den ganzen Aufstand am Oranienplatz ausgelöst hat. Der mutigste oder der bescheuertste Typ aller Zeiten. Und er weiß auch schon genau, wie die ideale Schlagzeile lauten könnte: »Mike Fegin – der Polizist, den die Toten töteten, der die Toten tötet«.

Oder jedenfalls so ähnlich. Über so was sollen sich die Redakteure Gedanken machen, während er den ersten Champagner schlürft, den Christian ihm spendieren wird. Wenn er die Geschichte überhaupt an Christian verkauft. Er muss jetzt ganz groß denken. Mit diesem Material geht er auf den internationalen Markt, das ist was für die Global Player, nichts fürs Lokalfernsehen.

Sorry, Christian. Sorry, Robert. Aber ich spiele jetzt in einer anderen Liga. Ben fischt sein Camel-Softpack aus der Tamrac-Weste. Rauchen ist immer gut, wenn man in einem Gespräch nicht weiterkommt.

»Auch eine?«, fragt er Fegin.

»Nein, danke.«

»Nichtraucher?«

»Aufgehört.«

»Alle Achtung. Gratulation.«

»Vor allem wegen meiner Frau.«

»Schon klar«, sagt Ben. Er nimmt einen einzigen Zug und wirft die Zigarette weg. »Hast ja recht. Ich bin übrigens Ben.«

Fegin nickt.

Und so stehen sie da eine ganze Weile und nicken verlegen vor sich hin.

»Ist eine große Scheiße, was da passiert ist. Also, mit dir und so«, versucht Ben.

Fegin schüttelt den Kopf: »Aber das sag ich dir … Ben, richtig, oder? Ich sitz da seit Wochen auf dem Turm und irgendwann, da … da kannst du einfach nicht mehr, also … so tun, als ob das alles irgendwie noch normal ist. Und da bin ich da runter. Ich Idiot …«

»Weiß ich doch. Ich war da, also später, als du dann …«

»… spring einfach runter und hatte gedacht, dass ich da aufräumen kann. Ganz allein. Stattdessen, naja … du siehst ja, wie die mich zugerichtet haben. Aber weißt du was?«

Ben sieht ihn erwartungsvoll an.

»Es sind einfach zu viele. Wir können die nie besiegen, niemals. Es sind zu viele.«

Ben macht ein hilfloses Gesicht.

»Aber wir können es denen heimzahlen.« Fegin lässt das Gewehr mit einer einzigen geschmeidigen Bewegung von seiner Schulter in den Anschlag gleiten. »Mehr kannst du doch eh nicht machen. So als Einzelgänger.«

»Ja«, sagt Ben und blickt zu Boden. Fegin scheint das zu merken.

»Was ist denn?«

»Ich dachte nur, dass …«

»Ja?«

»… dass es nur …«

»Ja?«

»… dass das, was dir passiert ist, nur die … ja … die Türken kriegen würden.«

Ben denkt: Jetzt habe ich es gesagt, so eine Scheiße, aber

es musste sein. Man muss das doch wissen, ob man gefressen oder über den Haufen geschossen wird oder ob es irgendwie doch okay ist. Und Fegin? Ganz im Ernst, Fegin weiß doch auch, was mit ihm los ist, er ist doch kein Idiot, mein Gott.

Der Nackte Rächer nickt, so als ob jemand ihm die Lösung eines sehr komplizierten mathematischen Rätsels präsentiert hätte, über das er seit vielen Jahren grübelt.

Fegin sagt: »Du bist doch Reporter, oder?«

»Na klar.«

»Und du warst dabei, als ich in die Kontrollierte Zone gegangen bin?«

»Naja, einen Tick später …« Er kann nicht anders: »Aber da gibt es wirklich ein paar astreine Bilder, die sind nicht nur was für Berlin, das ist echt mehr. Die verkaufen wir nach Amerika, überall …«

»Amerika?«

»Unglaublich, ehrlich! Die Leute, die wissen, was du da getan hast und warum. Für die bist du, also echt, für die bist du ein Held.«

Fegin nickt. Er hebt sein Gewehr auf, sieht es lange an, schwingt es dann wieder auf die Schulter.

Um sie herum wird es lauter. Unter den Gestalten scheint sich Unruhe auszubreiten. Mit schnellen Blicken nach links und rechts kontrolliert Ben die Umgebung. Vorn rechts bewegt sich etwas, was eben noch nur ein Schatten war. Hinter ihm auch. Wie viele sind es? Drei, vier, mehr? Es ist nur eine Sache von Minuten, dann werden die nächsten bei ihnen sein. Der Kottbusser Damm, die ganzen Leuchtreklamen in arabischer und türkischer Schrift – was für eine Kulisse! Ben nimmt die Kamera wieder auf seine Schulter und macht sich bereit, zu filmen.

Die beiden Männer werfen sich ein entschlossenes Lächeln zu.

Fegin sagt: »Weißt du, was ich glaube: So eine Kamera, die ist ja auch wie eine Waffe. Findest du nicht?«

Ja, denkt Ben. Natürlich. Er mag Fegin, irgendwie.

»Klar. Alles, was ich damit filme, bleibt für immer. Du. Die da. Was du mit denen tust. Und so weiter.«

Fegin legt an, zielt in Bens Richtung.

»Hey, Vorsicht!«

»Das ist eigentlich eine Präzisionswaffe. Eher für weite Entfernungen. Sehr weite Entfernungen.«

»Wirklich beeindruckend.«

»Damit habe ich alles im Blick. So wie du mit deiner Kamera.«

»Zweihundertfacher Zoom. In High Definition«, sagt Ben, geht auf Fegin zu, ganz nah ist er ihm jetzt. Er hält ihm die Kamera vor das Gesicht, sodass Fegin in den Sucher sehen kann. Zoomt rein und raus.

»Astrein«, sagt Fegin, und Ben denkt: Mensch, wir könnten jetzt auch in einer Kneipe sitzen und ein paar Bier zischen.

Fegin sagt: »Du kannst dich auf mich verlassen, versprochen.«

»Weiß ich doch.«

Durch das Zielfernrohr scannt der Polizist die Umgebung hinter Ben.

»Siehst du die da hinten?«

Ben nimmt seine Kamera, dreht sich um. Vier Gestalten, vielleicht zweihundert Meter die Straße runter. Eine Familie, der Mann vorneweg, dahinter die Frau – sie schiebt einen Kinderwagen – und zwei Mädchen um die sechzehn.

»Sehen fast aus wie ganz normale Türken«, sagt Ben.

»Sind sie aber nicht«, sagt Fegin. Sein Gewehr ist auf den Mann gerichtet. »Los, mach die Kamera an!«

Ben schultert die Sony, geht ein paar Schritte zurück.

»Hiergeblieben«, sagt Fegin.

»Logisch. Aber ich muss dich doch mit draufkriegen.«

»Ach so.«

Ben zoomt auf das Gesicht des Polizisten, dann zieht er das Bild auf, hoch, über die kräftigen Arme, den Finger am Abzug, entlang am Gewehr, über den Lauf hin zu den Gestalten, er zoomt sie heran, auf ihre Wunden. Auch nicht sehr viel schlimmer als der Mann, der vor ihm steht.

»Jetzt mach ich sie fertig«, sagt Fegin.

»Moment noch. Einmal Totale. Du von oben bis unten mit der Knarre und allem.«

»Okay.« Fegin stellt sich in Pose, stemmt den Gewehrkolben in die Hüfte und lacht. Die Zähne sind noch absolut in Ordnung, denkt Ben, aber er sagt: »Mike, nicht so gekünstelt, das wirkt nur gestellt. Mach mal ganz normal, so als ob ich gar nicht hier wäre. Mach einfach deinen Job.«

»Na gut«, sagt Fegin, nimmt die Familie wieder ins Visier. Drückt ab. Einmal, noch einmal, und noch ein drittes und viertes Mal. Die Schüsse verhallen zwischen den Häuserwänden.

Ben und Fegin gehen los, um zu sehen, was er angerichtet hat.

Fegin spricht in Bens Kamera: »Du musst sie immer in den Kopf schießen. Wenn du triffst, ist der Job erledigt. Das ist Regel Nummer eins.«

»Und Regel Nummer zwei?«

»Munition sparen.«

Fegin rammt den Lauf seines Gewehrs von oben in den Kinderwagen, als er ihn herauszieht, ist er rot.

»Hast du das drauf?«, fragt Fegin.

»Ja«, sagt Ben.

»Jeder auf seine Art«, sagt der Nackte Rächer.

16

»Ihr O2-Berater Cornelius« steht auf dem Namensschild, das ist das Erste, was Sarah sieht, als sie wieder aufwacht. Dann sieht sie: pechschwarze, zurückgegelte Haare. Olivenfarbene Haut. Ein Jungengesicht mit dem Versuch eines Dreitagebarts. Weißes Hemd, darunter eine breite Goldkette. Verwaschene Jeans mit großen Taschen.

»Ach so, nee, ich heiße Murat«, sagt Murat, als er Sarahs Blick bemerkt. »Cornelius ist ein Kollege von mir. Der war aber nicht da an dem Tag. Also habe ich sein Schild genommen, weil ich meins nicht gefunden habe. Das Schild ist absolute Pflicht bei O2. Alle müssen immer ihr Namensschild tragen. Welcher Name draufsteht – egal. Hauptsache Schild. Wegen der Freundlichkeit. Verstehst du?«

Das alles erklärt Murat mit großer Ernsthaftigkeit. Sarah ist beruhigt: Hier herrscht der Wahnsinn. Allerdings keiner, vor dem sie Angst haben muss.

Sie liegt auf einer Pritsche in einem kleinen Raum. Auf dem Boden eine Matratze mit Harry-Potter-Bettzeug, auf einem Tisch unzählige Tüten Chips, Konserven, Zigarettenschachteln und ein paar Flaschen Bionade. An den Wänden hängen Poster, Werbeplakate für Handys. Die Spinde stehen weit offen. An der Tür lehnt ein zweiter Mann, ein paar Jahre älter als Murat. Auch er ist Türke oder Libanese oder Syrer oder Marokkaner. Ein Lachen spielt um seinen Mund, spöttisch.

»Gut gemacht, Murat. Klasse, dass du dein Schild seit zwei Wochen so brav trägst. Jetzt hast du ja wieder Kundschaft.«

Murat schaut Sarah an, dann erkennt er die Ironie seines Kollegen. Er sagt: »Du bist so ein Arschloch, Sadek, so ein Arschloch.«

Sadek geht auf Sarah zu und gibt ihr die Hand. Er duftet nach einem teuren Parfüm. Sein schwarzer, schmal geschnittener Anzug sitzt tadellos und ist nagelneu.

»Guter Anzug«, sagt Sarah.

»Jeden Tag holt er sich einen neuen!«, ruft Murat empört. »Jeden Tag einen neuen Anzug und ein neues Hemd und neue Schuhe! Oben im dritten Stock. Herrenabteilung.«

»Ja, Murat, siehst du, das ist genau der Unterschied zwischen dir und mir. Du trägst dein Namensschild und ich die guten Anzüge.«

Er zwinkert Sarah zu. Sie legt die Arme um ihre Schultern, eine Schutzgeste. Vielleicht muss sie doch Angst haben. Vielleicht aber auch nicht.

»Keine Sorge, war nur Spaß«, sagt Sadek und zündet sich eine Zigarette an.

»Ich kenne dich«, unterbricht Murat und zeigt auf Sarah. »Du bist die Frau, die im Fernsehen immer mit diesen Typen redet. Mittwochabends.«

»Stimmt.«

»Krass.«

Sarah richtet sich auf.

»Wie lange war ich weg?«, fragt sie. Und als niemand antwortet: »Wie spät ist es?«

»Keine Ahnung«, sagt Murat. »Früh am Morgen.«

Sarah lässt sich zurücksinken.

»Ach übrigens, danke, für vorhin.«

»Hey, keine Sache. Wir sind froh, endlich wieder einen Menschen zu sehen, der noch beide Arme und beide Beine hat.«

Sadek schickt seinen Kollegen in die Lebensmittelabteilung im Untergeschoss, um etwas zu essen zu besorgen. Als Murat mit einer »Karstadt«-Einkaufstüte zurückkommt und die Lebensmittel verteilt, beginnt Sadek, ihr seine Geschichte zu erzählen.

Das große Pech oder das große Glück von Sadek el Hamdir, dessen Vater vor fünfzig Jahren aus einem kleinen Ort an der türkischen Grenze zum Irak nach Berlin gekommen war, um bei Siemens für gutes Geld zu arbeiten, war ein Streit mit seiner Freundin Katleen über einen ganz und gar harmlosen Flirt am Abend zuvor in einer Bar in Charlottenburg. Das Mädchen, mit dem er sich unterhalten hatte, war die Cousine einer Kollegin, sie hatten nur etwas getrunken und waren dann ganz brav auseinandergegangen. Dumm nur, dass eine der hysterischen Freundinnen seiner Freundin ausgerechnet an diesem Abend an der Bar vorbeigelaufen, ihn gesehen, mit ihrem Handy (einem iPhone 6 mit einer pinkfarbenen Schutzhülle) geknipst und Katleen dieses Foto sofort per MMS geschickt und auch noch bei Facebook eingestellt hatte. Noch in der Nacht hatte Katleen ihn angerufen und eine blödsinnige Diskussion darüber begonnen, wann genau ein Seitensprung beginnt, und ihm gleichzeitig klargemacht, dass es für sie keinen Unterschied gäbe zwischen einem Drink mit einer Unbekannten und einer gemeinsamen Nacht mit ihr. Bullshit, totaler Bullshit, hatte Sadek gesagt, das war dumm, er hätte einlenken müssen und sie um Verzeihung bitten sollen, aber genau das hatte er nicht gemacht. Zu stolz. Zu dämlich. Zu spät. Statt also nach Wedding zu fahren und mit Katleen Versöhnungs-Sex zu haben, fuhr er von Charlottenburg mit der S-Bahn zu seinem Kumpel Amid in die Karl-Marx-Straße in Neukölln, trank mit ihm bis Mitternacht, vornehmlich Raki, und bekam dann Hunger. Die beiden gingen zu McDonald's am Hermannplatz gegenüber von Karstadt, aßen jeweils ein Royal-Maxi-Menü mit doppelter Portion Pommes statt Getränk. Doch auch das Fast-Food-Fett konnte den Alkohol nicht schnell genug aufsaugen, um Schlimmeres zu verhindern. Dem Audi-Fahrer, der ihn vor dem McDonald's fast umnietete, obwohl Sadek ganz eindeutig Grün hatte, feuerte er das Coca-Cola-Sammler-Glas in Rauchschwarz hinterher und traf das linke Rücklicht. Der Audi setzte zurück, vier Gestalten stiegen aus, die Sadek und Amid ganz klar überlegen waren. Es kam zu einer kurzen, aber effektiven Bestrafungsaktion, in deren Verlauf Sadek im Rinnstein landete und zwar genau auf seinem iPhone, dessen Display in tausend Stücke zersplitterte.

Vielleicht hätte Sadek el Hamdir, der wie sein Vater ein fleißiger Mann war und keinen einzigen Tag von Hartz IV gelebt hatte, besser hinschauen sollen. Vielleicht hätte er bemerkt, dass bei den Audi-Schlägern die Nerven absolut blank lagen, oder vielleicht hätte er mitbekommen, dass sich auf dem Hermannplatz und in den Nebenstraßen eine fast greifbare Atmosphäre aus Aggressivität und Verzweiflung aufgebaut hatte. Oder vielleicht hätte er einfach Radio hören sollen, oder einen Fernseher einschalten. Vielleicht hätte er dann mitbekommen, dass überall von einer Seuche die Rede war, die in Neukölln ausgebrochen war und die alle ratlos und verzweifelt machte.

All dies hatte Sadek nicht getan. Er war zu betrunken und zu wütend auf Katleen und auf die Audi-Gang, und Amid ging es nicht besser. Also warf er sich gegen vier Uhr morgens auf die Kuhfell-Couch seines Freundes und fiel sofort in einen tiefen Schlaf.

Auch als er wenige Stunden später aufwachte, nahm er die Welt um sich herum kaum wahr, die wankenden Gestalten, die Schreie aus den Häusern, die Plünderer, die beladen mit Flat-screen-Geräten und Tüten voller DVDs durch die Straßen zogen. Sadek, in dem narkotischen Ausnahmezustand, den Restalkohol und fehlender Schlaf erzeugen, hatte nur einen einzigen Gedanken: sich möglichst schnell ein neues Mobiltelefon zu besorgen, um Katleen anzurufen und sich wieder mit ihr zu versöhnen. So lernte Sadek el Hamdir den Handyverkäufer Murat kennen, um kurz nach neun Uhr morgens im O2-Shop-im-Shop im Karstadt-Warenhaus am Hermannplatz, ziemlich genau vier Stunden nachdem damit begonnen worden war, die Mauer um Kreuzberg und Neukölln zu bauen, die Berlin vor den Bewohnern der Kontrollierten Zone schützen sollte.

Am Anfang, sagt Sadek, waren sie mehr als zwanzig Leute gewesen im Karstadt am Hermannplatz. Da war der Strom noch angeschaltet und da funktionierten die Handy-Netze noch und die Fernseher in der TV-Abteilung, da konnten sie sich noch über die Laptops in der dritten Etage mit der Außenwelt in Verbindung setzen. Da gab es noch Informationen und da gab es noch Hoffnung. Aber als die Lage Tag für Tag schlechter wurde, als erst kein Licht mehr da war und dann die Telefone keinen Empfang mehr hatten, als sie nach einer Woche nicht mehr wussten, was überhaupt los war, verloren immer mehr von ihnen die Nerven. Und gaben den einzigen Schutz auf, den sie noch hatten: das große Kaufhaus inmitten der Kontrollierten Zone.

»Der Typ hieß Leonard«, erzählt Murat und reißt eine Tüte Nachos auf, die er in eine bräunliche Soße taucht, die laut Aufdruck auf dem Glas »höchsten Käsegenuss« verspricht.

»Leonard«, führt Sadek weiter aus und nippt an einem Entspannungstee, Marke »Nepalesischer Frühling«, aus Regal vierzehn im Lebensmittelllager, »war ein Typ aus der Sportartikel-Abteilung, so ein Muskelkerl. Dem haben von Anfang an alle vertraut. Er hielt die großen Reden. Er war der Chef.«

Murat sieht sie verlegen an. »Und er war ein, ähm, also kein …«

Sarah dämmert etwas: »Er war kein Türke?«

Murat, glücklich, dass sie es ausgesprochen hat: »Genau! Er war kein Türke.«

Sadek hat weniger Probleme.

»Er war kein Ausländer. Das ist es doch, was wir hier sagen wollen. Der Typ war ein Deutscher, durch und durch. Kein Deutscher wie ich – hier geboren, hier zur Schule gegangen, hier gearbeitet, hier Steuerzahler. Sondern ein richtiger Deutscher. Einer, dessen Großvater auch schon Deutscher war und dessen Opa auch. Kein …«

»Migrationshintergrund.«

Das war Murat.

»Ganz und gar kein Migrationshintergrund.«

Leonard aus der Sportartikelabteilung organisierte das Leben im Karstadt-Warenhaus. Die Frauen waren für das Essen zuständig, die Männer für Beobachtung und Analyse der Lage draußen. Und Murat war der, der die Tiere in der Zoo-Abteilung im Erdgeschoss versorgen sollte. Die können ja auch nichts dafür, meinte Leonard.

»Irgendwann kippte das dann«, sagt Sadek. Er drückt eine Zigarette aus und sieht Sarah ins Gesicht. »Als uns klar wurde, dass niemand mehr kommen würde, um uns hier herauszuholen. Dass wir auf uns allein gestellt sind.«

»Hier hat er uns eingeschlossen. Der Arsch«, sagt Murat und macht eine Geste quer durch den Raum.

»Im Aufenthaltsraum der Handy-Heinis«, sagt Sadek.

»Was denn?«, fragt Murat empört.

Sadek schüttelt den Kopf und fragt Sarah: »Verstehst du, warum ich so froh bin, dass du hier bist?«

»Er nannte das ›vorübergehende Trennung aus Sicherheitsgründen‹. Aber in Wirklichkeit hatte Leonard eine Heidenangst davor, dass wir beide über ihn und seine deutschen Freunde herfallen und sie in Stücke reißen würden. Einmal am Tag warfen sie uns ein paar Tüten Studentenfutter hier herein und zwei Flaschen Wasser. Und das von einem, der mich die erste Nacht noch vollgequatscht hat, von wegen wie gut es ihm in Side gefallen hat und wie nett die Leute da sind und dass er da und nirgendwo anders seine Rente verballern möchte.«

Sadek sieht jetzt das Preisschild an seiner Hose, er schaut verlegen zu Sarah, reißt es ab und wirft es in den Papierkorb unter dem Tisch.

Sie weiß auch nicht, warum. Aber sie denkt an Robert.

»Dieser Oberarsch und seine oberarschigen Freunde.«

»Und dann?«, fragt Sarah.

Murat antwortet.

»Dann waren sie irgendwann weg. Ich bin aufgewacht, gehe zur Tür, warte auf die Toilettenzeit. Kommt aber keiner.«

»Nach drei Stunden rüttelt unser hochbegabter Mobilfunkfachverkäufer hier« – Sadek zeigt auf Murat – »an der Tür.«

»War nicht mehr abgeschlossen. Offen. Wir waren frei.«

»Ja«, sagt Sadek bitter. »Frei. Und allein in einem Kaufhaus. Mit allem, was man braucht. Abgesehen von dem, was man wirklich bräuchte. Waffen und Munition.«

Er strafft sich.

»Weit sind sie jedenfalls nicht gekommen. Genauer gesagt: keine hundert Meter.«

»Woher wisst ihr das?«

Sadek schaut Murat an. Der nickt. Alles Kindliche ist aus seinem Gesicht gewichen. Er sagt: »Wir sollten ihr jetzt das Dach zeigen.«

17

Kurz nachdem sie die Straßenbrücke über den Landwehrkanal hinter sich gelassen haben, schießt Mike Fegin zum ersten Mal daneben.

»Macht doch nichts«, sagt Ben und nickt Fegin aufmunternd zu. »Kann passieren. Ich kann auch kaum was sehen bei der Dunkelheit.«

Der nächste Schuss zerschmettert einem Taxifahrer mit Turban den Schädel.

»Pause?«, fragt Ben und zeigt in Richtung einer Kneipe, vor der ein paar umgeworfene Stühle liegen. Die, die darauf saßen, hatte Fegin noch von der anderen Seite des Kanals aus erledigt.

»Okay.«

Sie heben zwei Stühle auf, setzen sich hin, als ob sie auf eine Bedienung warten würden.

»Dann gib schon eine her«, sagt Mike Fegin, als sich Ben eine Zigarette ansteckt und greift mit den beiden Fingern seiner rechten Hand nach der Packung. Doch der zieht die Schachtel schnell weg.

»Ist doch blöd. Jetzt hast du es so lange geschafft. Da kannst du stolz drauf sein. Jetzt wieder anzufangen ist verrückt. Also von mir kriegst du keine Zigarette. Kann ich nicht unterstützen.«

»Erzähl keinen Bullshit, Ben«, sagt Fegin und greift nach den Zigaretten. »Wir wissen doch beide, wie es mit mir endet.«

Er nimmt Ben die Zigarette aus dem Mund und drückt sie

auf seinen verschorften Oberkörper. »Das hier«, sagt er und macht eine Bewegung von seinem Kopf bis zu den Füßen, »ist doch so was von fertig, aber wirklich so was von im Arsch ...«

Fegin steht auf, geht die paar Schritte zum Kanal. Er sieht auf das Wasser, das träge in Richtung Spree fließt, so scheißnormal, als ob er gleich nach Hause gehen könnte, zu Sabine und den Kindern.

Geht Sponschbob tot, Papa?

Sponschbob ist doch schon tot, Schatz.

Fegin ist müde, kaputt, zerschlagen. Sein Elan und die Euphorie sind verschwunden. Sicher, da ist kein Schmerz, aber er spürt deutlich, dass er von Stunde zu Stunde müder wird und kein Schlaf das jemals wieder ändern kann.

Laufen ist anstrengend. Atmen ist anstrengend. Vor seinem Auge tanzen Sterne. Sterne? Eher: rote Flecken, die immer größer werden. Er ist nicht mehr schnell, er ist weit unter seinen Möglichkeiten. Und die Munition geht ihm auch aus. Vielleicht noch hundert Schuss. Wenn er jedes zweite Mal trifft, sind noch fünfzig von denen dran. Eher weniger.

Jetzt muss er haushalten. Mit allem. Gut, dass der Typ mit der Kamera aufgetaucht ist. Wenigstens soll Sabine sehen, dass er gekämpft hat, solange es noch ging.

Er geht zurück.

»Ich habe mir was überlegt.«

»Okay, klar. Was denn?«

»Ich will was sagen, und du nimmst das auf.«

»Gut.«

»Und das kommt dann ins Fernsehen?«

Klar. Ben erkennt die Geschichte: der Täter, der sein Tun erklärt. Die Leute lieben Täter. Opfer sind nur Kanonenfutter. Ihre Geschichten sind immer gleich. Zur falschen Zeit am falschen Ort. Was auch sonst? Aber die Täter-Storys sind immer neu. Immer geil.

Sie gehen los.

Bens Kamera läuft.

Fegins Gedanken sind ungeordnet, noch kann er nicht reden, sein Statement abgeben, sein Credo aufsagen. Sabine soll stolz auf ihn sein. Immer mal wieder feuert er auf die Gestalten, die sich ihnen nähern, während sie sich in Richtung Hermannplatz vorarbeiten. Er weiß: Wenn er es bis dahin schafft, gibt es noch das große Finale.

Und wenn nicht?

Dann bleibt noch immer das, was der Kameramann gefilmt hat. Genug für ein Heldenlied. Ein russisches Heldenlied. Mehr, als die meisten Kinder von ihren Vätern haben.

Ohne stehen zu bleiben, spricht Mikael Fegin: »Ich habe nichts gegen Türken. Aber ich kann sie auch nicht sonderlich gut leiden. Das ist nun mal Fakt. Mit denen ist das nämlich so, finde ich: Einer allein kann ganz okay sein. Ali, der war bei mir im Lehrgang, ein korrekter Typ. Einmal war ich bei denen zu Hause, aber der wohnt nicht hier, sondern in Reinickendorf. Märkisches Viertel. Seine Freundin hat auch kein Kopftuch getragen, jedenfalls nicht, als ich da war. Das Kind hieß Leila oder so, niedlich. Die ist genauso alt wie meine Kleine. Da hat man sich natürlich was zu erzählen. Wir sind dann ein paar Bier trinken gegangen. Der hat auch Currywurst gegessen, ganz entspannt. Obwohl er Moslem ist. Verstehst du?«

Ben nickt, lugt hinter dem Sucher der Kamera hervor und legt seinen Finger vor den Mund. Das Zeichen: Ich sage nichts, rede einfach weiter.

»Klar. Ali ist also ein guter Türke, ein Kumpel. Problematisch wird es, wenn die zu, sagen wir mal, dritt sind oder zu viert. Irgendwie werden die dann … lästig. Aufdringlich. Das geht schon mit der Musik los und den Autos. Diese Karren, die die haben, mit den fetten Anlagen. Das ist doch total asozial, finde ich. Immer so, dass jeder es hören muss. So laut. So aufdringlich, auch wenn die vor der Ampel stehen. Die gucken dich an, als ob sie Streit suchen. Warte …«

Er feuert, zweimal. Trifft einmal. Noch ein Schuss. Erledigt.

»Ist ja nicht so, dass ich Angst vor denen hätte. Ich werd mit solchen Typen locker fertig, ich bin ein harter Brocken, habe viel eingesteckt, von meinem Vater. Der war ein Arsch, übrigens. Und ich kann gut austeilen. Will ich aber nicht mehr. Ich bin jetzt Familienvater. Ich habe zwei Kinder. Ich will keinen Streit. Ich find die ganze Gegend hier, Kreuzberg, ist voll für den Arsch wegen denen. Siehst du das da?«

Fegin zeigt auf einen Laden. »Özdemir Market«. Gelb auf Grün.

»Finde ich scheiße. Was soll das? Wir sind doch hier in Deutschland! Können die ja auch auf Deutsch draufschreiben, was das für ein Laden ist! Ist nicht zu viel verlangt, finde ich. Und das geht vielen so. Sogar den meisten, würde ich sagen. Ali, das ist der Türke, den ich kenne, findet das auch scheiße. Der ist deswegen weggezogen, ins Märkische Viertel. Aber die ganze Gegend hier? Das geht doch immer weiter vor die Hunde. Und wer ist dran schuld?«

Drei Schüsse. Ein Treffer. Drei neue Schüsse. Dann noch einer.

»Die sind doch selbst dran schuld, an dem ganzen Elend hier. Das kotzt mich an! Wenn du mal bei uns zu einer Einsatzbesprechung gehst, das sind immer die gleichen Geschichten: die ganzen Dealer, Raub, Körperverletzung. Einbruchdiebstahl. Schlägereien. Sind immer die hier. Nicht nur Türken.

Araber auch, vor allem Libanesen. Die haben das Drogengeschäft mafiamäßig im Griff, weißt du das? Die schicken die Kinder zum Dealen und kassieren dann ab. Und wenn wir die erwischen, die Kleinen, dann grinsen die nur, sind ja erst dreizehn oder vierzehn. Und die sagen dann, dass sie nur elf oder zwölf sind. Am nächsten Tag sind die wieder da und lachen dich aus. Ihr könnt uns gar nichts, sagen die dann.«

Fegin bleibt stehen. Er atmet schwer. Sein Blick ist starr geradeaus gerichtet. Fegin stützt sich auf sein Gewehr. Er schließt die Augen.

»Da!«, ruft Ben. »Da kommen welche!«

Fegin nickt. »Ja, schon gesehen.« Er feuert. Daneben. Noch einmal und noch einmal. Dann ist der Weg frei.

Die Männer marschieren weiter, aber sie sind längst nicht so schnell wie vorher. Die Kamera auf Bens Schulter wird immer schwerer. Er kann Nächte durchmachen, das war noch nie ein Problem, aber diese Stunden zwischen tiefer Nacht und Morgendämmerung sind immer die schlimmsten, sie legen sich wie ein nasses Tuch über sein Gemüt, machen den Kopf schwer, die Gedanken träge. Die beiden Männer laufen so nah wie möglich neben dem schmalen Grünstreifen in der Mitte des Kottbusser Damms, Ben schwitzt unter der Last der großen Kamera, der schweren Akkus, der ganzen Ausrüstung, die er mitschleppt, und doch friert er im kühlen Morgenwind, der durch die Häuserschlucht weht.

Er hatte sich auf den Morgen gefreut, gedacht, dass es am Tag und im Licht einfacher und leichter werden würde, doch er sieht nun, dass er sich getäuscht hat. Die Nacht geht, doch das Grauen bleibt. Der neue Tag bringt keine Erlösung. Im Gegenteil, schon jetzt, im Dämmerlicht, sieht er die Details der Auflösung und der Zerstörung deutlicher, als ihm lieb ist, die ineinanderverkeilten Autos auf der Straße, mit blutbespritzten oder zerborstenen Scheiben. Dinge, die aus den Windschutzscheiben hängen oder in den zerschlagenen Schaufenstern, Leichenteile, Körper, zu sehr verstümmelt, um in die Phase einzutreten, in der sich Mike Fegin befindet, der Zeit zwischen dem Tod und dieser kranken Unsterblichkeit. Im ersten Morgenlicht ist es kein Abenteuer mehr. Es ist ein Marsch durch einen Ort, für den es keine Hoffnung gibt.

Es sind vielleicht noch fünfhundert Meter bis zum Herrmannplatz. Fegin spricht langsamer, aber mit einer kalten Wut in der Stimme.

»Und da sagen die dann, der Sentheim ist ein Nazi. Diese Spinner! Nur, weil einer mal Klartext spricht, weil da einer mal aufgeschrieben hat, was Sache ist. Was der geschrieben hat, wird man ja wohl noch sagen dürfen. Ist ja ein freies Land. Oder nicht?«

Ben nickt, obwohl er nicht richtig zugehört hat. Irgendwie war klar, dass der Hermannplatz ihr Ziel sein würde. Nur, was sie dort erwartet, darüber hatte er sich keine Gedanken gemacht. Eigentlich hat er genug Material für seine Geschichte. Doch alleine zurück – unmöglich. Er muss Fegin folgen. Was bleibt ihm anderes übrig.

Je näher sie dem Hermannplatz kommen, desto klarer wird Ben, dass er in sein Verderben läuft. Er hört es, selbst aus dieser Entfernung. Nicht das verzweifelte Stöhnen, an das er sich fast schon gewöhnt hat in den vergangenen Stunden, eher ein tiefes Raunen, viel zu mächtig für eine kleine Gruppe Infizierter, ein kollektives heiseres Klagen, auf- und abschwellend, fast rhythmisch. Bens Augen können keine Details erkennen, dafür ist er zu weit entfernt. Er schwenkt die Kamera weg von Fegin und zoomt in Richtung des Platzes, genau in dem Moment, als der erste Sonnenstrahl über die Häuserflucht bricht. Im Gegenlicht erkennt er, dass ihr Weg am Hermannplatz zu Ende sein wird.

Es sind viele. Zu viele für seinen grotesken Begleiter jedenfalls, der von Minute zu Minute weiter abbaut. Dem die Munition ausgeht. Der immer öfter danebenschießt.

Er ist ja schon tot, denkt Ben. Ich aber nicht.

»Ich habe nichts gegen Türken und Araber, echt nicht«, beginnt Fegin wieder. »Da gibt's auch eine ganze Menge Gute, bestimmt. Aber was jetzt hier passiert, das mit den ganzen Toten, das kann doch kein Zufall sein! Was denkst du?«

Aber er sieht Ben nicht an. Sein Augenlid zittert, trotzdem lädt er die Waffe mit einer schnellen Bewegung nach. Er wirft das alte Magazin fort.

»Noch acht Magazine. Acht mal dreißig Schuss.«

Ben wirft einen Blick zurück über die Schulter. Hinter ihm bewegt sich etwas. Er sieht vier, fünf, sechs Schatten. Dahinter noch mehr. Sicherlich ein Dutzend. Zum ersten Mal, seit er in die Kontrollierte Zone aufgebrochen ist, ist sich Ben sicher: Ich habe einen Fehler gemacht. Ich hätte das nicht allein durchziehen sollen. Sein Leben lang hat er im Team gearbeitet. Er war immer eher der Mann fürs Grobe; der Redakteur der Mann mit dem Plan. Seit zehn Jahren ist Robert sein Partner. Warum hat er ihn nicht gefragt? Weil sein Freund Robert eben nicht mehr der alte Robert ist, der Robert mit dem Drang zum Tor.

Das ist das eine.

Das andere: Geteilter Ruhm ist halber Ruhm. Ben will auch mal etwas allein haben, nur für sich. So wie der Scheißkerl Renner mit seinen bescheuerten ersten Bildern von den Scheißmonstern.

Andererseits: Wenn Robert hier wäre, wüsste er, was jetzt

zu tun ist. Robert ist perfekt, wenn man schnelle Lösungen braucht. Ben holt sein Handy aus der Weste.

Er tippt die Nummer, auf dem Display erscheint:

»*Anruf fehlgeschlagen*«.

Das Netz ist tot.

Dann spricht Mikael Fegin ein letztes Mal in die Kamera.

»Weißt du, was verrückt ist? Ich bin ja selber Ausländer. Halb-Ausländer. Genauer gesagt Russe. Mein Vater war Russe, bei der Roten Armee. Der hat kein Wort Deutsch gesprochen, kein einziges Wort. Und ich auch nicht, bis ich zwölf war. Hättest du nicht gedacht, oder? Dann haben sie ihn zurückgeschickt, und ich bin bei meiner Großmutter geblieben, hier in Berlin. Du kannst dir nicht vorstellen, wie dankbar ich war, diesen Russenscheiß los zu sein. Damit wollte ich nichts mehr zu tun haben. Nie mehr. Also bin ich Deutscher geworden. Ein ziemlich guter Deutscher. Realschulabschluss, Bundeswehr und dann …«

Fegin geht in die Knie. Er hustet. Er spuckt Blut.

»… und dann bin ich Polizist geworden. Weißt du, warum? Weil ich an dieses Land glaube und weil ich verdammt dankbar bin. Und deswegen, Kameramann, deswegen kämpfe ich.«

Mit einem Ruck steht Fegin auf und legt sein Gewehr an. Er stürmt in Richtung Hermannplatz, zu den Toten, die dort auf sie warten, und er feuert ohne Unterlass und immer weiter, er zielt nicht mehr, sondern ballert nur noch.

Ben Lieving läuft ihm hinterher, was bleibt ihm übrig. Er lässt die Kamera laufen und laufen, er filmt den Schützen und seine Opfer, er filmt alles und immer weiter, bis er einen Schrei hört. Und noch einen. Er kommt vom Dach des Karstadt-Kaufhauses, und dann begreift Ben, was die Person schreit: seinen Namen.

18

Eine Doppelflügel-Stahltür öffnet sich hinter einer breiten Fluchtweg-Treppe. Sarah tritt auf das Dach des Kaufhauses. Im ersten Morgengrauen sieht sie dort drei weiße Partyzelte, darin jede Menge bunter Kissen, Matratzen, meterhoch aufgetürmt. Dazwischen ein paar Couchtische. Wasserpfeifen, Büchsen, Zippos, Grillanzünder. Auf dem Boden eine Batterie Flaschen. Klare Flüssigkeit, Stofffetzen im Flaschenhals. Daneben vier Kugelgrills, Holzkohle in Tüten und einen gewaltigen Berg Müll: Würstchenverpackungen, Alufolie, Popcornkartons, Zigarettenschachteln, Marlboro.

Sadek, der ihr gefolgt ist, streift die Schuhe ab, vergräbt seine Zehen in weißem Sand.

»Der ist eigentlich für Vogelkäfige. Aus der Zoo-Abteilung.«

Murat erscheint, atmet tief aus: »Eine elende Schlepperei.«

Sadek schlägt ihm kameradschaftlich auf die Schulter.

»Das Leben ist hart, mein Freund. Man muss eben das Beste draus machen.«

Sarah geht durch ein Partyzelt, dann weiter bis zum Rand des Gebäudes. Der Hermannplatz ist ein weitläufiges, rechteckiges Areal, dessen Westseite von der Fensterfront des gewaltigen Warenhauses markiert wird. Auf der gegenüberliegenden Seite steht eine Zeile vier- bis fünfgeschossiger Wohnhäuser mit Ladenlokalen in den Erdgeschossen. Vor dem Krieg, als das Warenhaus noch ein Palast war, gab es dort Cafés, eine Apotheke, einen Kolonialwarenladen. Jetzt: Handyshop, Handyshop, Starbucks, Handyzubehör, Handyshop. McDonald's. Auf der linken Seite, vom Kaufhaus aus gesehen, fließen Sonnenallee, Kottbusser Damm und Urbanstraße in einem unübersichtlichen Dreieck zusammen, auf der anderen Seite, nicht weniger konfus, Hermannstraße, Karl-Marx-Straße und die Hasenheide.

Der Platz verteidigt seit dem 16. Jahrhundert einen zweifelhaften Ruf. Damals gab es dort eine Kutschstation, den Rollkrug. Und da, wo Kutscher ihren Feierabend feierten, waren die Huren nicht weit. Die Huren zogen die Diebe an, die Diebe die Hehler. Und so weiter.

Jetzt aber herrschen die Toten auf dem Hermannplatz.

In der Dämmerung kann Sarah schlecht schätzen, aber es sind mindestens dreihundert, vielleicht vier- oder sogar fünfhundert Gestalten auf dem Platz, nur vier Stockwerke unter ihr. Es sind Familien. Väter, Mütter mit Kinderwagen, Mädchen, die sich untergehakt haben, Halbwüchsige, die ungeschickt umherstolpern. Hinten, an der Straße, stemmen sich vier, fünf Jugendliche mit den immer gleichen stupiden Bewegungen gegen einen hüfthohen Zaun. Bei den Marktständen in der Mitte des Platzes wanken ein Mann und eine Frau hinter dem Tresen eines Verkaufsstands vor und zurück, während vor ihm eine traurige Prozession von vielleicht einem Dutzend Personen vorbeizieht, ohne von irgendetwas links und rechts Notiz zu nehmen. Ein Kind verfolgt ein anderes, doch der Abstand bleibt immer gleich, es fehlt jedes Anzeichen von Freude und Vergnügen oder was immer Kinder dazu bewegt, sich zu verfolgen. Ihre Bewegungen sind rein mechanisch. Sie sind tot.

Jetzt erst fällt Sarah auf, wie zerlumpt die Kleidung dieser grotesken Personen ist, die da unten herumwanken, Jacken und Hosen sind zerrissen und zerfetzt von Angreifern oder einfach nur zerschlissen. Auf die Distanz kann sie die Wunden und Verstümmelungen kaum ausmachen. Tatsächlich, denkt Sarah, sehen sie jetzt fast aus wie Menschen. Arme Menschen. Und wieder, wie bei dem Mädchen im Park, verspürt sie nicht nur Hass oder Ekel für die Infizierten, sondern Mitleid. Sie hört keine Schreie mehr, nur noch Stöhnen. Sie wünscht sich, sie könne dieses irrsinnige Ballett da unten beenden, vielleicht mit einem lauten Klatschen in die Hände, dem Signal, dass die Aufführung jetzt beendet sei. Ein Geräusch, das diese Leute aus ihrem Dämmerschlaf erweckt und wieder lebendig macht.

Dicht an dicht schieben sich die Infizierten an den Häuserwänden entlang, und endlich weiß Sarah, was sie vorhin schon einmal kurz irritiert hatte. Die Infizierten bewegen sich wie in einer Endlosschleife immer auf den gleichen Wegen über den Platz. Wie ferngesteuert.

Sie fragt Sadek: »Warum machen die das?«

Er nickt. »Ich weiß, was du meinst. Dass sie immer das Gleiche machen, oder?«

»Ja. Warum gehen die nicht weg? Suchen sich woanders ihre Opfer?«

»Vielleicht wollen sie ja hierbleiben.«

Sarah schüttelt den Kopf. »Aber das würde bedeuten, dass sei eine Erinnerung haben. An das, was vorher war.«

»Und? Wer sagt, dass das nicht möglich ist?«

Sarah denkt: Vielleicht hat er recht. Es wäre schön, wenn er recht hätte. Wenn da noch etwas ist, in den Gehirnen dieser Leute. Dann gibt es auch einen Weg, sie zu retten. Oder etwas von ihnen zu retten.

»Wir sitzen hier jeden Tag, von morgens bis zum Sonnenuntergang«, sagt Sadek.

»Auf unserer Terrasse«, ergänzt Murat.

»Ja, auf der Terrasse, klar.« Sadek ist leicht genervt. Er

zeigt hinunter, wo das Flackern der Handyshop-Auslagen bizarre Schlaglichter auf die Toten wirft. »Ich habe diese Kreaturen da unten studiert, seit Wochen, und bin jetzt vielleicht der scheißgrößte Experte für wankende Virus-Tote, weltweit«, fährt er fort. »Und ich bin mir absolut sicher, dass die wenigstens noch eine Idee davon haben, wer sie einmal waren.«

Plötzlich ist in ihrem Kopf ein Satz, von dem sie weiß, dass Robert ihn in dieser Situation sagen würde.

»Gar nicht so übel, das Leben nach dem Tod. Nicht unbedingt zweiundsiebzig Jungfrauen, aber immerhin.«

Sie würde sagen: »Du bist ein Arschloch. Schau sie dir an. Sie tun mir leid.«

Er würde sagen: »Warum?«

Sie würde sagen: »Vielleicht, weil sie tot sind?«

Er würde sagen: »Ach, und wo ist der Unterschied?«

Sie würde sagen: »Du bist ein Arschloch.«

Aber Robert ist nicht hier.

Sadek spricht.

»Das sieht friedlich aus, was? Wie sie da unten einfach tun, was sie sonst auch getan haben. Die armen Schweine.«

»Ja.«

»Aber das ist nur die eine Seite der Medaille. Solange sie unter sich sind, ist alles friedlich. Aber wehe, es taucht ein Lebender auf. Leonard und seine Leute sind damals nicht mal bis zur anderen Straßenseite gekommen. Keiner von ihnen. Fünfzehn Leute.«

»Was ist aus ihnen geworden?«

Sadek schließt Sarahs Kopf in beide Hände. Sie wehrt sich nicht. Er dreht sie nach rechts, zu dem McDonald's.

»Du musst genau hineinsehen. Links von der Theke. Ganz außen.«

Ein Hüne an einem der Kindertische aus grünem Plastik. Verschorftes Blut klebt in seinem Haar, das einmal blond gewesen war. Er schlägt mit den Händen auf den Tisch. Ihm gegenüber sitzt eine Frau in einem ehemals gelben Schlauchkleid, voller Flecken und Löcher. Auch sie war einst blond.

Sarah schießen Tränen in die Augen, als sie begreift, was sie da sieht. Und was es bedeutet. Sie schämt sich so.

»Du hast es tatsächlich geglaubt, oder? Das, was sie in den Nachrichten sagen. Dass es nur um uns geht? Die Türken, die Araber, die anderen? Dass eine Mauer die Sache beendet, wenn man nur die Richtigen dahinter einsperrt und genug Wachen aufstellt?«

Sentheims Türken-Gen.

In dem Moment, in dem sie aufgebrochen war, um danach zu suchen, hatte sie daran geglaubt. Wie ein Atheist, der Gott beweist, indem er ihn verleugnet. Das hätte Robert gesagt. Und sie hätte Sentheim niemals in ihre Sendung einladen dürfen. Robert hätte das gewusst. Aber sie hatte ihn nicht gefragt.

Lange sagt sie nichts. Dann geht sie zurück zu dem Campingzelt. Sadek hat eine Wasserpfeife vorbereitet und zündet den Tabak an. Murat trinkt eine Bionade. Sie hören Schüsse, aber keiner schenkt ihnen Beachtung. So sehr hat man sich daran gewöhnt. Sadek nimmt einen tiefen Zug aus der Pfeife, kichert und bläst den süßlichen Rauch zu Sarah.

»Nett, oder? Wenn man nicht runterguckt jedenfalls. Man kann nicht sagen, dass es uns schlecht geht. Wie lange reichen die Vorräte, Murat?«

»Getränke vier Monate, wenn man das Bier mit einrechnet. Essen theoretisch ohne Ende. Zum Schluss gibt's dann aber nur noch Kekse. Und dann haben wir immer noch das Hundefutter. So hatten wir das jedenfalls geplant, als wir noch zu zweit waren. Jetzt verbrauchen wir natürlich ein bisschen mehr, wo du da bist.«

Sadek hält Sarah das Mundstück der Wasserpfeife hin, doch sie winkt ab.

»Ihr wollt *hierbleiben?*«, fragt sie und sieht sie entgeistert an.

Sadek lacht.

»Wir wollen nicht hierbleiben, wir *müssen*. Die Sache ist doch klar: Die kommen nicht rein, aber wir kommen auch nicht raus. Das ist unsere Lage. Oder siehst du das anders?«

Sarah sagt nichts, aber sie weiß: Sie hatte einen ganz guten Plan, in die Kontrollierte Zone hineinzugelangen. Aber keinen für den Rückweg.

»Sie werden kommen und uns retten. Mit Hubschraubern.«

Sadek rückt näher an Sarah heran.

»Nein. Sie werden nicht kommen, um uns zu retten. Nicht mit Hubschraubern und nicht mit Panzern. Sie werden uns genau da lassen, wo wir sind. Weil sie nicht wissen, dass wir hier sind. Und wenn sie es wüssten, erst recht nicht.«

Murat hat Tränen in den Augen. Sarah schluckt. Sie weiß, was er meint. Sadek schüttelt den Kopf.

»Wir sind Zeugen. Wenn sie uns rausholen und wir erzählen, was wir wissen ...«

»... dann ist jedem klar, dass die Kontrollierte Zone außer Kontrolle ist.«

»Noch schlimmer: Sie würden erfahren, dass es nicht nur die Türken und die Araber betrifft, sondern jeden. Jeden Einzelnen. In Berlin, in Deutschland. Überall.«

Sadek legt die Wasserpfeife beiseite und sieht Sarah an.

»Sie warten ab. Vier Monate, fünf Monate. Das ist das Beste, was sie machen können. Bis hier alle infiziert sind oder verhungert. Dann werden sie kommen. Mit einer Atombombe.

Das ist der einzige Weg, die Sache zu beenden und alle Spuren zu verwischen.«

Sarah blickt in den Himmel über sich. Es ist ziemlich mild für einen Oktobermorgen. In gut zwei Monaten ist Weihnachten. Dann liegt hier oben Schnee. Ihr Geburtstag ist im Mai.

Sie steht auf, geht an den Rand des Gebäudes. Sie schaut auf die Gestalten, die ihr absurdes Theaterstück namens Alltag aufführen. Sie hat es bis hierhin geschafft. Warum nicht auch wieder zurück?

Sadek ist ihr gefolgt, er steht hinter ihr.

»Vergiss es. Ich weiß nicht, warum du noch lebst, aber eine zweite Chance bekommst du nicht. Garantiert nicht. Wenn du runtergehst, wirst du eine von ihnen. Das ist klar.«

»Ich bin schneller.«

»Bist du nicht.«

»Doch!«

»Sie lernen. Am Anfang haben sie noch Fehler gemacht, aber sie sind cleverer geworden. Und schneller.«

»Vielleicht lernen sie auch, uns in Ruhe zu lassen.«

»Ja. Das habe ich auch gedacht. In den ersten Tagen. Vielleicht kann man sich ja mit ihnen arrangieren, habe ich gedacht«

»Eben.«

Sadek dreht sich zu ihr, seine Augen schimmern. Verzweiflung. Er flüstert: »Sarah. Sie essen Menschen.«

»Ja, aber warum? Aus Hunger? Sie sind tot. Warum tun sie das?«

»Weil sie es tun. Die Toten essen die Lebenden. So ist das. Das ist die neue Regel. Die Toten essen die Lebenden und machen aus ihnen neue lebende Tote. So lange, bis niemand mehr am Leben ist. Ganz einfach.«

»Aber …«

»Nein!«

Sadek geht weg, signalisiert Sarah, zu bleiben. Er kommt mit einer der Flaschen zurück, die Sarah vorher schon gesehen hat. Die klare Flüssigkeit schwappt im Inneren hin und her. Mit seinem Zippo zündet er den Lappen an, der aus der Flasche hängt, und wirft den Molotowcocktail in eine Gruppe der Kreaturen, die einen der Infizierten umringen, der auf einem Teppich sitzt. Die Flasche zersplittert, das Feuer breitet sich blitzschnell in alle Richtungen aus. Mit einer Geschwindigkeit, die Sarah ihnen nicht zugetraut hätte, weichen die Gestalten zurück, nur ein paar Meter weit, bis sie außerhalb des Flammenkreises sind. Sie stehen dort und starren auf zwei, die es nicht geschafft haben, die, vom Feuer erfasst, brennend umherwanken, gegeneinanderstoßen und dann in einer grotesken Umarmung zusammensinken. Die anderen warten, bis die Flammen sich durch Haut und Fleisch gefressen haben und von den beiden nichts mehr übrig ist als verkohlte Umrisse menschlicher Körper. Zum Schluss hört Sarah ein Geräusch, wie sie noch nie eines gehört hat, eine Mischung aus Stöhnen und Klagen, ein vielstimmiges Röcheln. Ein trauriges Geräusch. Ein Menschengeräusch.

Sadek zündet sich eine Zigarette an. Er tritt einen Schritt zurück.

»Siehst du«, sagt er und bereitet den zweiten Molotowcocktail vor.

»Nein!«

Sarah greift nach seinem Arm.

Die Gestalten starren nach oben, direkt zu ihnen. Sie setzen sich in Bewegung.

»Mitleid hat keinen Zweck. Sie oder wir. Keine andere Möglichkeit. So geht das Spiel.«

Sadek wirft die zweite Feuerflasche, trifft vier Gestalten, lockt so noch mehr an. Nach dem vierten Geschoss stehen vierzig Kreaturen direkt unter ihnen. Ihre Hände greifen in die Luft, schnappen nach den Menschen hoch über ihnen, unerreichbar hoch. Trotzdem meint Sarah, ihre Bewegungen spüren zu können.

Dann zerplatzen drei Schädel innerhalb von wenigen Sekunden. Die träge Masse der Körper ändert nach einem Moment der Irritation die Richtung, weg vom Kaufhaus, nach links. Erst jetzt realisiert Sarah die Schüsse. Sadek steckt sich eine Zigarette an. Murat kommt vom Zelt her angerannt.

»Also kommen sie doch! Endlich!«

Mehr Schüsse. Mehr Tote, die sterben.

»Das kann nicht sein«, sagt Sadek.

Sarah entdeckt den Schützen und seinen Begleiter. Im ersten Moment hält sie den Mann mit dem Gewehr für einen der Infizierten. Sein Körper ist schlimmer zugerichtet als alles, was sie in den letzten Stunden gesehen hat. Er bewegt sich langsam. Sehr langsam. Aber die Art, wie er seine Waffe hält, zielt, schießt, nachlädt, zeigt eindeutig: Er ist ein Mensch. Er lebt.

Aber es ist der Mann neben dem Schützen, der Sarah vor Überraschung und Erleichterung laut aufschreien lässt.

Es ist Ben.

Tränen laufen ihr über die Wangen.

Weit über den Platz schreit sie seinen Namen.

Dann legt Mike Fegin an und feuert den besten Schuss des Tages ab.

19

Ben erkennt Sarah.
Natürlich.

Mike Fegin erkennt sie nicht.

Natürlich nicht.

Murat stirbt zuerst, durch einen schlecht platzierten Schuss, der nicht seinen Kopf, sondern das Brustbein trifft. Er wird nach hinten geschleudert, versucht sich zu fangen, macht dabei zwei Schritte nach vorn. Er fällt über die Brüstung, zwanzig Meter in die Tiefe. Ein gnädiges Schicksal sorgt dafür, dass er tot ist, bevor die ersten Kreaturen seinen Körper erreichen. Sadek el Hamdir, der keinen Tag von Hartz IV gelebt hat, der wegen der tratschsüchtigen Freundin seiner Freundin in diese Lage geriet, in der er dann doch irgendwie zu einem Helden wurde, bemerkt weder den Tod seines Kameraden noch seinen eigenen. Die Kugel dringt knapp neben seinem linken Auge ein und schaltet sämtliche Körperfunktionen sofort aus. Es ist vielleicht der beste Schuss von Polizeihauptwachtmeister Mike Fegin seit vielen Stunden.

Sarah aber, auf die er als Letztes zielt, sieht dies alles wie in Zeitlupe. Es ist dieses Déjà-vu, das sie lähmt. Denn es ist wie in Warschau. Damals war Christian der Schütze. Dann schlägt das Projektil in der linken Schulter ein.

»Nein!«, brüllt Ben. Er stürzt auf Fegin zu und schlägt ihm das Gewehr aus dem Arm.

»Was … was ist denn?«, stammelt der Schütze. Er hat kaum noch Kraft. Aber er hat gute Arbeit geleistet. Der Platz ist fast leer. Viele hat er erwischt, die Übrigen haben sich verstreut.

»Scheiße, Mann, scheiße! Das war doch keine von denen! Ich kenne die! Das ist eine Kollegin von mir! O Mann!«

»Keine ... von ... denen? Das war ... doch ... eine ...«

»Ja!«, schreit Ben. »Natürlich war das eine Türkin. Aber doch nicht *so eine* Türkin! Außerdem ist sie Libanesin. Wenn überhaupt!«

»Das war eine ... Türkin.«

Fegin sackt auf die Knie, dann geht er vollends zu Boden. Sein Gewehr gleitet ihm aus der Hand.

Zeit, zu sterben.

Mit letzter Kraft zieht er ein Magazin aus den Resten seiner Uniformhose und streckt es Ben entgegen.

»Dreißig Schuss ... die letzten.«

Ben nimmt das Magazin. Fegins Stimme bricht. »Du musst mich ... also ... der erste Schuss ... das musst du mir ... versprechen ...« Dann weicht alle Spannung aus seinem Körper.

Ben sieht ihn an. Dann nach oben zum Kaufhausdach. Etwas bewegt sich am Rand. Er greift sich das Gewehr, ein letzter Blick auf Fegin, doch er schießt nicht, sondern rennt über den Platz zum Kaufhaus, durch die Schneise in der Masse der Toten, die Fegins Angriff geschlagen hat. Sein erster Schuss, der erste von dreißig letzten Schüssen, zerstört das Vorhängeschloss einer Seitentür im Untergeschoss. Er drückt sie auf, schlüpft hinein, wirft die Tür zu, sinkt auf den Boden, holt Luft. Nur für einen Moment.

Ein markerschütterndes Kreischen lässt ihn zusammenzucken. Ben fährt herum. Nur einen Meter entfernt eine raumhohe Voliere, darin ein roter Ara, der ihn mit schiefem Kopf ansieht. Die Zoo-Abteilung. Meerschweinchen und Kaninchen in Bodengehegen mit kleinen Holzhäusern. Hinten an der Wand die Aquarien. Die Fische schwimmen durch die Becken, von links nach rechts und wieder zurück, bunte Punkte in einer künstlichen Welt. Ben steht auf, legt das Ohr an die Tür, um zu lauschen, was die Wesen dahinter treiben, ob sie ihn verfolgt haben. Doch alles ist ganz ruhig. Stille. Nichts zu hören. Gut. Soweit gut.

Schnell schiebt er einen Tisch, den er im Kassenbereich findet, vor die Tür. Der Tisch ist nicht sonderlich schwer, aber es verschafft Ben ein gutes Gefühl. Dann plärrt der Papagei wieder los, ein Dschungelkreischen. Vielleicht macht das den Toten ja Angst, wer weiß. Er muss jetzt los, um Sarah zu retten. Falls Sarah noch zu retten ist.

Die große Halle des Kaufhauses liegt vor ihm, still und reglos, nur das Neonlicht flackert in unregelmäßigem Takt und wirft seltsame Schatten auf die Flakons in der Parfümerie-Abteilung, auf die Vitrinen mit den Lippenstiften, Schminktäschchen, diesen ganzen Frauenkram. Solche Dinge hier zu sehen, nach den Stunden im Wahnsinn dort draußen mit Fegin, ist absurd. Ben muss kichern, als er durch die Gänge läuft. Seine rechte Hand lässt er die Regale entlangstreichen, sie berührt die bunten Verpackungen der teuren Parfüms mit ihren Fantasienamen.

Opium. Obsession. Sun Moon Stars.

Es riecht gut hier, verdammt gut. Kein schlechter Ort, um sich zu verbarrikadieren.

Ein paar Meter weiter die Rolltreppen in die oberen Stockwerke. Sie stehen still, natürlich. Ben macht einen Schritt auf das gerippte Metall und erwartet, dass sich die Treppe in Bewegung setzt und dass in diesem Moment das gesamte Kaufhaus zum Leben erwacht wie eine Spieluhr, die jemand wieder aufgezogen hat. Aber nichts geschieht. Ben erklimmt Stockwerk um Stockwerk, seine Schritte hallen leer durch die

Etagen, bis er schließlich oben im Restaurant steht. Die dritte Tür, die er ausprobiert, führt in einen schmalen Flur, die Zugangstür zum Dach steht halb offen.

Sarah ist bei Bewusstsein, als Ben sie erreicht. Sie lehnt mit dem Rücken an der Brüstung und presst die rechte Hand auf die Wunde an ihrer Schulter. Sie lächelt Ben tapfer an.

»Bescheuert, oder?«, fragt sie mit leiser Stimme, als er vor ihr niederkniet, aber er kann nichts sagen. Er ist so glücklich, dass sie noch lebt. Er muss an Robert denken. Ben kennt die ganze Geschichte. Stück für Stück hat Robert sie ihm erzählt, in den langen Nächten, in denen sie als Team unterwegs gewesen waren und oft nichts anderes zu tun gehabt hatten, als zu warten, dass etwas geschieht, dass ein Geiselnehmer aufgibt oder durchdreht, beispielsweise.

Sie hat schlimme Schmerzen, das sieht er sofort.

Aber Sarah sagt: »Ist okay, geht schon. Halb so schlimm.«

Ihr Kopf zuckt nach links, Ben sieht die Leiche. Ein Türke, keine dreißig Jahre alt, in einem ziemlich teuren Anzug mit einem zerfetzten Hemd. Von einer zweiten Leiche keine Spur.

»Ein Freund von dir?«, fragt er, und Sarah fängt an zu weinen, hört gar nicht mehr auf, schüttelt sich und schluchzt. Ben nimmt sie in den Arm, vorsichtig, denn da ist überall Blut.

»Ganz ruhig«, sagt Ben.

Wie soll es weitergehen? Er weiß es nicht. Er hat keine Ahnung, keinen Schimmer.

Dann löst sich Sarah aus seinen Armen, nickt mit dem Kopf zur Brüstung des Daches.

»Ben, bitte … sieh nach, wie viele noch da unten sind.«

Ben, erleichtert, dass ihm jemand sagt, was er tun soll, geht zum Rand des Daches. Er berichtet Sarah, dass der Platz fast leer ist, bis auf ein paar Gestalten unten an der Tür. Weiter hinten, in der Sonnenallee, rührt sich etwas, aber es sind höchstens fünf oder sechs von ihnen. Ben dreht sich zu Sarah um.

»Meinst du, dass du gehen kannst?«

»Ich denke schon. Doch, ganz bestimmt«, sagt sie. Während Ben ihr aufhilft, erzählt Sarah von ihrer Familie in der Weserstraße. »Das ist praktisch schräg gegenüber. Ein Katzensprung«, sagt Sarah und lacht erschöpft. »Nur ein Katzensprung.«

»Und du bist sicher, dass sie sich nicht auch ... also, dass sie jetzt ...?«

Sarah blickt in den blauen Himmel, blinzelt die Sonne an, die bereits über den Dächern zu sehen ist.

»Nein, bin ich nicht«, sagt sie schließlich.

Eine ganze Weile schweigen sie. Schließlich beginnt Sarah zu husten. Ihre Stirn wird heiß.

»Gehen wir?«, fragt sie.

»Was sonst?«, fragt Ben zurück.

Dann setzen sie sich in Bewegung. Arm in Arm steigen sie vorsichtig über die toten Rolltreppen ins Erdgeschoss hinunter. Seine Kamera lässt Ben zurück, keine leichte Entscheidung, aber immerhin sind die Chips mit den Aufnahmen sicher in seiner Hosentasche verstaut. Die Sache mit Fegin ist im Kasten.

Als sie den Ausgang erreichen, steht der Tisch dort, wie Ben ihn zurückgelassen hat. Er schiebt ihn beiseite, öffnet die Tür einen Spaltbreit und steckt vorsichtig den Kopf hinaus. Im Eingangsbereich liegen mehrere Leichen, aber keine rührt sich. Ben macht Sarah ein Zeichen, dann betreten sie die Straße. Fegins Gewehr hat Ben sich so über die rechte Schulter gehängt, dass er in der Lage ist, im Gehen aus der Hüfte zu schießen.

Bis zur Sonnenallee feuert er siebzehn Schüsse ab. Zehn Körper fallen und stehen nicht wieder auf. Keine schlechte Quote, denkt Ben Lieving und kommt sich für ein paar Augenblicke wie ein richtig harter Kerl vor. Doch als er sich umblickt, sieht er, dass sich hinter ihnen die Infizierten zusammenrotten und ihnen folgen. Ben dreht sich, feuert im Gehen nach hinten. Vielleicht vierzig Kreaturen sind es, als sie das Haus in der Weserstraße erreichen, nur wenige Meter entfernt. Mit dem ganzen Gewicht seines und Sarahs Körpers lässt er sich gegen die Haustür fallen – und sie schlägt auf. Ben schleppt sich durch den Hausflur, durch ein breites Portal in den Innenhof, mit letzter Kraft vorbei an Mülltonnen, Kinderwagen, verdorrten Büschen und einem rostigen Gestell mit einer Schaukel. All diese Relikte einer anderen Zeit nimmt Ben mit fotografischer Präzision wahr, in einer sinnlosen Klarheit. Das ist der Moment, in dem er weiß, dass er die Treppe nicht mehr schaffen wird. Nicht mit Sarah im Arm und auch nicht ohne sie.

Ben lässt Sarah so sachte wie möglich auf den Boden gleiten und feuert in dic Menge, die sich durch den engen Flur drängt. Zielen kann er nicht mehr, dafür ist der Abstand zu gering und seine Konzentration zu schwach, er verballert seinen wertvollen Munitionsrest einfach Schuss für Schuss, und die letzte Patrone trifft einen Mann im Kaftan, dessen linke Wange in einem bleichen Fetzen bis auf den Hals hängt, gerade in dem Moment, als er seine Finger in Ben Lievings rechten Arm bohren und die Zähne in seinen Hals schlagen will.

Da er selbst nicht mehr feuert, hört Ben weitere Schüsse, sieht, wie die Gestalten fallen, eine nach der anderen, bis sich schließlich nichts mehr bewegt. Als Ben sich umdreht, steht da ein Mann mit einem Gewehr im Anschlag, die Augen weit aufgerissen vor Erstaunen.

Sarah richtet sich auf, Tränen in den Augen, aber sie lacht, lacht laut und sagt einen Namen, Hakim, und die Art, wie sie ihn ausspricht, zeigt Ben, dass sie gerettet sind, wenigstens für den Moment.

Hakim war immer Sarahs Lieblingscousin gewesen. Der einzige, mit dem sie als Kind richtig spielen konnte. Der einzige, der nichts von den geheimen Gängen vom Flughafen in die Hasenheide und dem braunen Pulver in den Stanniol-Päckchen wusste. Hakim, das Nesthäkchen.

Jetzt: Hakim, das Familienoberhaupt. Hakim, der Typ mit dem Gewehr. Hakim, ihr Retter.

Er trägt Sarah die drei Stockwerke bis in die Wohnung, die Tür ist nur angelehnt. Seit dreißig Jahren war sie nicht mehr in der Wohnung, das Fieber glüht in ihrem Körper und trotzdem oder genau deswegen ist alles vertraut. Aber da ist noch etwas anderes. Etwas Neues, denkt sie, etwas Falsches. Etwas, um das sie sich kümmern muss. Später. Jetzt muss sie sich ausruhen. Hakim lässt seine Cousine aus den Armen auf ein Sofa gleiten. Sarah spürt, wie sich ihr Blick trübt. Dann kommt die Schwärze.

Als Sarah aufwacht, ist sie für einen kurzen, irrealen Moment wieder sechs Jahre alt. Ein kleines Mädchen, gebettet auf ein himmlisch weiches Sofa, weil es Fieber hat und nicht in die Schule muss, sondern schlafen soll. Umsorgt von einem Schwarm freundlicher Tanten. Eine Fatima-Hand, der traditionelle Glücksbringer, wacht in Bronze über ihr an der Wand, daneben das Foto aus der Heimat ihrer Vorfahren. Das Haus des Urgroßvaters, von dem alle nur voller Ehrfurcht sprachen, obwohl er seine Söhne verflucht hatte, als sie nach Deutschland gegangen waren, um Geld zu verdienen. All diese Gedanken sind da, als Sarah endgültig aufwacht.

Der pochende Schmerz in der Schulter ist zurück. Sarah kann den linken Arm nicht bewegen. Auf ihrer Stirn steht kalter Schweiß.

Hakim kommt mit einer Kanne Tee herein, er lächelt zwar, aber Sarah sieht an seinen müden Augen, wie schwer ihm das fällt.

»Hier, nimm!«, sagt er und reicht ihr eine Tasse.

»Danke.«

Sie schweigen. Sie haben sich seit mehr als zwanzig Jahren nicht gesehen. Dann kommt Ben in den Raum. Er sieht besorgt aus.

»Oh. Du bist wach.«

»Ja.«

»Wie geht es dir?«

Schlecht. Sehr schlecht. Der Traum ist vorbei.

»Gut.«

Ben und Hakim tauschen Blicke aus. Sie wissen, dass sie lügt und dass diese Lügen nichts besser machen. Sarah braucht einen Arzt. Ihre Wunde muss versorgt werden, sonst wird sie sterben.

»Einen Tee?«, fragt Hakim Ben.

»Gerne.«

Während sie trinken, erklärt Sarah Hakim, wer Ben ist, dass sie Kollegen sind, und Ben ergänzt, was er mit dem Nackten Rächer erlebt hat, erzählt von ihrem gemeinsamen Marsch zum Kaufhaus. Von den Schüssen auf das Dach.

Und Sarah erzählt von Murat und Sadek. Von Sadeks Freundin Katleen und von Murats Bionade und von der Terrasse. Von den Molotowcocktails und den brennenden Leuten, die doch nichts anderes tun als das, was sie immer tun, wenn man sie in Ruhe lässt. Von dem Gefühl, als die Kugel in ihren Körper drang. Und dann ist sie plötzlich in Warschau, erzählt von der Pistole und dem anderen Schuss. Ganz zum Schluss erzählt sie von Leonard, der kein Türke war und der jetzt in dem McDonald's sitzt, ein Toter unter Toten.

»Kein Türken-Gen«, sagt Sarah. Sie will lächeln, aber das Fieber erlaubt ihr nicht mehr als eine Grimasse. »Immerhin: Sentheim hatte nicht recht. Alle können es bekommen …« Sie sieht Hakim an. »Und nicht jeder von uns muss es bekommen …«

Hakim sagt nichts, dann führt er sie zu einer weiteren Tür im hinteren Teil der Wohnung. Drei schwere Schlösser. Dahinter Geräusche. Stöhnen.

Hakim erklärt, wie sie sich zu verhalten haben: Keine schnellen Bewegungen! Keine lauten Geräusche! Nichts tun, was ihre Aufmerksamkeit erregt! Nicht direkt in die Augen schauen.

»Aber das ist das Wichtigste: keine schnellen Bewegungen!«

»Das dürfte mir nicht schwerfallen«, versucht Sarah einen Scherz, doch niemand lacht.

Als Hakim das letzte Schloss geöffnet hat und die Tür aufstößt, hat Sarah für einen Moment das Gefühl, sie würde erneut das Bewusstsein verlieren …

Seit dem Tag, an dem Sarahs Großmutter Ambra zwölf Jahre alt geworden war, am Tag ihrer Hochzeit, hatte sie von einer Familie geträumt, die so groß sein sollte, dass sie sich kaum die Namen all der Kinder und Kindeskinder, der Onkel und Tanten, der Cousins und Cousinen würde merken können. Sie träumte davon, dass sie alle zusammenwohnen würden und dass die, die nicht bei ihnen leben konnten, jederzeit als Gäste willkommen wären. Sie träumte davon, sich die

Arbeit mit den anderen Frauen zu teilen, das Kochen, die Wäsche und natürlich die Arbeit auf den Feldern. Ambras Eltern waren bei einem Unglück in der Ölmühle des Heimatdorfes ums Leben gekommen, als sie neun Jahre alt war. Alles, was sie sich wünschte, war daher, immer mit ihrer neuen Familie zusammen zu sein. Für alle Zeit ...

Sarah erkennt als Erstes ihre Großmutter. Sie liegt auf dem Sofa, das an der gegenüberliegenden Wand steht. Das ist ihr Platz, schon immer gewesen, unter dem Fenster. Die Wangenknochen ragen bleich zu beiden Seiten aus dem faltigen Fleisch, das Kopftuch ist zur Seite gerutscht, die grauen Haare fallen in breiten Strähnen auf die Trümmer, die einst die Schultern der alten Frau gewesen sind.

Als sich Sarah an das Halbdunkel gewöhnt hat, sieht sie auch die anderen: Da ist ihr Onkel Rahid, sein Sohn Mahmoud ist dicht bei ihm. Sie sieht Abduhlfakim, der einen Gemüseladen hat, vielleicht ist es aber auch Haidir, die Gesichter sind zu entstellt. Die drei Cousinen Humaira, Salima und Scharifa sind beieinander. Humaira, die Jüngste, streicht Salima durchs Haar. Die anderen kennt sie nicht, sie sind zu jung. Es ist das erste Mal seit mehr als zwanzig Jahren, dass sie in dieser Wohnung steht, die jetzt ein Leichenhaus ist. Sie kann den Blick nicht abwenden. Sie spürt, wie sich Bens Hand auf ihre Schulter legt. Aber sie findet ihren Vater nicht oder irgendetwas, das ihr Vater gewesen sein könnte. Aber einen anderen erkennt sie gut: Es ist Hassan. Der Mann, dem sie als Braut versprochen war, als sie noch Kinder gewesen waren. Wenn meine Mutter damals weniger mutig gewesen wäre, säße ich jetzt dort neben ihm, denkt Sarah.

Ihr wird schwarz vor Augen. Aus Angst und Mitleid. Und vor Schmerzen in ihrer Schulter, dort wo die Kugel ihren Körper durchbohrt hat.

Ben zieht sie zurück auf den Flur. Er würgt. Zwanzig oder dreißig Personen sieht Ben in dem kleinen Zimmer, genau kann man das nicht sagen, ihre Körper sind ineinander verschlungen auf dem Sofa, auf den Sesseln, auf dem Boden. Der Gestank ist unerträglich, Verwesung und Blut. Zum ersten Mal in seinem Leben vermisst Ben Lieving seine Kamera nicht, denn auch wenn er sie dabeigehabt hätte, er hätte diesen Anblick der leibhaftigen Hölle nicht filmen können.

Die Toten werden unruhig, sie haben die Anwesenheit der Lebenden bemerkt, und einer nach dem anderen greift oder kriecht oder robbt in Richtung der Tür. Erst jetzt erkennt Ben, dass sie nicht aufstehen können, denn jeder der Gestalten fehlt ein Bein. Er erinnert sich an die blutige Axt, die er vor der Tür gesehen hat.

»Was hätte ich denn tun sollen?«, fragt Hakim und lässt das letzte Schloss einrasten. Sarah lehnt mit geschlossenen Augen an der Wand des Flurs. Ihre Haut ist bleich und schweißnass. Sie hält sich schmerzverzerrt ihre verwundete Schulter. Ihr Atem ist flach. Ben weiß, dass ihr nicht mehr viel Zeit bleibt. Wenn kein Wunder geschieht.

Hakim erzählt, wie alles begann.

Onkel Faruk war zu ihnen gekommen. Er blutete an der Hand. Auf der Straße hatte ihn einer angefallen und gebissen, das müsse man sich mal vorstellen! Wird man einfach so auf der offenen Straße überfallen und gebissen! Wo man denn leben würde!

Die Wunde entzündete sich, obwohl die Frauen sie gut versorgten. Es wurde nicht besser, sondern schlimmer. Was sie unternehmen wollten, hatte Hassan gefragt. Man solle ihn besser ins Urban-Krankenhaus fahren, da würde man schon wissen, was zu tun sei. Hakim übernahm das, aber schon nach einer halben Stunde kam er mit seinem Onkel wieder zurück.

So eine lange Schlange vor dem Krankenhaus hatte er noch nie gesehen, da hätte man einen halben Tag gewartet, und so schlimm könne das ja wohl nicht sein mit der Wunde.

Im Fernsehen kamen die ersten Nachrichten über die Krankheit, die sich niemand erklären konnte, und die Aufforderung, die Häuser nicht mehr zu verlassen. Sie telefonierten und riefen die Familie zusammen, denn in solchen Situationen sei es natürlich am besten, wenn alle zusammenkämen.

Dann fiel Faruk in eine Art Ohnmacht, und als er nach ein paar Stunden aufwachte, griff er sofort nach der Hand von Miriam, die ihm den Verband wechseln wollte, und biss ihr drei Finger ab. Er war außer sich und tobte, also sperrten sie ihn in das Zimmer, weil sie nicht wussten, was sie sonst mit ihm tun sollten, und weil sie sicher waren, dass es keine gute Idee sei, die Polizei zu rufen.

Zwei Tage später fiel Miriam über Großmutter Ambra und über Basima her, auch sie kam in das Zimmer. Ambra und Basima kamen in ein anderes Zimmer und wurden versorgt, aber es half nichts, weil Abdul ihnen allen verschwiegen hatte, dass er auch gebissen worden war. Irgendwann erwachte er aus der Ohnmacht wie die anderen und verletzte Halim, Mohammed, Mustafa, Tarek und Yassir so stark, dass auch sie sofort in diesen seltsamen Schlaf fielen. Auch sie wurden in das Krankenzimmer gesperrt. Als sie wieder erwachten, einer nach dem anderen, riss sich Tarek los, taumelte aus dem Raum und wütete eine Stunde lang in der Wohnung, bis zum Schluss nur noch Yaver, Hassan und Hakim übrig waren.

Natürlich wussten sie mittlerweile, dass man die Toten töten musste, doch es waren ihre Schwestern und Brüder, ihre Tanten und Onkel und ihre Eltern. Also wurden alle in das Zimmer von Großmutter Ambra gebracht, und das mit der Axt war Hassans Idee. Wir müssen uns schützen, sagte er und ging in das Zimmer, und als er zurückkam, war er über und über mit Blut bespritzt. Zwei Tage später ging Hassan auf Yaver und Hakim los. Hakim konnte sich retten. Yaver nicht.

Das war vor einer Woche gewesen.

»Wie lange dauert es, bis sie sich nach dem Biss in das verwandeln, was sie dann sind?«

Ben schüttelt den Kopf. Er ahnt, was Sarah vorhat.

»Nein. Das tust du nicht!«

»Wie lange dauert es?«

Hakim sagt: »Unterschiedlich. Aber nie länger als achtundvierzig Stunden.«

Sarah stößt sich von der Wand ab, wartet einen Moment, bis der Schwindel nachlässt. Trotzdem schießen ihr die Tränen in die Augen. Sie umarmt Ben.

»Das gibt mir Zeit. So« – sie blickt auf ihre Schulter – »habe ich keine zehn Stunden mehr.«

»Aber was erwartest du denn?«, fragt Ben. »Dass sie ein Gegenmittel haben? Etwas, das« – er stockt – »das das Ganze ungeschehen macht? Und wenn – würden sie es dir geben?«

Sarah weiß es auch nicht. Aber sie sagt, mit einem schiefen Lächeln: »Die Hoffnung stirbt zuletzt.«

Dann öffnet Sarah noch einmal die Tür und tut das, was sie seit fünfundzwanzig Jahren machen wollte. Sie geht direkt auf Hassan zu und spuckt ihm ins Gesicht.

20

Hier wird keine Party gefeiert.

Mit ernsten Gesichtern stehen die Männer um die Holzkohlegrills und warten, die Teller in der einen, Halbliter-Dosen Berliner Kindl in der anderen, auf ihre Ration. Die, die schon eine haben, setzen sich in das Gras des Vorgartens, allein oder in kleinen Gruppen. Es wird wenig geredet und wenn, dann flüstern die Männer sich kurze Sätze zu. Neuankömmlinge werden mit kurzem Nicken begrüßt. Fast jeder streichelt dem kleinen Jungen, der auf der Schaukel sitzt, aber nicht schaukelt, über die blonden Haare.

So geht das schon den ganzen Morgen.

Hier wird keine Party gefeiert. Hier wird eine Truppe verpflegt.

Die schwarze S-Klasse, die Olaf Sentheims Fahrer in die enge Stichstraße im äußersten Osten Pankows steuert, erregt normalerweise Aufsehen, hier aber sind die Menschen mit anderen Dingen beschäftigt. Der Mercedes stoppt vor dem Haus von Sabine Fegin, der Witwe des Polizisten, den die Toten töteten. Keiner der Männer hebt seinen Kopf, obwohl sie aus den Augenwinkeln genau beobachten, was passiert. Es sind harte Kerle, und sie werden ihr Ding durchziehen. Keiner kann sie daran hindern, auch keiner, der mit einer gepanzerten Limousine kommt.

Doch als Olaf Sentheim aus dem Auto steigt, als die Männer erkennen, wer der Mann ist, kommt Bewegung in die Gruppe. Einige stehen auf, laufen in Richtung Gartentor.

Einer beginnt zu klatschen, erst zweimal, dann dreimal, dann rhythmisch, und die anderen stimmen ein.

»Bravo«, ruft ein dünner Kerl mit roten Haaren.

»Jawoll«, einer, der eine gefleckte Militärhose trägt. Eine gefleckte NVA-Militärhose.

»Sentheim, guter Mann«, sagt der, der neben dem blonden Jungen auf der Schaukel steht. Doch das Kind hört nicht zu, es weint und zieht immer wieder den Rotz hoch, wie schon den ganzen Morgen.

Aus der Gruppe geht einer bis zum Gartentor, offensichtlich der Anführer. Der Mann, vielleicht sechzig Jahre alt, aber drahtig wie ein durchtrainierter Vierziger, trägt als Einziger eine Polizeiuniform. Er streckt die Hand zur Begrüßung aus.

Olaf Sentheim liest das Namensschild. Er hatte erwartet, diesen Mann hier zu treffen.

»Karsten Seiks. Willkommen, Herr Senator. Gratuliere auch sehr herzlich.«

»Danke, Polizeihauptmeister. Vielen Dank! Diese Leute da gehören zu Ihnen?«

Seiks dreht sich und macht mit dem Arm eine ausholende Geste.

»Nur ein paar Freunde von mir und von, äh, Mike. Ein paar sind Kollegen, nicht nur aus unserem Zug, auch von den anderen Abteilungen. Und dann sind da auch Kameraden aus der Bundeswehrzeit, und die anderen sind Nachbarn, hier aus der Straße, und Schulfreunde. Verwandte. Lukas, der Bruder von Sabine, also Mikes Schwager. Ein Cousin ist auch da. Extra aus Braunschweig gekommen.«

»Gut«, sagt Sentheim, aber es klingt weniger euphorisch, als Seiks gehofft hatte. Trotzdem sagt er: »Schön, dass Sie hier sind, Herr Senator. Das ist wirklich eine ganz wichtige Geste für Sabine, Mikes Frau.«

»Ja. Natürlich«, sagt Sentheim und wendet sich für einen Moment von Seiks ab. Der Innensenator flüstert seinem Referenten etwas ins Ohr. Böttcher greift in die Innentasche seines Jacketts, holt sein Telefon heraus, geht ein paar Schritte und beginnt zu telefonieren.

Sentheim betritt den Garten, in seinem schwarzen Anzug ein absoluter Fremdkörper zwischen den versammelten Männern. Er sieht viele Tarnanzüge, alte und neue. Uniformteile, gefälschte Bundeswehr-T-Shirts, wie sie in den Vietnamesen-Läden verkauft werden. Fußballtrikots. Vor allem rote: FC Union, der Ostverein. Nur ein blaues: Hertha BSC. Gerippte Männerunterhemden. Cargohosen, Fred-Perry-Polos unter Daunenjacken. Ballonseidenhosen.

Mein Gott, denkt Olaf Sentheim und bemüht sich, jedem freundlich zuzunicken. Er kennt solche Gesichter, ihre Entschlossenheit.

»In den Arsch treten«, ruft einer, »wir müssen denen mal ordentlich in den Arsch treten!« Bewegung kommt in die Gruppe, immer näher drängen sich die Männer um den Senator.

»Das mit dem Türken-Gen, was Sie gesagt haben«, beginnt Seiks, der immer noch an Sentheims Seite ist, »das spricht den Männern hier aus der Seele, Herr Sentheim. So denken hier alle. Und nicht nur hier.«

»Ja«, sagt Sentheim. »Das Türken-Gen …«

»Einfach unverschämt, wie die da im Fernsehen mit Ihnen umgegangen ist, in dieser Sendung«, ruft einer. Er klopft Sentheim auf den Arm. Immer und immer wieder. Sentheim drückt ihn fort und sieht sich nach Böttcher um. Der Referent steht noch immer am Auto. Als er den Blick seines Vorgesetzten sieht, hebt er beide Hände. Die eine, in der das Handy steckt, mit hohem Daumen, die andere offen. Noch fünf Minuten.

Mein Gott, denkt Sentheim. Noch fünf Minuten mit diesen Leuten. Leute, die ihn noch vor zwei Jahren schimpfend aus diesem Garten gejagt hätten. Damals, als sie auf die Straße gegangen waren, immer montags, um gegen ihn und seine Politik zu demonstrieren. Zu Tausenden standen sie vor dem Roten Rathaus. Nur weil er die Wahrheit gesagt hatte: dass es so nicht weiterginge. Zu viel Geld für Sozialschmarotzer, zu viele Ansprüche für zu wenig Leistung. Dass eben nicht jeder zweimal im Jahr nach Mallorca fliegen könne. Dass Hartz-IV-Empfänger kein natürliches Recht auf Alkohol und Zigaretten haben.

Mit der Wahrheit hatte Olaf Sentheim noch nie Schwierigkeiten gehabt, dafür mit den Menschen.

Doch dann schenkt ihm das Schicksal in Form von Karsten Seiks einen Gedanken. Einen großen Gedanken.

»Wissen Sie, die Leute hier, das sind alles keine Wissenschaftler«, sagt der Polizist entschuldigend. »Die fragen nicht lange nach Gründen, warum die Dinge so sind und nicht anders. Die wollen nicht diskutieren, wo diese Seuche herkommt oder warum es gerade die Türken und Araber trifft.«

Seiks macht eine kurze Pause. »Aber es ist natürlich auch nicht so, als ob es sie besonders wundert, dass das ausgerechnet da passiert, wo es passiert. Jeder hier hat da schon mal schlechte Erfahrungen gemacht, in Kreuzberg und Neukölln. Oder kennt einen, der schlechte Erfahrungen gemacht hat mit den Türken.«

Dann, wieder lauter: »Aber grundsätzlich geht es uns hier gar nicht so sehr darum, warum etwas passiert. Wir sehen es eher so: Die haben Mike umgebracht. Und Mike war einer von uns.«

Einer von uns.

Das ist es, was sie denken.

So einfach ist das.

Der Wagen mit dem Kamerateam biegt um die Ecke, und das ist für die Männer im Garten in diesem Moment noch interessanter als der Senator. Einer greift nach einem Baseballschläger. Schnell ist Seiks bei ihm, flüstert ein paar Worte. Das Holz sinkt wieder zu Boden.

Ein Ruf aus der Menge: »Was wollt ihr hier?«

Dann: »Haut ab, ihr Leichenfledderer!«

»Ihr habt hier nichts zu suchen.«

Der Reporter und sein Kameramann kennen das. Egal wo sie auftauchen, werden sie beschimpft. Jeder sieht fern, aber wenn die auftauchen, die das Fernsehen machen, werden sie als voyeuristische Ungeheuer beschimpft, die das Unglück anderer in Einschaltquoten verwandeln. So ist das nun mal. Der Journalist geht zu Böttcher und redet auf ihn ein. Dann winkt er seinen Kameramann heran und macht ein Zeichen: Jetzt noch nicht filmen. Die Menge beruhigt sich.

Böttcher führt den Mann zu seinem Vorgesetzten.

»Und, wie wollen wir es machen?«

Sentheim holt Seiks heran.

»Ich denke, wir sollten zeigen, wie Ihre Leute denken. Was sie fühlen. Ihre berechtigten Sorgen, ihre Ängste. Und natürlich auch die Wut. Berechtigte Wut, wenn Sie mich fragen.«

Seiks ist sofort dabei.

»Ja. Natürlich. Das sollen alle sehen.«

»Und wir haben da noch etwas für die Witwe, Sabine. Etwas, das ihr sicherlich jetzt hilft, in dieser Situation.«

Sentheim sieht zu dem Reporter, der gelangweilt nickt.

»Ja, Christian kommt auch. Ist in einer Viertelstunde hier. Sollen wir schon mal mit ein paar Feature-Aufnahmen anfangen?«

Sentheim überlegt, sagt: »Ja. Sie gehen mit Ihrem Kollegen einfach hinter mir her. Ich habe das hier im Griff.«

»Das sehe ich auch so.«

Also gehen sie los, wieder durch das Tor. Seiks ruft seinen Leuten zu: »Kein Problem, Jungs. Macht euch keine Sorgen. Die sind auf unserer Seite.« Die Männer nicken. Einige nehmen ihre Waffen und räumen sie aus dem Blickwinkel der Kamera. Andere halten sie hoch und posieren.

»Wow«, sagt der Kameramann, während er durch den Objektivaufsatz sieht. »Was ist das denn hier? Ein scheiß Aufmarschgebiet der Freiwilligen Helfer der Volkspolizei, oder was?«

Sein Reporter stößt ihm in die Rippen. Aufnahme verwackelt. Aber das sieht jeder: Mit diesen Leuten ist nicht zu spaßen.

Sie filmen Sentheim. Sein Gesicht ist ernst, aber freundlich. Ein harter Kerl unter harten Kerlen. Er geht auf die Männer zu, kniet sich herunter zu denen, die sitzen.

Er fragt, er hört zu, er spricht.

»Ton?«, fragt der Kameramann.

»Nee, mach nur Bilder. Ton kommt später noch. Wenn Christian da ist.«

Dann sieht er, wohin Sentheim unterwegs ist. Das Kind auf der Schaukel, der kleine Junge. Als der Senator bis auf ein paar Schritte an ihn herangekommen ist, sperrt Böttcher mit beiden Armen die Männer ab, die ihm bis hierhin gefolgt sind. Er winkt das Team heran.

Sentheim setzt sich auf die zweite Schaukel neben das Kind und beugt sich zu ihm herüber.

»Weltklasse«, sagt der Kameramann.

»Mach doch mal besser den Ton an«, sagt sein Reporter.

»Du bist Maximilian, oder?«

Der Junge starrt auf den Boden.

»Ja. Max.«

»Und du bist traurig. Das kann ich gut verstehen.«

»Mama sagt, Papa kommt nicht mehr zurück.«

»Das stimmt, Max. Aber hat dir deine Mutter auch gesagt, warum er nicht mehr zurückkommt?«

Das Kind nickt. Tränen tropfen auf den Boden.

»Weil die ihn totgemacht haben.«

»Ja. Sie haben ihn getötet. Das stimmt. Aber weißt du auch, warum?«

»Melvin sagt, dass die ihn aufgegessen haben. Er hat es im Fernsehen gesehen.«

Der Junge dreht den Kopf und blickt Sentheim an. Die blauen Augen schwimmen. Rotz läuft aus der Nase, der Mund steht offen. Er schluckt. Sentheim gleitet von der Schaukel und kniet sich neben das Kind. Er nimmt beide Hände.

»Du bist doch ein großer Junge, Maximilian?«

»Ja.«

»Dann bist du auch groß genug, um die Wahrheit zu verstehen, glaubst du nicht? Die Erwachsenen-Wahrheit.«

»Ja.«

»Die Leute, die deinen Vater angegriffen haben, das waren gar keine Menschen.«

Der Junge sieht ihn fragend an.

»Keine Menschen? Was denn dann?«

Sentheim macht eine kurze Pause.

»Manchmal, bei manchen Menschen, ist es so, dass sie so böse sind, dass das Böse in ihnen eine richtige Krankheit wird. So wie Scharlach. Hattest du schon mal Scharlach, Max?«

»Nein. Aber mein Freund Lukas.«

»Und dann durfte Lukas nicht mit seinen Freunden spielen,

weil sie sonst auch Scharlach bekommen hätten, oder? War das nicht so, Max?«

»Ja.«

»Hast du mit Lukas gespielt, als er Scharlach hatte?«

»Nein.«

»Das war richtig, Max. Gut gemacht!«

»Aber mein Papa ist tot.«

Sentheim nickt, vielleicht einen Tick zu ungeduldig.

»Da gibt es also diese Menschen, die sind so schlecht, dass es wie eine Krankheit ist. Und weil die Krankheit so schlimm ist, hört sie auch nicht auf, wenn sie schon tot sind. Verstehst du das?«

»Nein.«

»Die Leute, Max, sterben, aber die Krankheit stirbt nicht mit ihnen, sondern sie lebt weiter in ihren Körpern. So schlimm ist diese Krankheit. Und dann stecken sie die anderen Leute an, die sich nicht von ihnen fernhalten.«

»Meinen Papa?«

»Nein, Max. Nicht deinen Vater. Die Krankheit können nur die kriegen, die sie schon ein bisschen in sich tragen, in ihrem Körper. Wir ...«

»Wir kriegen es nicht. Das hat Melvin auch gesagt.«

»Genau. Wir kriegen das nicht. Aber dein Vater, der ist zu ihnen gegangen, um die Krankheit zu besiegen. Das ist sehr mutig von ihm gewesen.«

»Ja.«

»Und deswegen kannst du sehr, sehr stolz auf deinen Vater sein, Max. Ich bin nämlich auch sehr stolz auf deinen Vater.«

Der Junge weint nicht mehr. Er zieht die Nase hoch.

»Und sie haben ihn nicht aufgegessen?«

»Nein«, sagt Olaf Sentheim. »Wir werden dahin gehen, wo dein Vater gestorben ist, und dann werden wir ihn finden.

Damit wir ihn beerdigen können, auf dem Friedhof. Willst du, dass dein Vater auf den Friedhof kommt, Max?«

»Ja. Das will ich«, sagt der Junge.

Das letzte Mal, dass Karsten Seiks geweint hat, war 1970, als der 1. FC Union Berlin Meister der DDR-Oberliga geworden war. Er war damals achtzehn Jahre alt und mit seinem Großvater in die Alte Försterei gegangen. Zu Hause hatte sein Vater, Eisenbieger von Beruf, ihn wegen seiner vor Freude rot geweinten Augen ausgelacht und ihm damit klargemacht: Männer weinen nicht. Weder aus Freude noch aus Scham noch aus Angst. Doch jetzt, als der Senator seinen Patensohn Max Fegin an die Hand nimmt und mit ihm zurück zum Haus geht, schämt er sich für seine Tränen nicht. Vor allem nicht, weil er merkt, dass es kaum einem der Männer, die um ihn herumstehen, anders geht.

Grandios, denkt Böttcher. Grandios und absolut überzeugend. Die Rede, gehalten an ein Kind, gerichtet aber an all diese Männer, die Sentheim nun hinter sich wissen kann, als loyale Armee, die nur darauf brennt, loszulegen und das wahr werden zu lassen, was sein Chef dem Kind gerade versprochen hatte: die Leiche von Mike Fegin zu bergen, um ihn bestatten zu können. Die Tränen eines Kindes als Vorwand, in der Kontrollierten Zone aufzuräumen. Das war genial.

Doch niemand hat mit Sabine Fegin gerechnet.

Die Tür schwingt auf und heraus tritt eine Frau, ein kleines Mädchen auf dem Arm. Die Haare hängen in Strähnen auf die Schultern herab, die Augen liegen in tiefen Höhlen. Sie trägt einen schwarzen Jogginganzug, »I love NY« steht darauf, in glitzernden Buchstaben. Die Frau strahlt die Trauer und die Würde der jungen Witwe aus, die Aura um sie herum ist fast greifbar. Sabine Fegin bleibt stehen, ihre Stimme ist dünn und kratzig, und trotzdem hören alle, was sie sagt.

»Raus hier! Runter von meinem Grundstück! Haut ab! Verschwindet! Du, Karsten, du Heuchler mit deiner Privatarmee! Was hast du getan, als Mike völlig den Verstand verloren hat und losgestürmt ist auf diese Kreaturen? Warum hast du ihn nicht zurückgehalten, als er dich einmal im Leben gebraucht hat? Angefeuert hast du ihn! Du hättest ihn aufhalten können, Karsten, wenn du nicht so ein Idiot wärst, dann würde Mike noch leben …«

Ihr Blick schwenkt zu Sentheim.

»Und Sie, Sie einäugiger Volksverhetzer! Lassen Sie mein Kind los und zwar auf der Stelle! Packen Sie Ihre Siebensachen und Ihre Lakaien und Ihre Kameraleute und verschwinden Sie. Sofort!«

Das alles hört Christian nicht, als er seinen Porsche, leicht verspätet, hinter dem Kamerawagen parkt, aussteigt und den großformatigen Symbol-Scheck vom Rücksitz zieht.

Als er auf der Straße steht und zum Haus blickt, sieht er Folgendes: Eine trauernde Witwe, in einem Outfit, mit dem sich zweiundneunzig Prozent seiner Zuschauer identifizieren können. Sentheim, den Mann der Stunde und der nächsten Wochen, mit einem blonden Jungen auf dem Arm und eine Horde von tapferen Männern wie die Hirten in einer Krippenszene. Das Beste: Sogar seine Leute sind schon da.

Also sprintet er, den Scheck unter dem Arm, durch das Gartentor. Im Laufen winkt er den Kameramann heran, der beginnt zu filmen. Der Redakteur zieht Sentheim möglichst nah an Sabine Fegin, die nicht weiß, wie ihr geschieht, die ihr Pulver verschossen hat, die nur noch heulen kann. Christian tritt ins Bild und hält den Scheck unter Sabines Brust, sodass er den Schriftzug »I love NY« fast ganz verdeckt. Er greift ihre Hand und spult sein Programm ab, verkündet mit absolut sendertauglicher Stimme, dass die Zuschauer großen Anteil nehmen, nachdem sie den Beitrag über das Schicksal von Mikael Fegin gesehen haben, den Polizisten, den die Toten töteten, und dass sie gespendet haben, sehr großzügig, viel großzügiger als sonst.

Sabine, überrumpelt, außer sich vor Schmerz und Wut, sagt nichts, das geht ihr alles viel zu schnell. Mit einem flüchtigen Blick erkennt sie die Summe auf dem Scheck, ihr wird schwindelig. Irgendwie geht es ja auch um die Kinder. Sie muss zurechtkommen, ohne Mike. Also schweigt sie.

Auch als Sentheim in die Kamera spricht. Das meiste, was er sagt, versteht sie nicht, dazu sind ihre Gedanken zu verworren, zu unscharf. Doch ein Satz hallt in ihr nach.

»Mike Fegin. Einer von uns.«

Die Männer im Garten haben andächtig zugehört. Doch jetzt werden sie unruhig. Genug geredet. Sie wollen, dass es endlich losgeht.

21

Sarahs Spucke trifft Hassan mitten im Gesicht, sie ist sich sicher, ein Flackern in seinen toten Augen zu sehen, Zorn, Wut, Hass. Dann schlagen seine Zähne in ihre verwundete Schulter und reißen etwas heraus. Ein fairer Tausch, denkt Sarah einen letzten Gedanken, bevor ihr schwarz vor Augen wird. Bens Hände packen sie um die Hüfte und zerren ihren leblosen Körper aus dem Zimmer. Hakim schlägt die Tür zu und legt die Riegel vor. Ein Poltern aus dem Zimmer der Toten, dann ist Ruhe.

Minuten später erwacht Sarah wieder, ihre Schulter sieht schlimm aus. Da, wo bis eben noch schwarz verkrustet der Wundkanal des Schusses war, klafft jetzt ein rosig glänzender Krater. Sarah kann das rohe Fleisch sehen, kann es anfassen – aber sie spürt keinen Schmerz mehr.

Kein Ziehen, kein Pochen, kein heißes Glühen. Einfach verschwunden. Sogar der Schnupfen, der sie seit zwei Wochen plagte, ist weg, und das Brennen der Narben unter ihrem rechten Ohr, das sie seit Warschau immer wieder heimsucht. Nichts mehr da. Gar nichts.

Sie fühlt ihren Puls.

Nichts.

Sie achtet auf ihren Herzschlag, legt sich die Hand auf die Brust.

Nichts.

Jetzt erst merkt Sarah, dass sie aufgehört hat, Luft durch ihre Nase in die Lungen zu saugen, so wie sie es seit dem Tag ihrer Geburt getan hat, als ihr ein Arzt oder eine Hebamme auf den Po geschlagen hatte.

Nichts.

Wer tot ist, kann nicht sterben, denkt Sarah und muss unwillkürlich lächeln.

In den Augen von Ben und Hakim sieht sie, dass sie begriffen haben. Dass nichts mehr ist wie vorher. Ein Flackern von Furcht, das beide verbergen wollen, aber nicht können. Der Blick leicht schräg und diese Drehung, weg von ihr. Abwehrhaltung.

»Wie … wie geht es dir?«

Was soll sie sagen? Besser denn je? Ich fühle mich so gut wie noch nie in meinem Leben? Es wäre nicht gelogen.

Sie sagt: »Es ist okay.«

»Wir müssen deine Wunde behandeln.«

»Schon gut. Nein. Nicht nötig.«

Ben starrt sie an. Ihre reglose Brust.

»Dein Brustkorb … er bewegt sich nicht …«

»Nein.«

Sie hatte wie alle Menschen immer, ihr ganzes Leben lang Angst vor dem Sterben. Jetzt, als Tote in Wartestellung, bemerkt sie, dass sie eigentlich immer Angst vor dem Leben gehabt hatte, diesem zerbrechlichen Mix aus Körperfunktionen. Tausende von chemischen Reaktionen, die alles am Laufen halten. Angst vor allem vor Abertausenden von Fehlerquellen. Krebs. Herzinfarkt. Multiple Sklerose, Alzheimer. Das Hodgkin-Lymphom. Lupus. Schlaganfall.

Der Tod ist so viel einfacher und klarer als das Leben. Und so viel erfolgreicher.

Was, wenn es gar keine Seuche ist, sondern das Gegenteil? Eine Gnade? Eine Weiterentwicklung? Etwas, das gewollt ist? Von Gott? Von der Natur?

Was kann ein Lebewesen mehr erreichen als die Überwindung des Todes?

Was passiert wirklich nach der Veränderung? Wie sind die, die da drinnen eingesperrt sind? Wenn man sich ihnen nähert? Wenn man ist wie sie?

Fakt ist: Sie tun etwas. Sie erinnern sich an etwas. Es ist nicht alles ausgelöscht. Wer wird der Erste von ihnen sein, der Worte benutzt? Werkzeug? Können sie eines Tages ihre Mordlust überwinden? Und wann? Oder ist das gar nicht mehr nötig?

In einer Welt ohne Schmerz, brauche ich da überhaupt noch das Leben?

In einer Welt, in der die Toten leben, braucht es da überhaupt noch die Lebenden?

Als Sarah aufblickt, sieht sie, dass Ben mit einem iPad beschäftigt ist.

»Was tust du da?«

»Ich versuche, Robert eine Nachricht zu schicken. Er ist der Einzige, der uns helfen kann. Wenn ich Glück habe, geht sie jetzt durch, aber …«

Sarah unterbricht ihn.

»Warum?«

Ben sieht sie irritiert an.

»Warum, was?«

»Warum sollte Robert uns helfen?«

Bens Blick geht von der Wunde an ihrer Schulter zu ihrem Gesicht, er schüttelt den Kopf. Er sucht nach Worten, und als er sie ausspricht, ist seine Stimme fest und klar.

»Weil er dich liebt.«

Sarah will etwas erwidern, aber Hakim kommt ihr zuvor.

»Dann sollte er sich auf jeden Fall beeilen.« Er hat sich auf den Boden gehockt, lässt Sarah keinen Moment aus den Augen. »Der Biss.« Hakim zeigt auf die Schulter seiner Cousine.

»In spätestens zwölf Stunden ist sie eine von denen und dann wird sie …«

Ben sagt: »Niemals! Nicht sie!«, aber an der Art, wie er es sagt, merkt Sarah, dass er es nicht glaubt. Wie sollte er auch. Sie ist sich ja selbst nicht sicher. Also fasst sie einen Entschluss.

»Ich warte da drinnen. Bis Robert kommt.«

Ben und Hakim sehen sich an. Ben will protestieren, geht einen Schritt auf Sarah zu. Doch Hakim hält ihn zurück.

Sarah sieht Ben in die Augen. Sie versucht ein Lächeln.

Dann geht sie zurück in das Zimmer der Toten.

22

Natürlich war Roberts Abgang nicht das, was er erwartet hatte. Kein Tusch, als er durch die Drehtür ging und das Gebäude des Senders für immer verließ. Christian selbst war gar nicht mehr im Haus gewesen, der beste Teil war also ohnehin ausgefallen. Im Aufzug drei Kollegen, Heuser, Barth, Winters, die auf ihre Smartphones starrten, obwohl alle wissen, dass es dort kein Netz gibt. Hauptsache, kein Gespräch anfangen in den paar Sekunden, wo man zusammensteht. Dabei hätte Robert ja sogar etwas zu sagen gehabt.

Ich bin weg, endgültig, für immer. Viel Spaß mit dem Rest eures Lebens. Vielen Dank, aber für mich war's das, seid ihr neidisch?

Auch von der Blondine am Empfang, unten in der Halle, gab es keinen Applaus. Im Gegenteil. Sie murmelte, freundlich wie immer, ohne den Blick von dem Monitor zu nehmen: »Schönen Feierabend, Herr Truhs.« Die ganze Zeit hatte sich Robert geschworen, nicht zurückzuschauen. Er tat es doch.

Weil sein Flug erst am nächsten Morgen ging, vernichtete er in der Nacht die restlichen Bestände an Alkohol in seiner Bar, erst die guten Sachen, dann die schlechten und schließlich den Likör. Dabei sah er die Berichte über die Pressekonferenz des Bürgermeisters, bei der Olaf Sentheim als neuer Innensenator vorgestellt worden war. Die Kommentare auf den Nachrichtenseiten im Internet waren erschreckend positiv, klangen geradezu erleichtert. Allgemein wurde befunden, dass ein Mann wie Sentheim angesichts der prekären Lage genau der Richtige sei, ein Mann, der das Problem ohne falsche Rücksichtnahmen anpacke. In Zeiten wie diesen brauche man Männer, die sagen, wo es langgeht. Die das Heft in die Hand nehmen.

Im Halbstundentakt wählte er Sarahs Nummer, obwohl er sich, als er noch nüchtern gewesen war, vorgenommen hatte, genau das nicht zu tun. Immer die gleiche Meldung: »*Anruf fehlgeschlagen*«, bis in den frühen Morgen. Für einen Moment legte er sich ins Bett, doch die Laken rochen immer noch nach Sarah, also ging er zurück ins Wohnzimmer und sah weiter fern. Nach der Wiederholung seines eigenen Beitrags über Mike Fegin und einem Nachrichten-Update begann die Morgensendung, mit einem Gast, den er nur zu gut kannte. Sentheims alter und neuer Referent Böttcher, ein reaktionärer Überzeugungstäter und Blogschreiber. Dass solche Leute nun mit Sentheim weiter nach oben und in Schlüsselpositionen gespült werden würden, war vielleicht das Verheerendste am Comeback seines ehemaligen Erzfeindes. In der Sendung sprach sich Böttcher für eine deutliche Liberalisierung des Waffengesetzes aus, »temporär« natürlich, »zweck- und situationsgebunden« selbstverständlich. »Beschränkt auf verantwortungsvolle Mitglieder der Gesellschaft«, »Polizisten und Sicherheitsleute«, denn warum sollten diese Männer, »geschult und im Umgang mit ihrer Ausrüstung bestens vertraut«, nicht auch »außerhalb ihrer Dienstzeiten verteidigungsbereit sein«, um, so Böttcher, »für die allgemeine Ordnung jederzeit Sorge tragen zu können«. Ebenso sehr wie dieser Vorstoß, die Stadt in einen Polizeistaat zu verwandeln, schockierte Robert, dass es vom Moderator der Sendung keinerlei Widerspruch gab. Christians Sender, Christians Spielregeln.

Gut, dass das für ihn vorbei ist.

Nach einer eiskalten Dusche verlässt er die Wohnung, fest entschlossen, niemals zurückzukehren.

Die Stadt an diesem Morgen ist anders als sonst. Der Himmel ist blau, aber die Bäume scheinen über Nacht alle Blätter verloren zu haben. Vielleicht bildet er sich das auch nur ein. Die Straßen, selbst hier am Rosenthaler Platz, sind fast leer, und es dauert ewig, bis ein Taxi vorbeikommt und anhält. Der Fahrer, ein kleiner Mann mit scharf geschnittenen Gesichtszügen, bestimmt achtzig Jahre alt, der im Kunstledersessel des Mercedes fast versinkt, erklärt ihm, warum das so ist.

»Ja, jetzt fehlen sie, die Türken, nicht wahr? Die Taxifahrer, nicht wahr? Aber was erwarten Sie, wenn man die eine Hälfte einsperrt, hinter dieser Mauer? Was werden die anderen wohl machen? Richtig, sie werden die Stadt verlassen, nicht wahr? Ich denke, man würde das nicht anders machen, mein Herr, wenn man ein Türke wäre, nicht wahr?«

Robert nickt und nennt sein Fahrtziel: Flughafen Schönefeld. Dann schweigt er. Er will allein sein, mit sich und seinen Gedanken. Aber das ist natürlich zu viel verlangt.

»Ohne Gepäck zum Flughafen, mein Herr? Na, manchmal muss es ganz schnell gehen, nicht wahr? Sie sind auch nicht der Einzige, der jetzt noch raus will, schnell, solange es noch geht. Bevor sie die Stadt dichtmachen, das haben sie im Radio gesagt, das haben Sie sicher gehört, nicht wahr? Da hat man es eilig, wenn man wegmöchte. Keine Zeit, zu packen …«

Auf die Idee, irgendetwas mitzunehmen, war Robert gar nicht gekommen. Er besitzt nichts, was man nicht mit einer Kreditkarte in jedem Shoppingcenter wieder besorgen könnte. Alles, bis auf die Pistole in dem schwarzen Karton ganz hinten im Schrank, die er mit Christian in Warschau gekauft hatte, in der Nacht, als Sarah fast gestorben wäre.

Die Pistole ist das Einzige, was er wirklich gern mitgenommen hätte.

»Wohin fliegen Sie, wenn ich fragen darf?«

Robert antwortet aus einem Reflex heraus und ärgert sich sofort darüber.

»Sylt. Ich fliege nach Westerland.«

»Ach? Auf eine Insel! Das ist eine gute Idee, nicht wahr? Eine wirklich gute Idee! Wasser ist wirklich besser als eine Mauer aus Beton, nicht wahr?«

Statt zu antworten, sieht Robert aus dem Fenster. Sie fahren die Linden herunter, an der Oper vorbei. Auf dem Mittelstreifen parken Polizeiwagen, Dutzende. Die Männer stehen vor ihren Fahrzeugen, rauchen, halten die Funkgeräte eingeklemmt zwischen Schulter und Kinn. Sonst sind die Bürgersteige fast leer. Die Touristen fehlen, denkt Robert, das ist es. Normalerweise laufen sie hier in Dreierreihen, vom Brandenburger Tor zum Alexanderplatz, zur Baustelle des Stadtschlosses, zum Pergamon-Museum, aber jetzt sind sie nicht mehr da. Nur ein kleiner Trupp, drei oder vier Betrunkene, mit albernen Stoffzylindern, grasgrün, taumelt an der Humboldt-Universität vorbei. Wahrscheinlich Iren.

Als ob der Mann seine Gedanken erraten hätte, sagt er: »Ja, nicht wahr, so eine Sache wie mit den Türken ist nicht gut für den Tourismus, nicht gut fürs Geschäft, oder? Werden Sie auch am Flughafen sehen, alle wollen raus. Vor allem die Türken, solange es noch geht. Keine schönen Bilder sind das, nicht wahr?«

Robert denkt an Paulo, den Kellner im Dreistein. Die Politiker weg, die Touristen weg, jetzt gehen sogar die Türken. Bald gehört Berlin wieder den Berlinern, wie damals, in den sechziger Jahren, in der Mauerzeit, der *anderen* Mauerzeit.

Die Friedrichstraße liegt vor ihnen, die alte neue Prachtmeile der alten neuen Hauptstadt. Noch mehr Polizeiwagen, noch mehr Polizisten. Ein Pärchen, er mit einem altmodischen Kunstlederhut, steht vor den Galeries Lafayette und sieht zu, wie Männer die Glasfront des Kaufhauses mit schweren Holzbohlen vernageln. Die Frau schüttelt den Kopf, er schimpft vor sich hin, dann ist das Taxi schon vorbei.

In der Wilhelmstraße stehen die Einsatzfahrzeuge in einer endlosen Reihe auf der rechte Seite. An den Nummernschildern erkennt Robert, dass es nicht nur Berliner Polizisten sind, sondern auch Kollegen aus Brandenburg, Mecklenburg und Niedersachsen.

»Wie in der Walpurgisnacht, nicht wahr, oder am 1. Mai«, sagt der Fahrer. »Sehen Sie da oben, wie die Leute aus den Fenstern gucken. So viel Polizei, die Uniformen, die Stiefel, das finden die Leute spannend in Berlin.« Und dann, schärfer: »Das war schon immer so, nicht wahr?

Für einen Moment treffen sich die Blicke der beiden Männer im Rückspiegel, Robert erkennt den Unterton, aber er kann ihn nicht sofort zuordnen – dann verjagt ein heiserer Schrei den Gedanken. Er sieht aus dem Fenster nach schräg oben, ein Mann steht auf dem Balkon einer Wohnung in einem roten Backsteinhaus, in grauer Jogginghose und Deutschlandtrikot. Er schwankt, die Bierflasche in der einen, eine Fahne, schwarz-rot-gold, in der anderen, und schreit dann wieder.

»Doooitschland!«

Hinter den Hochbahngleisen wird der Mehringdamm einspurig, nur die stadtauswärts führende Fahrbahn ist für zivile Autos freigegeben. Auf der linken Spur stehen die Polizeifahrzeuge nun in Zweierreihen, die Blaulichter eingeschaltet und blinkend, bis hoch in Richtung Tempelhof. Zwischen den Mannschaftstransportern sieht Robert auch gewaltige grüne Fahrzeuge, Wasserwerfer. Sie sind nun in unmittelbarer Nähe der Kontrollierten Zone.

»Kommen wir da durch? Ist da oben nicht gesperrt? Ich kann mir nicht vorstellen, dass da nicht gesperrt ist?« Robert wird nervös, als sie weit hinten in einem Stau zwischen mit Gepäck vollgestopften Autos und überladenen Transportern zum Stehen kommen. Der Taxifahrer dreht sich zu ihm um. »Noch nicht, noch ist alles offen. Damit man schnell rauskommen kann, verstehen Sie?«

Sie brauchen fast zwanzig Minuten, bis sie an der Ampel sind, von rechts drängen sich die Autos Stoßstange an Stoßstange von der Yorckstraße bis in den oberen Teil des Mehringdamms. Die Kreuzung ist komplett verstopft. Robert blickt aus dem Fenster. Die Polizei auf der linken Seite, Mannschaften marschieren in Reih und Glied in die Gneisenaustraße, zu den Befestigungsanlagen, die Robert schon gut erkennen kann, genau wie Wohnhäuser mit den vernagelten Fenstern im Erdgeschoss. Auf der rechten Seite stehen die Schaulustigen, wie üblich angezogen von der Lust an der Sensation, am Schrecken und am Grusel, nur eine Mauer und eine Polizeitruppe weit entfernt, an den Tischen vor der Currywurstbude und der Kneipe »Bier-Express«. Bier wird durch das Fenster ausgeschenkt. Auch hier sieht Robert wieder Fahnen und Trikots, und ihm läuft ein Schauer über den Rücken.

Als sie endlich auf der Kreuzung sind, zeigt der Taxifahrer mit dem Finger nach rechts, dabei rutscht sein Hemdsärmel nach oben. Robert sieht die tätowierte Nummer an seinem Unterarm, nur für eine Sekunde. Schnell schaut er weg und genau deswegen bemerkt der alte Mann, was er gesehen hat. Aber er reagiert nicht, sondern zeigt in die Yorckstraße, auf die lange Schlange vor der St.-Bonifatius-Kirche.

»Sehen Sie, mein Herr, diese Leute dort. Sie gehen, um zu beten, nicht wahr? Denken Sie, dass das helfen könnte? Beten?«

»Ich glaube es nicht«, sagt Robert.

»Vielleicht schon«, sagt der Taxifahrer. »Immerhin, St. Bonifatius ist der Schutzheilige der Deutschen, nicht wahr?«

Dann sagt er nichts mehr. Der Wagen schleicht den Mehringdamm hinauf. Links und rechts tobt der Irrsinn. Sie fahren vorbei an ausnahmslos verrammelten Geschäften und den Gaffern.

Hinter dem Platz der Luftbrücke, entlang des Tempelhofer Felds, ist die Straße wieder in beiden Richtungen befahrbar, es geht nun schneller voran. Ein paar Minuten noch, dann sind sie auf der Autobahn.

Keine Polizei mehr, keine Spinner, keine Fahnen. Keine Trikots. Keine Mauer.

Robert fühlt sich erleichtert. Das ist das Gefühl, auf das er gehofft hatte, als er den Sender verließ. Er ist endlich frei. Bald wird das alles hinter ihm liegen: Berlin, Warschau, die Nacht mit Sarah vorgestern. Alles, was da war, zwischen ihm und Christian und Sarah. Vor allem zwischen ihm und Christian. Um Sarah ging es im Grunde nie. In Warschau waren sie fast ehrlich gewesen, fast wäre damals alles aufgeflogen, aber dann fiel der Schuss. Er kostete Sarah ihr makelloses Gesicht, jedenfalls dort, wo die Kugel ihr das Fleisch vom Gesicht fräste. Dass Christian sie jetzt zurück nach Berlin geholt hatte, war typisch für ihn. Er wollte Revanche für ein Spiel, das er doch immer verlieren würde.

Egal.

Als sie am Flughafen ankommen, schaut Robert nicht auf das Taxameter, sondern gibt dem Mann einen Hunderteuroschein.

»Machen Sie es gut. Viel Glück.«

»Ja, mein Herr, natürlich. Aber vielleicht sehen wir uns ja wieder, nicht wahr?«

»Nein. Ich glaube nicht, dass ich zurückkomme.«

Der Mann kichert und wiegt seinen Kopf, während er Robert in die Augen schaut.

»Warten Sie ab, mein Freund. Sehen Sie …«

»Ja?«

»Ich bin doch auch wiedergekommen, nicht wahr?«

23

Der neue Flughafen von Berlin heißt »Willy Brandt«. Verrückte Welt, denkt Robert, das passt ja. Die Hallen sind voll mit Menschen auf dem Weg ins Exil.

»Ihr Flug nach Westerland verspätet sich um voraussichtlich eine dreiviertel Stunde. Boarding Time ist jetzt um 11.05 Uhr«, sagt die Abfertigungs-Dame und schiebt ihm die Bordkarte über den Tresen. »Und damit können Sie noch zufrieden sein. Wir kommen mit den Check-ins kaum nach. Seit einer Woche ist es die Hölle.«

Robert nickt und lächelt. Die Frau richtet ihr rotes Käppi.

»Ist ja auch kein Wunder. Sie können in der Lounge warten. Erster Stock, Sie gehen …«

»Vielen Dank, kein Problem. Ich kenne mich aus.«

»Guten Flug.«

»Danke.«

»Und viel Glück.«

»Na klar, Ihnen auch.«

Sie möchte noch etwas sagen, zögert.

Robert lächelt noch einmal. Er kann nicht anders.

»Ja?«

»Ach, ich habe keine Ahnung, was ich hier noch mache. Am liebsten würde ich mir selbst ein Ticket ausstellen und …«

Sie ist attraktiv, vielleicht Ende zwanzig. Dunkle Haare, sorgfältig geschminkt. Auf dem Namensschild steht »Diana Schneider«.

»Alles Gute, Frau Schneider.«

»Diana.«

Sie lächelt.

Robert nimmt die Karte vom Tisch, steckt sie in die Innentasche seines Jacketts und geht.

Er sieht Hennig Sterb von hinten, erkennt ihn an der seltsamen Eleganz, mit der er seinen massigen Körper durch die Menge bewegt. Der Politiker ist nur zwanzig Meter vor ihm, doch im Getümmel fällt es Robert nicht leicht, ihn im Auge zu behalten. Er hat noch gut vierzig Minuten Zeit. Also läuft er Sterb hinterher. Warum, weiß er auch nicht. Dass er Berlin verlassen wird, hatte der Senator ihm schon gestern angekündigt. Sterb folgt den »GAT«-Schildern, er hat wohl einen Privatflieger gechartert. Wie Robert reist auch er ohne Gepäck. Und ohne Begleitung. Das ist seltsam. Normalerweise hat er immer jemanden dabei – seine Entourage oder, weniger offiziell, eines der russischen Mädchen, die er nicht ganz ohne Eigennutz in Visa-Angelegenheiten berät.

Kurz vor dem Privat-Check-in holt Robert ihn ein. Er steht fast direkt neben ihm, aber der Politiker bemerkt ihn noch nicht. Sterb zupft das Einstecktuch aus seinem Jackett und tupft sich damit die Stirn, wirft es verstohlen in einen Papierkorb.

»Herr Senator?«

Sterb dreht sich um. Er tritt einen Schritt zurück. Für einen Moment ist er irritiert, was Robert verunsichert. Dann findet der Politiker seine Fassung wieder.

Die blauen Augen funkeln. Er breitet die Arme aus. Große Geste. Wie üblich.

»Truhs! So sehen wir uns doch noch einmal.«

»Ganz richtig.«

»Und ich dachte …«

»… ich wäre der, der bis zum Schluss bleibt.«

Der Politiker blickt auf seine Armbanduhr. Ein schweres, goldenes Ding. Ben wäre neidisch. Sterb greift mit seiner gewaltigen Pranke nach Robert und zieht ihn aus dem Strom der Menschen, in dem die beiden Männer stehen wie die Felsen in der Brandung.

»Mein Junge, verzeihen Sie mir, aber ich bin tatsächlich ein wenig enttäuscht von Ihnen.«

»Ja?«

»Das Material, das ich Ihnen gegeben habe …«

»Nun, Sie hatten mich inständig gebeten, es nicht zu veröffentlichen, daher …«

Sterb schließt die Augen für eine Sekunde, öffnet sie dann. Ein kinoreifer Effekt.

»Junge, Truhs, sind Sie wirklich so naiv? Dachten Sie, ich würde Ihnen einen solchen Schatz in die Hand geben, wenn ich nicht damit rechne, dass Sie ihn zu nutzen wissen?«

Natürlich hat er recht. Das ist ganz und gar nicht Roberts Art. War es jedenfalls nicht in seinem anderen Leben. Aber diesmal hat er sich eben anders entschieden. Das Gespräch mit Sterb ödet ihn schon jetzt an. Alles ist so vorhersehbar. Er wünscht sich, er hätte den Politiker nicht angesprochen.

»Sie wissen doch ganz genau, dass ich Ihnen verbieten musste, damit nach draußen zu gehen? Das wissen Sie doch, oder?«

Er klopft sich mit seinen offenen Pranken an den Oberkörper, als ob er nach einem verborgenen Mikrofon suchen würde.

»Ja. Natürlich. Damit Sie mit sauberen Händen dastehen. Wie immer. Für die schmutzige Arbeit haben Sie Ihre Erfüllungsgehilfen. Leute wie … ich einer war …«

Sterbs Antwort ist ein Strahlen.

Einen Augenblick Schweigen. Die Wasseraugen schauen

flink von links nach rechts, dann wieder zurück. Dann ist das Strahlen verschwunden.

»Ich dachte, Sie würden Sentheim genauso hassen wie ich. Ich dachte, Sie würden dafür sorgen wollen, dass er sich endgültig das Genick bricht. Das hätten Sie mit dem Material jedenfalls erreicht.«

»Ja«, sagt Robert. »Stimmt. Ich will ihm auf jeden Fall das Handwerk legen, aber ...«

»... nicht um jeden Preis?«

»Genau.«

»Truhs, Sie haben sich verändert. Was hat dem Jäger die Jagd verleidet?«

Er könnte sagen: Der Jäger hat sein Gewissen entdeckt. Aber er sagt nichts. Das Gespräch ist beendet. So oder so. Sterb weiß das.

»Wie auch immer, Truhs.« Er sieht erneut auf seine Uhr. »Ich bin von meinen Freunden bei der Europäischen Kommission gebeten worden, nach Brüssel zu kommen.«

Robert nickt.

Sterb weiß, was er denkt. Trotzdem sagt er: »Vielleicht kann ich dort besser helfen.«

»Bestimmt.«

»Ihnen alles Gute.«

»Danke.«

Im Gehen dreht sich Sterb noch einmal um.

»Und Gottes Segen, Robert.«

Dann verschluckt ihn die Menge und treibt Robert in eine andere Richtung. In der sich auflösenden Stadt ist der Flughafen ein Ort von gespenstischer Normalität. Vielleicht, weil auf Flughäfen immer der Ausnahmezustand herrscht. Die Ungeduldigen sind zum Warten verurteilt, die Geizigen zahlen zehn Euro für ein Käsebrötchen, die Ehebrecher kaufen

Parfüms für ihre Frauen zu Hause, die immer frisch Geduschten schwitzen, und auch die Pingeligen schlafen auf dem Boden und bilden dort Hindernisse für die brummenden Bodenpflegemaschinen, gesteuert von traurigen Leuten, die ihre Heimatländer auf der anderen Seite der Abflug-Gates vermissen. Auf Flughäfen spielt es keine Rolle, welche Sprache man spricht, jeder redet Englisch oder das, was er dafür hält. In Paris hat mal einer über zehn Jahre auf einem Flughafen gelebt, Steven Spielberg hat einen Film darüber gedreht, daran muss Robert jedes Mal denken.

Die meisten Menschen hier haben ihre Gelassenheit bewahrt, sogar die mit den dunklen, olivenfarbenen, braunen Gesichtern, die Kopftücher, Schleier, Turbane tragen. Sie sind auf der Flucht, aber schon fast am Ziel. Die Entscheidung, Berlin zu verlassen, war schwer. Die Fahrt zum Flughafen aber leicht, und wenn man dann seine Bordkarte hat, den Wagen voller Gepäck vor sich herschiebt, die Kinder im Zaum hält, ist es fast geschafft. Der Flughafen ist Niemandsland. Noch Berlin, aber schon nicht mehr ganz. Noch nicht ganz Ausland, aber schon fast. Einmal noch die Karte und den Ausweis zeigen, und dann ist es geschafft. Ein paar Stunden Flug, und alles ist vergessen: die Seuche, die Nachrichten, die Mauer, die Berlin wieder trennt. Die Argumente sind die gleichen wie damals: Sicherheit. Sie sind so gelogen wie damals, aber das weiß nur eine Handvoll Eingeweihter in Berlin.

In einer halben Stunde wird Robert in der Luft sein, und in drei Stunden am Meer sitzen. Er wird nichts vermissen. Nichts und niemanden. Er redet sich das immer wieder ein, damit er es glaubt.

Er holt sich einen Caffè Latte, aus alter Gewohnheit, nimmt sich vor, auf der Insel anders zu leben, ohne Milchschaum im Espresso. Eher mal die guten, einfachen Dinge. Filterkaffee. Seine Mutter wird ihm einen kochen, das ist klar. Sie hat das, was jetzt vor ihm liegt, schon lange hinter sich. Vor zehn Jahren ist sie weg aus Berlin, da lebte sein Vater noch, und er musste für ihr neues Leben zahlen. Jetzt ist er fünf Jahre tot und zahlt immer noch. Robert mag seine Mutter, aber er war nicht immer auf ihrer Seite. Vater hatte oft recht gehabt.

Er schnappt sich jeweils ein Exemplar der Tageszeitungen aus dem Gratisregal, setzt sich, nimmt einen Schluck Kaffee und blättert durch die Schlagzeilen. Alle berichten nur über ein Thema, auf »24 Sonderseiten«, mit einem »aktuellen Special«, in einer »Extraausgabe«. Jeder so, wie es seine Art ist. Die Schlagzeilen:

»Senatsumbildung nach drittem Seuchenreport der Charité.«

»Sterb legt nach vierzehn Jahren Amt nieder/Sentheims Comeback als Innensenator.«

»Wissenschaftler warnen vor hohen Erwartungen an Seuchen-Impfstoff«

»Was die Experten verschweigen«

»Lazarus-Gegenmittel schon entwickelt?«

»Koalition erwägt Ausgangssperre auch in Bezirken außerhalb der Kontrollierten Zone.«

»Freiwillige Polizeireserve patrouilliert in Friedrichshain, Mitte, Tempelhof, Wedding/Opposition meldet Übergriffe auf Migranten«

»Mein Konzept für Berlin – Ein Gastbeitrag von Innensenator Olaf Sentheim«

Robert legt die Zeitungen, die er gelesen hat, sorgfältig zusammen, wirft sie auf das Tischchen neben sich. Altpapier. Noch ein paar Minuten bis zum Boarding. Diana Schneider begibt sich bereits zum Computerterminal und loggt sich ein. Robert lächelt ihr zu, aber sie bemerkt ihn nicht oder tut jedenfalls so. Er nimmt den letzten Schluck Kaffee, greift in die Innentasche seines Jacketts, schaltet das iPhone aus. Das iPad aber zieht er aus der Hülle, dabei fällt ein flüchtiger Blick auf den Bildschirm, ein unglückseliger Blick. Ein Blick, der alles verändert.

Die Nachricht ist von Ben.

Er muss sie lesen, weil er nicht so tun kann, als ob da nichts wäre, wenn er weiß, dass da etwas ist.

Christian hatte die Geräte letztes Jahr unter großem Getöse seinerseits und lautem Jubel der Mitarbeiter verteilt, an jeden ein iPhone und ein iPad. »Willkommen in einem neuen Zeitalter der Kommunikation«, hatte er gesagt und einen weißen Pappkarton über seinen Kopf gehalten. Man konnte sagen, was man wollte, aber geizig war er nicht, und er wusste auch, wie man seine Leute bei der Stange hielt. Also lag der Betrieb erst einmal für ein paar Stunden lahm, weil alle mit dem Einrichten der iDinger beschäftigt waren. Vor allem bei Ben war vorerst an Arbeit nicht zu denken, bis tief in die Nacht schaltete und stellte er herum. Schon am nächsten Morgen erklärte er Robert ausführlich die Gerätesuchfunktion der iPads und iPhones, mit der man »in Echtzeit« und »auf Google Maps«, entweder klassisch Karte oder Satellit oder beides, nämlich »hybrid«, mit einer »absolut genialen App«, die praktischerweise »geil, nämlich kostenlos« sei, die jeweils dort angemeldeten Geräte überall auf der Welt wiederfinden könne. »Auf diese Weise wissen wir jederzeit, wo wir sind. Irre oder?« – »Hmm«, hatte Robert gemacht und gedacht: Dass du jederzeit weißt, wo ich bin, finde ich eher nicht so irre. Aber Ben war in seinem Enthusiasmus nicht zu bremsen. So was würden »echte Team-Buddys wie wir« nun mal machen, das sei doch klar. Außerdem wäre es in einer Gefahrensituation »quasi unerlässlich«, diese fantastische Möglichkeit zu nutzen. Und dann folgte ein hoch komplizierter Vortrag über das Thema mobiles Internet, von dem Robert kaum ein Wort verstand. Nur ungefähr so viel: Selbst da, wo normale SMS oder E-Mails oder Telefonanrufe keine Chance hätten, nämlich »in der scheiß Kalahari« oder »dem verfickten Bagdad« und selbst in den »tiefsten Taliban-Tälern von Afghanistan«, könne man diese Geräte hier orten und sogar noch eine Nachricht senden. Und zwar über »das IopA-Protokoll ...«

»Sarah gebissen. Sie wollte es so. Mehr, wenn du hier bist.«

Der blaue Punkt blinkt auf der Karte. Weserstraße. Neukölln.

Kontrollierte Zone.

Die Insel. Der Kaffee bei seiner Mutter. Das kleine Haus am Meer. Die salzige Luft.

Das Neonlicht des Flughafens wirkt greller. Diana Schneiders Stimme, durch das Mikrofon, holt ihn aus seinen Gedanken: »Meine sehr verehrten Damen und Herren, Ihr Air-Berlin-Flug AB 111 nach Westerland ist jetzt zum Einsteigen bereit. Halten Sie bitte Ihre Bordkarte bereit.«

Im Stehen zerreißt Robert das Ticket. Diana Schneider sieht ihn jetzt doch an. Sie ist wirklich sehr, sehr hübsch, und sie lächelt. Im Weggehen wirft er die Schnipsel des rot-weißen Tickets auf den Boden. Sollen sich doch die traurigen Leute auf den Kehrmaschinen darum kümmern.

Im Kopf entsteht der Plan: Nur noch einmal in die Wohnung. Er muss die Pistole holen, wenn er in die Zone gehen möchte. Die Pistole aus Warschau. Jetzt muss sie ihm dabei helfen, Sarah zu retten. Verrückt.

Er steht auf einem dieser Laufbänder und gleitet in Richtung Ausgang, als ihm zwei Männer, ein groteskes Paar, der eine extrem hager, der andere mit der bulligen Figur eines Schlachters, auf dem gegenläufigen Band entgegenkommen. Sie rennen, eine Art Ausweis flattert dem Hageren aus dem Hosenbund. Der Schlachter greift hinten an seinen Hosenbund, Robert denkt: Ein Pistolenmann. Für eine Sekunde treffen sich die Blicke, als sie auf einer Höhe sind. Der Mann schaut irritiert.

Kennen wir uns?

Keine Minute später wird Robert von hinten zu Boden gerissen, seine Nase auf das graugrüne Linoleum gedrückt. Der Schlachter biegt ihm den Arm auf den Rücken, während der Dünne sich vor ihm postiert. Robert sieht die schwarzen Schuhspitzen, er hört die Stimme.

»Robert Truhs, Sie sind festgenommen wegen des Versuchs der Verbreitung von Material, das geeignet ist, die innere Sicherheit zu gefährden …«

24

»Hau ab mit deiner Kamera, du Arschloch! Verpiss dich!« Schnitt.

Aber die meisten Männer, die sich am Nordrand des Oranienplatzes versammelt haben, sprechen gern. Weil sie aufgeregt sind. Weil sie Angst haben. Weil die Menschenmenge ihnen Mut verleiht. Weil sie wissen, dass sie das Richtige tun. Weil sie keine Ahnung haben, ob sie das Richtige tun.

Schnitt.

»Ich bin hier, weil der Mike, mein Kumpel, den kenne ich ja schon, seit wir bei der Bundeswehr waren, Sie können sich gar nicht vorstellen, was wir da alles zusammen durchgemacht haben! Im Guten wie im Schlechten. Und Mike war einer von den echt Korrekten. So einen findet man nicht oft. Nicht beim Bund. Und auch sonst nicht. Als ich gehört habe, was da passiert ist, an der Scheißmauer mit den Scheißausländern dahinter, also dass da einer rein ist, um aufzuräumen, da habe ich gleich gedacht – und das können Sie mir jetzt glauben oder nicht – da habe ich gleich gedacht: Das hätte jetzt der Mike sein können. Und dann habe ich natürlich die Berichte gesehen. Und dann war das tatsächlich der Mike. Unser Mike. Mike, der Russe. So haben wir den genannt. So ein korrekter Typ. Da bin ich natürlich raus zu Sabine, zu seiner Frau. Um zu sehen, was man da machen kann. Helfen, meine ich. In so einer Situation.«

Schnitt.

»Wir sind Kollegen gewesen, oder was rede ich, wir sind ja

immer noch Kollegen, denn ich glaube wirklich, dass der Mike noch lebt. Einen tapfereren Mann als Mike, den können Sie sich echt nicht vorstellen. Der war immer ganz vorne dabei, in der Ausbildung, später im Dienst. Wir hatten mal eine Geiselnahme in der JVA Tegel, so ein Irrer hat sich in seinem Block verbarrikadiert, alles mit Matratzen zugebaut. Das wäre ja seine eigene Sache gewesen, sein Pech, aber er hatte einen Schließer gefangen genommen, der hieß Schiller oder Stiller, Familienvater. Durch die Fenster konnten wir das alles genau sehen: Stiller, wie er gewinkt hat. Der Irre hat ihm dann immer in den Bauch getreten, aber Stiller hat weitergewinkt, auch als er schon am Boden lag. Das ging drei, vier Stunden so, dann wurde der Irre müde und dachte wohl: Was habe ich hier eigentlich zu verlieren? Also schichtete er die ganzen Matratzen aus den Zellen vor die Türen und zündete die an. Wir, oben auf dem Turm, sahen alles, den Stiller, wie er hustete in dem ganzen Rauch und nicht mehr wußte, was er tun sollte. Ich rief in mein Mikro: *Schießbefehl?* Aber immer sagten die: Nur bei freiem Schussfeld! Der Irre hielt den Stiller aber immer vor sich, als Schutzschild. Ich fragte also wieder: *Schießbefehl?* Nein, nur bei freiem Schussfeld. Dann kam Mike und sagte: *Mir reicht es jetzt! Ob der jetzt verbrennt oder erschossen wird, ist doch scheißegal* – und schoss dem Irren in den Kopf. Der Schließer sackte zusammen. Erst als das SEK rein war, und der Notarzt, haben die festgestellt: Dem geht's gut. Nur Rauchvergiftung und Schock. Mike hätte einen Orden verdient, sag ich Ihnen. Aber als Dank gab's nur: keine Beschwerde. Und deswegen bin ich jetzt hier. Weil Mike, der hätte auch nicht nur zugesehen.«

Schnitt.

»Seiks. Karsten Seiks, mein Name. Polizeihauptmeister im Präzisionsschützenkommando der Berliner Polizei. Ich war mit Polizeihauptwachmeister Fegin auf dem Turm, als sich der, nun, äh, Vorfall ereignete. Habe gesehen, was er gesehen hat, wenn Sie so wollen. Die Stunden da oben. Da lernt man sich schon ziemlich gut kennen. Lernt sich anders kennen, könnte man vielleicht sagen. Ich habe Fegin immer für einen Heißsporn gehalten, das gebe ich gerne zu. Aber da oben, da war er anders. Am ersten Tag, ich erinnere mich noch ganz genau, als wir diese Kreaturen zum ersten Mal gesehen haben, da hatte Fegin Tränen in den Augen, als ich ihm den Befehl gab, zu feuern. Für ihn war das, ja, das war, als ob er auf echte Menschen schießen würde, also lebende Menschen. Er ist mir richtig auf die Nerven gegangen. Immer wieder hat er laut überlegt, hat sich Gedanken gemacht, was diese Kreaturen wohl vorher gemacht haben. Womit sie ihr Geld verdient haben, wie sie gelebt haben, ob sie Kinder hatten, ob sie geschieden sind. Die Kinder, das war ja sowieso so eine Sache. Er hat sich das wirklich zu Herzen genommen. In den ersten Tagen, da war das so, als ob er gar nicht glauben könnte, dass die tatsächlich tot sind und eine ernsthafte Bedrohung darstellen. Ich meine, wir haben das ja gesehen. Wie die Wesen hinter den Flüchtenden her sind, mit ihrem schwankenden Gang, langsam, sodass die armen Schweine tatsächlich dachten, sie hätten eine Chance, weil sie schneller waren. Aber als dann immer mehr kamen, war das am Ende total egal. Sie haben alle gekriegt, auch wenn wir von oben ein Dutzend erledigt haben. Oder mehr. Es war so nach einer Woche, dass Fegin sich zu verändern begann. Und ich wahrscheinlich auch. Das muss man wohl so sehen. Jetzt dachten wir nicht mehr daran, wer oder was diese Kreaturen vorher gewesen waren. Es war jetzt wie Tontaubenschießen. Es wurde Routine. Wir schossen, sie starben, wir schrieben unseren Bericht. Ende. Das ging ein paar Tage so. Aber dann fragte mich

Fegin: ›Und wie lange soll das so weitergehen?‹ Und ich konnte ihm nichts darauf antworten. Wir schossen und schossen, und es wurden trotzdem immer mehr. Da kam dann der Frust. Von seiner Frau hat er mir erzählt, Sabine. Die ihn immer fragte, was denn jetzt sei. Und er konnte ihr nichts sagen. Obwohl er so gerne erzählt hätte, dass wir es im Griff haben. Hatten wir aber nicht. Und dann ist er runtergegangen, um es zu beenden. Allein. Das war natürlich verrückt. Aber ich konnte ihn nicht zurückhalten. Das werfe ich mir vor. Deswegen bin ich hier, deswegen gehe ich da rein. Was es bringt? Ob wir Mike finden? Oder das, was von ihm noch übrig geblieben ist? Keine Ahnung, ehrlich gesagt … Aber das … das senden Sie bitte nicht! Schneiden Sie das raus, was ich da zuletzt gesagt habe. Kann ich mich auf Sie verlassen?«

Das Gerangel der Journalisten um die besten Gesprächspartner, und das sind für sie diejenigen Männer mit den größten Waffen und dem breitesten Grinsen, ist in vollem Gange. Die Kameraleute mit ihren schweren Geräten vor den Augen sehen nichts, die Redakteure ziehen sie hektisch von Interviewpartner zu Interviewpartner, die Radiomädchen sind allesamt dünn und zäh und ehrgeizig. Sie drängeln sich von unten zwischen die Fotografen und Tageszeitungsjournalisten und halten ihre bunten Mikrofone ganz nah an die Interviewten. Das gibt Ärger mit den Fotografen.

»Nimm mal dein blödes Mikro aus dem Bild.«

»Jetzt reicht's mir mit euch, das ist unser Mann.«

»Scheiße, so kann doch kein Mensch arbeiten.«

Die Reporter stehen eine Reihe dahinter, sie schreiben in ihre Notizblöcke wie eh und je, nur einer hat ein iPad dabei, er tippt ungeschickt und flucht leise dabei. Sein Ehrgeiz ist, die ganze Sache sofort und in Echtzeit ins Internet zu twittern. Die anderen lachen ihn aus, aber das bekommt er gar nicht mit.

Neben der Tür des Blechcontainers, der hier am Oranienplatz aufgestellt wurde, hängt ein Schild: *Einsatzleitung O2/N*. Referent Böttcher zeigt dem Beamten, der ihn zurückdrängen will, seinen Ausweis, den er an einer Kordel in der Hemdtasche trägt. Er steigt über die kleine Leiter auf das Dach, nickt dem Hauptmeister zu, der oben steht, und bekommt eine Gänsehaut. Der dünne Metallboden des Containers vibriert, durch die Sohlen der braunen Bugatti-Schuhe fährt die Bewegung in Böttchers Füße und verteilt sich von dort in seinem ganzen Körper. Es ist das Echo der zehntausend Menschen, die sich auf dem Platz versammelt haben, ihre Rufe, ihre Bewegungen, die sich auf diese Weise körperlich auf ihn übertragen. Es ist die Essenz ihrer Wut, die Böttcher hier auf dem Container, seinem Logenplatz, spüren kann.

Aber er verbietet sich solche Gedanken. Darum geht es nicht. Das Volk unter ihm bebt vor Zorn. Gut. Perfekt, dass Sentheim noch nicht hier ist. Der Moment ist zu wertvoll. Der Senator würde alle Aufmerksamkeit auf sich ziehen. Sie würden sich ihm zuwenden, ihm zuhören, ihm zujubeln. Hier aber geht es nicht um einen Einzelnen. Ganz und gar nicht.

Das ist es, was Böttcher seinen Verbündeten immer wieder gesagt hatte, in den Besprechungen. Wenn sie alle bis spät in die Nacht zusammensaßen, bei den Redaktionssitzungen für ihren Blog, in dem all das ausgesprochen werden konnte, was die Mainstream-Medien, was die Hasenfuß-Presse sich nicht zu schreiben und zu senden traut. Immer wieder hatte er gesagt: »Es ist absolut okay, wenn sich die Leute einer Person zuwenden. Allerdings nur am Anfang.«

Sie aber sagten: »Wir brauchen Sentheim. Er ist das Gesicht, das wir brauchen. Er ist unsere Galionsfigur. Er ist der, dem die Menschen vertrauen. Er steht für alles, was wir sind und was wir wollen.«

Böttcher weiß: Lächerlich. Taktisch gesehen.

Wenn man wirklich für etwas kämpft, geht es immer nur um die Idee. Die Vision. Das große Ganze. Dafür muss man jeden Preis zahlen. Auch den, selbst etwas Besonderes sein zu wollen.

Einer wie Sentheim würde das nie verstehen, fürchtet er. Zu eitel, so rechthaberisch. Ein Einzelkämpfer. Keine Demut. Vor allem keine Demut.

Das hier, was er unter sich sieht, das ist das, was wichtig ist. Das ist das, was wirklich funktioniert.

Zehntausend Menschen, außer sich vor Zorn.

Wenn du weißt, was die Menschen morgen denken werden, dann beherrschst du sie heute.

Ein Hammersatz, denkt Böttcher und beschließt, ihn sich auf jeden Fall zu merken.

Vorgestern trauten sich die Leute, nur leise zu sagen, was sie denken. Dass es ein Türken-Gen gibt! Logisch! Und dass man ja wohl niemanden dafür verurteilen darf, weil er endlich mal Klartext spricht. Auch, wenn er ein Politiker ist.

Das war der Tag von Olaf Sentheim.

Und sie bekamen ihren Helden. Den, der loszog, das Böse zu bekämpfen. Ganz allein, weil er wusste, was zu tun war. Und weil alle anderen zu feige waren. Der den Märtyrer-Tod starb.

Das war der Tag von Mike Fegin.

Jetzt sind sie hier, weil sie trotzig sind. Weil sie nicht mehr an die Polizei glauben und den Staat und die Ordnung, sondern nur noch an sich und ihresgleichen. An die, die die Sache in die Hand nehmen, die keine falschen Rücksichten nehmen. Die über die Zauderer, die Schwätzer nur lachen.

Das wird der Tag des »Kommandos Mike Fegin«.

Bald wird sich alles auflösen, weil sie sehen werden, dass der Kampf nicht zu gewinnen ist, wenn man nur die Krieger in die Schlacht schickt. Dann werden sie alle losziehen und die ganze Stadt, das ganze Land wird in Chaos versinken, das nach einer neuen Ordnung ruft.

Das wird die neue Zeit sein, die es zu gestalten gilt. Und Böttcher ist bereit, Verantwortung zu übernehmen.

»Das ist doch der absolute Irrsinn«, murmelt der Polizist, keine vier Schritte entfernt. Böttcher dreht sich um, verärgert, aus seinen Träumen gerissen zu werden. Den Beamten auf dem Dach hatte er ganz vergessen.

»Bitte?«

»Der Wahnsinn, was da unten passiert.« Der Polizist vergräbt seine Hände in dem Parka und schüttelt den Kopf. »Diese Zivilisten da, mit den schweren Waffen. Ich möchte mal wissen, wer so einen Zirkus genehmigt. Das würde ich wirklich gerne wissen.«

Ich, denkt Böttcher, ich habe das genehmigt.

»Nun«, sagt er und versucht, freundlich zu klingen, »falls Sie es genau wissen wollen, und das ist natürlich Ihr gutes Recht als« – er wirft einen Blick auf den Ausweis, der an der Uniform des Beamten hängt – »als Hauptwachtmeister: Der Innensenator hat diese Demonstration genehmigt. Es hat also alles seine Ordnung.«

Der Polizist ist nahe an Böttcher herangetreten, näher, als diesem lieb ist. Der Mann ist ein Hüne, mit einem weichen Gesicht und wässrigen, undurchschaubaren Augen. Einer, dem man nichts vormachen kann.

»Dann hat er also den Ausnahmezustand verhängt? Der Senator?«

Was um Himmels willen geht diesen Mann das an?, denkt

Böttcher. Und was, verdammt, glaubt er, in was für einer Situation wir uns hier befinden, wir alle? Natürlich ist das der Ausnahmezustand, was denn sonst?

»Und hier geht es nicht nur um eine Demonstration vor der Mauer, sondern auch um eine Demonstration innerhalb der Kontrollierten Zone ...«

Jetzt steht der Polizist direkt vor ihm, Böttcher spürt seinen Atem.

»Dann gehe ich davon aus, dass diese Männer, diese bewaffneten Zivilisten, mit Zustimmung des Senats in den Sperrbereich eindringen werden?«

Böttcher fährt einfach fort. »... eine Demonstration von Zivilcourage und Mut, von Kameradschaft und ... Bürgersinn. Verstehen Sie das? Bürgersinn! Ja! Diese Männer werden in die Kontrollierte Zone gehen, sie werden ihr Leben aufs Spiel setzen und sie werden ihren Kameraden Mike Fegin finden.«

»Tot oder lebendig.«

Unverschämt, denkt Böttcher. Dieser Mann ist impertinent, und an solchen Männern wäre diese Stadt nur allzu oft fast zugrunde gegangen. Aber die Zeit ist gekommen, wo man solchen Personen einfach kein Gehör mehr schenkt.

Ein zweiter Polizist, der die Treppenstufen zum Dach des Containers heraufsteigt, reißt Böttcher aus den Gedanken.

»Der Senator ist jetzt unten.«

Der Referent nickt kurz und steigt dann die Treppe hinunter. Böttcher begibt sich wieder auf Augenhöhe mit der Masse.

Olaf Sentheim steht bei der Gruppe, die sich »Kommando Mike Fegin« nennt, die so gut wie abmarschbereit ist. Wer kein Interview gibt, steht an dem japanischen Geländewagen oder dem blauen Pick-up, auf dessen Ladefläche ein Maschinengewehr aufgebaut ist.

Mein Gott, wo haben die nur ein Maschinengewehr her? Dabei ist Sentheim lange genug in Berlin, um die Antwort zu kennen: aus denselben Quellen, aus denen auch die Eierhandgranaten, die Pistolen und Gewehre herkommen – aus den Beständen der Roten Armee, von den russischen Soldaten, die vor ihrer Rückkehr nach Russland alles zu Geld machten, was sie nicht mehr brauchten, um ein Reich zu verteidigen, das es nicht mehr gab. Über zwanzig Jahre lagerten die Waffen dann in Kellern, hinter Bretterverschlägen oder in mit rostigen Schlössern versperrten Datschen. Als Männer-Spielzeug wurde es an Wochenenden herausgeholt, um heimlich irgendwo an der Havel abgefeuert zu werden. Jetzt wollen sie die Waffen endlich ihrer wahren Bestimmung zuführen: auf Menschen schießen. Oder auf das, was einmal Menschen gewesen waren.

»Guten Abend, Herr Senator.«

»Böttcher.«

»Ich denke, wir tun das Richtige.«

»Auf jeden Fall tun wir nicht das Falsche.«

Sentheim dreht sich zu dem Polizeiführer um, der neben ihm steht, und flüstert ihm etwas ins Ohr. Der Beamte nickt und spricht in ein Funkgerät. Fast zeitgleich drehen sich die Lichtkegel der gewaltigen Suchscheinwerfer in Richtung des Stahltores. Auf den Türmen nehmen die Präzisionsschützen, deren Besetzung verdoppelt worden ist, Position ein. Vier Schüsse fallen. Die Menge vor dem Tor schreit bei jedem laut auf, beim ersten ist es noch der Schreck, beim vierten ist es nur noch Jubel. Dann wird das Tor zur Seite geschoben und legt den Blick auf den östlichen Teil der Oranienstraße frei. Die, die ganz vorn an der Absperrung stehen, recken die Hälse, sie drängeln und stoßen, auch die Fernsehteams kämpfen um die besten Plätze.

Was sie sehen, ist zunächst: nichts.

Eine leere Straße.

Das »Kommando Mike Fegin« macht sich auf den Weg. Langsam rollen die beiden Fahrzeuge an, flankiert von den Freischärlern. Neben dem Maschinengewehr auf dem Pick-up, der in dritter Position durch das Tor rollt, steht Polizeihauptmeister Karsten Seiks. Er hat sich umgewandt zu den Zuschauern und reckt die ineinander verschränkten Hände hoch. Eine imposante Siegergeste.

Dann schließt sich das Tor wieder.

Sekunden später beginnt das Rattern der AK-47.

25

Zwei Stunden? Sechs? Robert hat längst aufgegeben, Anhaltspunkte dafür zu suchen, wie lange er schon in der Zelle sitzt. Seine Uhr hat ihm der Schlachter abgenommen, die Neonröhre leuchtet ohne jedes Flackern an der grün gestrichenen Decke, und natürlich gibt es hier, tief im Bauch des Airports, kein Fenster.

Robert hatte geglaubt, den Berliner Flughafen gut zu kennen. Seitdem er für Christians lokalen Sender arbeitete, flog er zwar nicht mehr so häufig wie früher, aber zweimal im Monat war er mindestens hier. Und weil er ein guter Kaffeetrinker ist und gute Kaffeetrinker auch gute Toilettenbesucher sind, ist er auf dem Airport »Willy Brandt« ziemlich herumgekommen, auch in den unteren Etagen.

Diese Etage hier aber kannte er nicht. Statt auf einen der Knöpfe zu drücken, hatte der hagere Mann eine Chipkarte in einen Schlitz gesteckt, und sie waren auch noch weitergefahren, als sie die drei Tiefgeschosse über sich gelassen hatten.

»Ach, so etwas gibt es nicht nur im Kino?«

»Stellen Sie sich nicht dümmer, als Sie sind, Truhs«, hatte der Hagere geantwortet.

»Ich dachte nur.«

»Ja, klar. Denken, das scheint Ihr Problem zu sein.«

»Sie meinen?«

»Hören Sie auf, den Ahnungslosen zu spielen.«

Der Schlachter, eng an Roberts anderer Seite, hatte geschwitzt. Kein Typ, dachte Robert, mit dem man leicht ins Plaudern kommt. Eher jemand, der einen zum Sprechen bringt. Der Aufzug stoppte und der Schlachter stieß ihn, ohne seinen Arm aus dem Polizeigriff zu entlassen, durch die Tür in einen Flur. Links und rechts Stahltüren. Oben Neonlicht. Unten grünes Linoleum.

Der erste Anflug von Angst. Wie alle Gefangenen es am Anfang tun, hatte er versucht sich einzureden, dass alles ein Missverständnis sei und er bald wieder frei sein würde.

Das hier ist Deutschland, hatte er gedacht. Das hier ist Berlin.

»Ich bin mir sicher, wir können das aufklären.«

»Ganz bestimmt, Herr Truhs.«

»Es würde mir helfen, wenn Sie mir sagen, was genau man mir vorwirft. Sie erwähnten auf der Rolltreppe einen Film ...«

»Nein. Ich habe von sendefähigem Material gesprochen.«

»Also, einem Film ...«

Als der Hagere abrupt stehen geblieben war, wusste Robert, dass er einen großen Fehler gemacht hatte.

»Sehen Sie, Truhs, die ganze Sache ist so klar und eindeutig. Das haben Sie doch gerade selber zugegeben.«

Er hatte es vermasselt. Er hätte niemals von einem Film sprechen dürfen. Statt herauszufinden, was der Polizist wusste, hatte er ihm freiwillig erzählt, was er selber wusste. Täterwissen offenbart, nennen das die Profis.

»Hören Sie: Mir ist durchaus bewusst, welche Auswirkungen es hätte, in dieser Situation, wenn bekannt wird, dass ...«

Der Hagere hatte ihn kühl fixiert. Robert hatte sich verzockt. Endgültig. Ein zweiter Fehler konnte den ersten nicht aufheben.

»Sie wissen also sehr genau, wovon wir hier sprechen. Schön. Also: Der Film, den die Kollegen in Ihrem Büro beschlagnahmt haben, zeigt Material, das ganz offensichtlich gefälscht ist, aber so gut, dass es in der Öffentlichkeit für eine Panik sorgen würde, deren Folgen weder für Sie noch für uns absehbar sind.«

Könnte es sein, dass der Mann recht hat? Was, wenn das Video eine Fälschung ist? Was, wenn alles von langer Hand geplant war und er nur eine Figur in diesem Spiel wäre? Die wer aufgestellt hat?

Sterb? Christian?

Nein, wenn, dann Sterb. Oder doch Christian?

Diese Frage zermarterte sein Hirn, während er in der winzigen Zelle saß, in die ihn der Schlachter schließlich gestoßen hatte.

Fast geräuschlos öffnet sich jetzt die Tür, Robert springt auf, mit einem Funken Hoffnung, jemanden zu sehen, der ihm erklärt, bei all dem handele es sich natürlich nur um ein Missverständnis. Aber es ist der Schlachter, er packt ihn am Arm und führt ihn in einen anderen Raum, eindeutig ein Verhörzimmer, in dem sein Kollege bereits wartet. In der Mitte ein Tisch, die Beine mit dem Boden verschraubt. Mit Handschellen kettet der Schlachter Robert an einen ebenfalls fixierten, einfachen Sitz aus gebürstetem Stahl. Der Hagere nimmt auf der anderen Seite des Tisches Platz, auf einem Bürostuhl. Er rollt ein wenig hin und her, um Robert seine Macht zu demonstrieren. Dann spricht er, ohne Begrüßung, ohne Überleitung:

»Sie können sich und uns die Sache leicht machen oder schwer. Es liegt ganz bei Ihnen.« Er seufzt. »Ich weiß natürlich, was Sie sagen werden. Dass diese ganze Angelegenheit eine Farce ist und dass Sie sich auf Pressefreiheit berufen und dass Sie einen Anwalt verlangen. Und normalerweise, unter anderen Umständen, Herr Truhs, hätten Sie sogar recht. Aber es ist nun so, dass Ihre verfassungsmäßigen Rechte in der gegenwärtigen Situation keine Gültigkeit haben. Wir befinden uns im Ausnahmezustand, und der Innensenator hat, in Abstimmung mit der Landesregierung natürlich, gewisse Anpassungen vorgenommen.«

Mit diesen Worten schlägt er eine Ledermappe auf, die bereits auf dem Tisch liegt. Er tut, als würde er lesen, als ob es wichtig wäre, ob Robert ihm glaubt oder nicht. Dann holt er einen Schriftsatz heraus, vielleicht fünf oder sechs Seiten, und schiebt ihn schließlich zu Robert.

Robert rührt sich nicht.

Der Hagere wartet eine Weile. »Wie Sie wollen«, sagt er schließlich. »Wir haben Zeit, Herr Truhs. Viel Zeit.«

Robert weiß, was das bedeutet. Vor seinem ersten Reporter-Job im Irak hatten sie ihn zu einem Ernstfalltraining bei der Bundeswehr geschickt. Ein Truppenübungsplatz irgendwo in der Lüneburger Heide, am Arsch der Welt. Sie waren zu zwölft gewesen, und alle hatten mit einem Jungen-Wochenende vor dem echten, großen Abenteuer gerechnet. Am Abend wurde getrunken, viel getrunken, vor allem Whisky, den der Kollege vom Radio hereingeschmuggelt hatte, von dem sie erst viel später erfuhren, dass er gar kein Radiokollege war. Sie machten sich über die Soldaten lustig, die vor dem Fenster ihrer Baracke marschierten, und sie waren sich absolut sicher, dass sie, die Journalisten, ohnehin die härteren Hunde waren. Sie tranken auch weiter, als ihr Ausbilder, ein Stiernacken, auf dessen Namensschild »Kaupert« stand, sie zum dritten Mal aufforderte, endlich schlafen zu gehen.

Der hat uns gar nichts zu sagen.

So eine Scheiße wie hier kann sich auch nur mein Chefredakteur einfallen lassen.

Nächste Woche Montag fliege ich in den richtigen Krieg.

Robert hörte die Männer nicht kommen, entweder waren sie zu leise oder er zu betrunken. Sie stülpten ihm einen kratzenden Sack über den Kopf, den er sofort vollkotzte, fesselten seine Hände mit Kabelbindern auf den Rücken und ließen ihn liegen, umnebelt vom Gestank seines Erbrochenen, mit rasenden Kopfschmerzen. Schon jetzt hätte er nur für einen Schluck Wasser alles getan. Irgendwann ging es nicht mehr, und er machte sich in die Hose. Dann meinte er zu ersticken. Nach einer Ewigkeit wurde er hochgehoben wie ein Sack Zement, auf die Beine gestellt, herumgeschubst, schließlich auf einen Stuhl gesetzt. Sie zogen ihm den Sack vom Kopf, sie lachten ihn aus. Einer kam ganz nah an ihn heran und wandte sich dann ab.

Er zischte: »Sie stinken wie Scheiße. Sie sind Scheiße.«

Sie prügelten nicht auf ihn ein, sie klemmten ihm keine Kabel an die Hoden, sie versuchten nicht, ihn mit einem nassen Lappen zu ersäufen. Sie standen einfach um ihn herum und beschimpften ihn.

Natürlich fing er an zu reden. Dass das jetzt zu weit ginge. Dass er seine Lektion gelernt habe. Dass er jetzt nicht mehr wolle. Dass er sich beschweren würde.

Sie fragten nach den Namen seiner Kameraden, das war wohl das Spiel, er nannte sie alle, jedenfalls die, an die er sich erinnern konnte. Das aber war ihnen nicht genug, sie gingen nicht fort, sie ließen ihn nicht gehen, es nahm einfach kein Ende. Zum Schluss fing er an zu weinen, wie ein Kind, und er rief nach seiner Mutter. Sie lachten, aber das war ihm egal. Er wollte nur noch raus. Sie hatten seinen Willen gebrochen.

Dann kam der Radiokollege, der kein Radiokollege war, und machte ein ernstes Gesicht. Er winkte, und die anderen Männer verschwanden. Ein junger Rekrut kam herein, er brachte einen Eimer Wasser und ein Handtuch. Dann erklärte ihm der Offizier, was er alles falsch gemacht hatte, angefangen am Besäufnis am Abend zuvor. Und dass Robert jetzt wahrscheinlich tot wäre, wenn er hier nicht in der Lüneburger Heide, sondern in einem Camp der Republikanischen Garde im Irak wäre.

Was er denn hätte tun sollen, verdammt, hatte Robert gefragt.

»Warten Sie so lange, bis Ihre Gegner aufgeben.«

»Und dann?«

»Ihre einzige Chance ist, dass man Sie verlegt.«

»Verlegen? Wohin denn?«

»Egal. Ortswechsel ist die einzige Chance, zu entkommen.«

»Flucht? Ich soll flüchten?«

Der Offizier hatte sich vor ihm auf den Tisch gesetzt, zwei Zigaretten aus der Schachtel geklopft und eine Robert angeboten.

»Nein. Sie sollen beten. Dass irgendetwas passiert, das Sie entkommen lässt. Sonst ist es vorbei.«

Robert war insgesamt dreimal in Bagdad gewesen und einmal in al-Audscha, später mehrmals in Mazār-i Scharif und am Khyber Pass. Nie war er in eine brenzlige Lage geraten. Also hatte er die Sätze des Offiziers vergessen. Bis jetzt.

Der Schlachter stellt sich hinter ihn, er spürt ihn, sehen kann er ihn nicht. Der andere kippelt jetzt mit seinem Stuhl. Die Mappe liegt zwischen ihnen.

Robert schickt seine Gedanken auf eine Reise.

»In diesem Schreiben dort ist eine durch den Innensenator festgelegte Änderung des Presserechts skizziert. Es wird in diesen Minuten in Kraft treten und gilt natürlich nur temporär, solange wir uns in dieser Situation … nun, solange wie die momentane Krise anhält. Es enthält einen Paragrafen, der eindeutig festlegt, dass journalistisches Material, das dazu führen könnte, die innere Sicherheit auf direkte oder indirekte Weise zu gefährden, nicht veröffentlicht werden darf. Haben Sie das verstanden?«

Robert sieht auf seine Hände, die auf der Metallplatte liegen. Am Mittelfinger trägt er einen Siegelring, dessen Fläche nicht graviert ist. Den hatte Sarah ihm geschenkt, auf einem Bummel über den Flohmarkt an der Straße des 17. Juli. Sein Blick gleitet an den Fingern entlang, es sind die Finger, die Sarah gestreichelt haben, es ist noch keine achtundvierzig Stunden her. Jetzt wartet Sarah in der Weserstraße auf ihn, zwischen Leben und Tod, dem Tod näher als dem Leben. In ein paar Stunden wird sie sich in das verwandeln, was alles verändert hat.

»Dass Sie im Besitz solchen Materials waren und die Sendung vorbereit haben, ist uns bekannt. Darum geht es uns nicht, Truhs. Wir haben das iPad in Ihrem Schreibtisch gefunden, und wir haben den Film sichergestellt. Wir wissen, dass Sie zwei Stunden am Schnittplatz gearbeitet haben.«

Das Video ist keine Fälschung. Sterb ist skrupellos genug, ihn ans Messer zu liefern, um seinen eigenen Kopf zu retten. Er ist abgebrüht genug, eine Panik zu riskieren, um Sentheim zum Lügner zu machen. Aber er ist nicht so verrückt, Berlin durch eine Videomontage ins Chaos zu stürzen. Das bringt er nicht.

»Wir wollen nur eins von Ihnen wissen, Truhs, und dann werden Sie bis auf Weiteres in eine normale Zelle verlegt, da haben Sie mein Wort, also: Wer hat Sie dazu angestiftet? Wer gehört zu Ihrer Gruppe?«

Ich könnte ihn verraten, denkt Robert. Ich nenne Sterbs Namen, der Hagere macht einen Anruf, vielleicht sogar bei Sentheim persönlich. Der wird begeistert sein. Sterb ist schon lange im Westen, Brüssel hat er gesagt. Ob Sentheim ihm dort schaden kann, ist mehr als fraglich. Sterb ist gut vernetzt, und außerhalb von Berlin ist Sentheim nicht mehr als ein populistischer Bestseller-Autor.

Aber sie würden ihn trotzdem nicht gehen lassen, dazu weiß er zuviel: nämlich alles.

Ein Ortswechsel ist die einzige Chance, zu entkommen.

Entkommen heißt: Sarah retten.

»Ich will eine Aussage machen.«

»Gut. Sehr vernünftig.«

»Aber nicht bei Ihnen.«

Der Hagere steht auf, schaut Robert von oben herab an. Seine Nasenflügel zittern. Sein Stolz kämpft mit seinem Verstand. Aber auch ihm läuft die Zeit davon.

»Ich will mit Olaf Sentheim sprechen.«

26

Sie sitzt vor Hassan. Sie reden. Ohne Worte. Zwei Tote, die endlich ihren Frieden machen.

Eigentlich muss ich mich bei dir bedanken.

Warum?

Du hast mir ein neues Leben gegeben.

Schon zum zweiten Mal, oder?

Ich wusste nicht, dass du Sinn für Humor hast.

Ich habe keinen Sinn für Humor. Aber ich bin froh, dass du endlich wieder hier bist.

Bei dir?

Bei der Familie.

Ich habe die Familie gehasst.

Ich weiß. Aber das ist egal. Du bist wieder da.

Sonst wäre es vorbei gewesen.

Und du siehst, am Ende ist es immer die Familie, auf die du dich verlassen kannst. Ist das kein gutes Gefühl, Djamila?

Nenn mich nicht so.

Aber du bist wunderschön.

Ich bin eine Tote.

Vielleicht. Aber dieser Tod ist besser, als dein Leben es jemals war.

Nein!

Wirklich? Was war das für ein Leben?

Eines, in dem ich selbst entscheiden konnte, was ich tun möchte, mit wem ich zusammen bin. Wen ich liebe und wen nicht.

Und? Hast du die Liebe gefunden, Sarah?

Ja. Und wieder verloren.

Das war ein gutes Leben?

Nicht immer. Natürlich nicht immer, das ist doch klar. Aber oft schon.

Wer hat dir geholfen, wenn es dir schlecht ging?

Ich habe mir selbst geholfen.

Du tust mir leid.

Ich?

Weil du es dir schwer machst. Siehst du, wir hier, wir alle sind zusammen, und wir helfen uns, egal, was passiert. Auch, wenn es so ist wie jetzt. Wir sind eine Familie. Alle gehören zusammen. Das wird sich niemals ändern. Auch bei dir nicht.

Nein.

Wo wolltest du hin, bevor der tote Polizist auf dich geschossen hat, Sarah?

Ich wollte zu euch.

Zu denen, die du so sehr hasst?

Ja.

Und was hast du gesucht?

Ich wollte wissen, ob ich so bin wie ihr.

Du bist wie wir.

Jetzt ja.

Alle sind so wie wir. Alle Menschen. So hat Gott es gewollt, Sarah.

Es gibt keinen Gott.

Doch. Wir sind der Beweis dafür, dass es Gott gibt. Er hat uns erlöst von allen Schmerzen. Er hat uns in den Tod geschickt und das ewige Leben gegeben. Auch dir, Sarah. Es ist gut, dass du bei uns bist.

Ich werde bald wieder gehen.

Nein. Das wirst du nicht. Du kannst nirgendwo mehr hingehen. Du bist da angekommen, wo dein Platz ist.

Bei euch?

Bei mir.

Du bist ein Monster. Du warst schon immer eines, und du wirst immer eines bleiben. Im Leben und im Tod und danach. Ich hasse dich. Ich werde nicht mehr weiter mit dir sprechen.

Wer sagt denn, dass wir miteinander sprechen?

27

Nein. Ja. Doch. In Gottes Namen, ja. Dann verlegen Sie ihn ins Präsidium, und ich kümmere mich später selbst darum. Und, hören Sie, das ist eigentlich exakt das, was ich vermeiden wollte.«

Olaf Sentheim nimmt das Telefon vom Ohr, ein altes Nokia-Modell, hält es weit vor sich wie ein seltsames Insekt, drückt auf den Auflegen-Knopf und steckt es in die Innentasche seines Jacketts.

»Das waren Ihre Männer?«

»*Meine Männer*! Wie sich das anhört, von Posen. Wir sind hier doch nicht in einem schlechten Kriminalroman.«

»Und es ging um unseren gemeinsamen Freund?«

»Wie Sie sich denken können, ja. Er ist in einer Stunde hier, dann werde ich das übernehmen. Obwohl ich dafür nicht zuständig bin. Um das gleich zu sagen. Überhaupt nicht.«

Sentheim mag das nicht, das operative Geschäft. Er lässt sich gegen die Lehne des weißen Ledersessels fallen.

Christian von Posen, der in dem zweiten Sessel Platz genommen hat, pickt währenddessen mit einer Plastikgabel ein halbes Dutzend Trauben von einem Obstteller, den ihm seine Sekretärin vor ein paar Minuten gebracht hat. Sentheim starrt auf seinen Teller, der unberührt vor ihm auf dem Couchtisch steht. Trauben, Äpfel, Orangen, Kiwi, dazu zwei Früchte, die er nicht kennt. Alles geschält und filetiert. Wie in einem Restaurant. Ein schneller Blick geht durch das strahlend weiße Büro. Man kommt sich hier vor wie in einer *Lounge*.

»Besondere Zeiten verlangen eben besondere Maßnahmen, Herr Senator.«

Von Posen spricht mit vollem Mund, was Sentheim gar nicht gefällt, aber noch weniger gefällt ihm der Spott und die gönnerhafte Belehrung dieses *Traubenessers*.

»Und Sie können mir glauben, Robert wird reden. Sie kennen ihn.«

»Nein. Ich kenne ihn nicht.«

»Sie sind sich nie begegnet?«

»Natürlich nicht.«

Das bringt den Fernsehmann für einen Moment aus dem Konzept, was Sentheim freut. Vielleicht realisiert er gerade, dass sein Star-Reporter den Mann, dessen Karriere er zerstörte, nicht ein einziges Mal nach seiner Version der Sache gefragt hat.

»Egal. Ich kenne Robert, seit wir Kinder waren. Er ist arrogant und eitel. Zu arrogant, um sich mit Ihren Agenten abzugeben, und viel zu eitel, um Ihnen nicht lang und breit zu erklären, was er von allem hält.«

Ohne ein Lächeln setzt von Posen nach.

»Sie kennen das ja wahrscheinlich.«

Was Sentheim innerlich in Rage versetzt, ist die Gelassenheit, mit der von Posen das alles erzählt, während er sich mit einer Stoffserviette den Traubensaft aus den Mundwinkeln wischt. Der Senator verachtet den Fernsehmann, und höchstwahrscheinlich beruht das auf Gegenseitigkeit. Vielleicht eine ganz gute Basis für ihre neue Partnerschaft. Das und die schlichte Tatsache, dass sie sich gegenseitig in der Hand haben.

»Da!«

Christian hebt die Fernbedienung und schaltet den Ton des Flat-Screens an.

Der Beitrag ist die Achtzehn-Uhr-Ausgabe der ständig aktualisierten Sondersendung, die der Sender seit zwei Wochen täglich fünfmal ausstrahlt.

Die Bilder zur Anmoderation zeigen Menschenmassen an der Mauer zur Kontrollierten Zone, aber auch Demonstrationen auf dem Kurfürstendamm, dem Alexanderplatz. Vor dem Schloss Bellevue haben Menschen eine Lichterkette gebildet, das Regierungsviertel, obwohl verwaist, ist von einem Polizeikordon weiträumig abgesperrt worden, doch auch hier stehen Tausende von Menschen.

Hart gegengeschnitten mit den alten Aufnahmen von den Infizierten in der Kontrollierten Zone macht das doch schon ordentlich was her, denkt sich Christian.

Der Off-Kommentator spricht: »Überall in der Stadt fanden auch heute Nachmittag Demonstrationen statt. Die Polizei spricht von rund zweihunderttausend Teilnehmern. Sie alle eint die Sorge um die Sicherheit in unserer Stadt, aber auch die Trauer um Mike Fegin, den tapferen Berliner Polizisten und Familienvater, der gestern unter tragischen Umständen den Tod fand, nachdem eine Gruppe vom sogenannten Lazarus-Virus befallener Einwohner des Bezirkes Kreuzberg über ihn hergefallen war. In dieser Sondersendung sollen die Demonstranten zu Wort kommen, außerdem berichten Sicherheitsexperten über ihre Einschätzung der aktuellen Gefährdungslage. Aber zuerst möchten wir Ihnen mehr über den Mann erzählen, dessen Schicksal in unserer Stadt zum Symbol der Bedrohung durch den Lazarus-Virus geworden ist: Mike Fegin.«

Es folgt die Wiederholung des Dreiminüters, den Robert gestern Abend als letzte Amtshandlung für den Sender getextet hat. Familienfotos von Fegin, seiner Frau und den Kindern, ein kurzer Videoschnipsel von einer Dampferfahrt am Wannsee, den eine Rechercheurin bei Facebook fand, illustrieren Roberts Text, in dem die vorbildliche Karriere des Polizisten nacherzählt wird – von seinem eher durchschnittlichen Eignungstest, den Fegin durch großen Eifer wettmachte, über die Abteilungen, in denen er arbeitete. Zwei Kollegen kommen zu Wort, sie schildern ihn als hilfsbereit und freundlich, vielleicht tragen sie ein bisschen zu dick auf, denkt Christian, aber insgesamt muss er zugeben, dass Robert gute Arbeit geleistet hat.

Sentheim reißt ihn aus den Gedanken.

»Dass dieser Fegin eigentlich … nun, dass er … dass sein Vater …«

»Russe ist? Rausgeschnitten.«

Der Senator muss anerkennen: Von Posen denkt mit.

»Aber jetzt, jetzt kommt's noch viel besser. Wird ihnen gefallen.«

Das Gesicht von Mike Fegin wird größer auf dem Bildschirm, bis man nur noch seine blauen Augen sieht, kein schlechter Zoomeffekt, denkt Christian, und schon wieder muss er sich eingestehen, dass er mit Robert einen fähigen Mann verliert.

Dann wird der Bildschirm schwarz, nach einer Sekunde blitzen die Fotos der Toten auf, die sich wankend in Richtung Kamera bewegen. Ein Stroboskop-Effekt verfremdet die Bilder zusätzlich, macht sie unwirklicher und noch bedrohlicher, das Wanken der Gestalten wird zu einem spastischen Zucken, ihre toten Augen erwachen zu einem flackernden Leben. Dazu atonale Musik, irgendein Zwölftongejaule. Insgesamt großes Kino.

Dann Fegins Sohn auf der Schaukel. Allein, traurig. Andere Musik jetzt, irgendwas Langsames, Coldplay, herzergreifend. Dann kommt ein Mann, Sentheim, der sich zu dem Jungen beugt und beginnt, mit ihm zu sprechen. Die Musik wird leiser, man hört die Unterhaltung der beiden klar und deutlich, trotzdem ist das, was der Junge sagt, untertitelt. Ausgezeichnete Arbeit, denkt Christian. Das macht ihn bei den Zuschauern noch hilfloser und Sentheim umso stärker. Nach dem Gespräch, in dessen Verlauf Sentheim versprochen hat, die Leiche seines Vaters, des großen Helden, aus der Kontrollierten Zone zu bergen, wieder ein harter Gegenschnitt zu den Demonstrationen überall in der Stadt. Man liest die Transparente.

»Mike Fegin – Einer von uns.«

»Stoppt die Toten, bevor es zu spät ist.«

»Einmarsch in die Zone – JETZT!«

»Wir oder die!«

Schnitt zurück zum Haus der Fegins. Die Scheckübergabe. Sabine Fegin. Es war sicher nicht ganz leicht zu bewerkstelligen, die Wut herauszunehmen. Christian sieht zu Sentheim herüber, fragt sich, ob er wohl wertschätzen kann, was ihm dieser Beitrag bringt, diese ganz besonders perfide und intelligente Zusammenstellung, die Fegin zum Helden macht und Sentheim ganz nah an dessen Seite stellt. Die aus dem spröden Mahner der vergangenen Monate, dem kauzigen Klartext-Schreiber einen echten Volkstribun macht. Einen Politiker, der nicht nur redet, sondern auch zuhört, der nicht nur Forderungen stellt, sondern handelt. Ob er wohl ansatzweise versteht, welches Risiko Christian damit fährt, dass er so eindeutig Stellung bezieht, nicht nur für den Senator, sondern auch gegen die Menschen in der Kontrollierten Zone oder das, was von ihnen übrig geblieben ist? Aber der Senator nippt nur an seinem Mineralwasser. Schließlich fragt Christian nach.

»Und?«

»Und was?«

Es ist zum Kotzen.

»Wie hat Ihnen der Bericht gefallen?«

Sentheim schaut ehrlich irritiert. Er neigt den Kopf, als hätte er die Frage nicht verstanden.

Immer das Gleiche, denkt Christian, es ist immer das Gleiche. Sie sind so undankbar, sie verstehen nichts, nicht das Geringste von unserem Job.

»Es ist gut, dass Sie nichts von diesen Plünderungen gezeigt haben. So etwas regt die Leute nur auf.«

Christian verdreht die Augen. Er wird sein Lob nicht kriegen. Gut, dann schaltet er wieder in den Angriffsmodus.

»Natürlich. Das ist ja häufig so: Wenn alles aus dem Ruder läuft, sind die Leute besorgt. Irgendwie logisch, finden Sie nicht?«

»Jetzt hören Sie auf, von Posen. Das sind vereinzelte Überfälle, das hat die Polizei im Griff. Und die freiwilligen Helfer.«

»Gutes Stichwort, die Polizei. Ich hoffe, Ihre Polizei hat auch den Mob da draußen im Griff. Die, die am liebsten mit dem ›Kommando Mike Fegin‹ in die Kontrollierte Zone gestürmt wären. Die mit den ›Wir oder die‹-Schildern.«

Zu Christians Überraschung hält der Senator nicht gleich dagegen. Er steht auf und geht an das Panorama-Fenster, blickt über die Stadt. Seine Hände sind auf dem Rücken gefaltet. Wie Darth Vader vor der Zerstörung von Alderaan, denkt Christian und ärgert sich, dass Robert nicht hier ist. Er hätte gelacht.

»Sie haben recht, von Posen. Der Mob kann zum Problem werden, keine Frage. Deswegen darf das Video, das Sterb Ihrem Freund geschickt hat, auf keinen Fall an die Öffentlichkeit gelangen. Wenn diese Dinge, die dort behauptet werden …«

»Sie werden nicht nur behauptet, sondern gezeigt, Herr Senator.«

»Ja, ja, wie auch immer. Wenn die Menschen da draußen davon erfahren, dann kann ich nicht mehr für die Sicherheit dieser Stadt garantieren. Dann kann das niemand mehr.«

»Also machen Sie die Leute in Kreuzberg und Neukölln zu Sündenböcken.«

Sentheim dreht sich um, blickt Christian ins Gesicht. Er ist nicht wütend. Seine Stimme wird ganz ruhig.

»Ja. Wenn Sie es so ausdrücken wollen. Wissen Sie, wenn ich eins in der Politik gelernt habe, dann ist es, zu erkennen, dass man Risiken abwägen muss.«

»Also sprach der Klartext-Politiker.«

»Sie können spotten, von Posen, das prallt von mir ab. Das ist doch eine ganz neue Situation, in der wir jetzt sind. Mir geht es um Berlin. Wenn Sie das Video zeigen, dann mache ich Ihren Sender dicht und Sie landen im Gefängnis, und dann ist es mir auch egal, ob es dafür eine gesetzliche Grundlage gibt oder nicht, das hatten wir ja bereits ...«

»Ja. Sie haben mir gedroht, ich habe mich gefügt. Wenn ich eins in meinem Geschäft gelernt habe ...«

»Ach, Ihr Geschäft! Als ob das wichtig wäre, von irgendeiner Bedeutung, Ihr kleiner Sender hier. Sie müssen endlich begreifen, dass es hier um alles oder nichts geht. Das hat mit Ihrem Sender nicht das Geringste zu tun! Wenn Sie das Video zeigen, geht die Stadt unter. So einfach ist das. Dann sterben Hunderttausende, wenn nicht Millionen. Und im schlimmsten Fall, nicht nur die, die ohnehin schon tot sind.«

»Und denen Sie ja auch schon alles Schlechte unterstellt haben, als Sie noch am Leben waren.«

Sentheim wirkt jetzt ehrlich irritiert.

»Wie meinen Sie das?«

»Nun, Sie können mir nicht erzählen, dass es Ihnen nicht zupasskommt, dass es zuerst die Migranten waren, die infiziert worden sind?«

»Sie denken, ich sei ein Ausländerfeind?«

Christian stößt ein verblüfftes Lachen aus.

»Sie sind der Mann, der vom Türken-Gen gesprochen hat.«

»Ja, aber doch nur, weil es stimmt! Seien Sie doch nicht so naiv! Natürlich gibt es ein Türken-Gen. Deswegen haben die alle schwarze Haare und Knopfaugen. Was denken Sie denn, woher das kommt?«

Christian schweigt.

»Und genauso gibt es auch ein Skandinavier-Gen für blonde Haare und ein Südeuropäer-Gen für Schnurrbärte und ein Inuit-Gen für runde Gesichter und ein asiatisches Gen …«

Sentheim unterbricht sich. Er schüttelt den Kopf.

»Ich habe immer daran geglaubt, dass wir nicht einfach die Tatsachen ignorieren dürfen um einer falsch verstandenen Political Correctness wegen. Das wäre doch …« Sentheim sucht nach dem richtigen Wort. »Es wäre einfach … falsch.«

Christian nickt.

»Und ich soll ein Ausländerfeind sein, weil ich festgestellt habe, dass in einer bestimmten Bevölkerungsgruppe, die sich ein Gen teilt, diese Sache zuerst aufgetreten ist? Weil ich Fakten miteinander verknüpft habe, die für sich genommen niemand anzweifeln würde? Ich habe nichts gegen Ausländer, gar nichts. Ich kenne gar keine Ausländer! Ich trage nur Wahrheiten zusammen und ziehe daraus meine Schlüsse.«

»Aber jeder kann sich infizieren. Sie, ich, alle.«

»Und? Verändert das irgendetwas an der Tatsache, dass es richtig war, diese Leute zu isolieren? Bei denen es zuerst aufgetreten ist?«

»Und jetzt öffnen Sie die Tore für ein Strafkommando.«

»Sie hören nicht zu. Ich schicke ein paar Leute los, die den anderen, der Mehrheit, Hoffnung geben. In solchen Zeiten ist es das Wichtigste, dass die Menschen an die Autoritäten glauben. Und das tun sie, wenn sie sehen, dass es Helden gibt und dass wir diese Helden unterstützen.«

»Sie haben diese Truppe gesehen. Denen geht es nicht um Fegin. Die wollen Blut sehen. Und die, die jetzt noch vor der Mauer stehen, wollen das spätestens morgen auch.«

Sentheim trinkt den Rest von seinem Wasser in einem Schluck aus. Er schüttelt den Kopf und blinzelt.

»Wir gewinnen Zeit.«

»Wofür?«

»Ich habe auf dem Weg hierher mit Professor Schadeck telefoniert. Der Virus ist praktisch entschlüsselt, schon seit ein paar Tagen. Schadeck hat bereits eine Art Prototyp eines Antiserums entwickelt. Es fehlen nur noch einige abschließende Tests, aber ...«

»Es gibt ein Gegenmittel?«

»Schadeck kann nicht sagen, in welchem Stadium das Mittel greift. Er geht davon aus, dass Impfungen möglich sind und dass es gelingen könnte, den Prozess zu stoppen. Aber eine totale Umkehr? Allein die körperlichen Schäden der Opfer ...«

»Was ist mit der Aggressivität?«

Sentheim nickt wieder.

»Das ist nicht klar. Es könnte sein, dass sie positiv beeinflusst wird.«

»Wir könnten also dafür sorgen, dass die Infizierten uns nicht mehr gefährlich werden? Dass sie weiter unter uns leben?«

Der Senator zuckt mit den Schultern. Doch dann schüttelt er den Kopf.

»Das ist keine Option, mit der wir uns vorrangig beschäftigen.«

Einen Moment schweigen beide Männer.

Dann sagt Christian, ganz ruhig: »Sie wissen, was Sie da von mir verlangen?«

Sentheim lächelt nicht, als er sagt: »Ja. Und ich war ehrlich überrascht, als Sie mich angerufen haben, um mir von dem Video zu erzählen. So viel Verständnis für die Innere Sicherheit hätte ich Ihnen nicht zugetraut. Wirklich nicht.«

Christian nickt.

»Sie tun das Richtige.«

Sentheims Telefon klingelt, er geht ran und sagt nur kurz: »Ich bin sozusagen unterwegs.«

Beim Abschied fällt sein Blick auf den Fingerstumpf an Christians rechter Hand. Unwillkürlich sieht er den Journalisten fragend an.

»Alte Geschichte«, sagt Christian, aus Gewohnheit.

28

Auf die Maschinen ist Verlass. Gesteuert von Timern, Relais und Programmierungen flackern die Neonreklamen in den Schaufenstern und über den Ladengeschäften und hoch auf den Dächern ihre Botschaften in die Welt, die seit drei Wochen nicht mehr dieselbe ist. Die Straßenbeleuchtung geht an, wenn die Dämmerung einbricht, egal, was diese Dämmerung bringen mag oder wer sich vor ihr fürchtet. Die Ampeln springen um von Rot auf Gelb, von Gelb auf Grün, obwohl kein Mensch ihnen mehr gehorcht, stattdessen marschieren sie mitten auf der Fahrbahn, über jede Kreuzung, ohne einen Blick nach hinten oder zur Seite zu werfen. Die Leute haben sich die Straße zurückerobert, mit ihrem Zorn, mit ihrer Wut, mit ihren Plakaten.

Robert erinnert sich an jene andere Nacht, in der die Leute auf die Straße gegangen sind. Damals war er in einer Kneipe in Kreuzberg gewesen, vielleicht war es die Ankerklause, als er hörte, dass die Mauer gefallen sei, und natürlich lief er wie alle anderen zum Checkpoint Charlie. Sein Herz klopfte, weil allein der Gedanke atemberaubend war. Als er schließlich ankam, war er nicht mehr Robert Truhs, der Gin-Tonic-Trinker, sondern er war Teil der Masse, einer von Tausenden, die vor dem Beton standen und jubelten, die ausgelassen »I've been looking for freedom« sangen. Der Menschen küsste, die er niemals vorher gesehen hatte, und ihnen Geld zusteckte, durch die Seitenfenster ihrer Trabis, deren Papp-Karosserien zerschlagen wurden im allgemeinen Freuden-Geklopfe und Gerüttel.

Damals ging es um Freude, vielleicht fiel deswegen kein Schuss. Sie, die Westberliner, waren zur Mauer gezogen, um die, die dahinter waren, zu umarmen.

Heute, in dieser Nacht, ist alles anders. Die Massen, die sich in Richtung Mauer aufmachen, ziehen los, um die, die dahinter sind, zu vernichten. Noch sind ihre Waffen selbst gemalte Schilder, aber aus dem Seitenfenster der BMW-Limousine, die sich immer langsamer ihren Weg vom Flughafen in Richtung Alexanderplatz kämpft, sieht Robert, dass da auch Knüppel sind und Pflastersteine in den Händen, und dunkles, schweres Metall. Vielleicht nur Schreckschusspistolen. Vielleicht aber auch nicht. Robert denkt: Nicht auszudenken, was hier jetzt geschehen würde, wenn er das Video gesendet hätte.

Eine Ampel springt auf Rot, aber weil der Wagen vor ihm fährt, drückt der Schlachter aufs Gaspedal, ein schneller Blick nach hinten zu dem Hageren, der neben Robert sitzt. Der Mann nickt genervt: *Egal. Hier macht ja doch jeder, was er will.*

Die Ordnung zu bewahren, entscheidet sich nicht mehr an einer roten Ampel. Hier und jetzt gelten andere Prioritäten.

Die Massen, die ihnen entgegenströmen, sind auf dem Weg in Richtung East Side Gallery. Zehntausende haben sich dort bereits versammelt. Die Mauer selbst ist lückenhaft wie das Gebiss eines Trinkers, aber diesmal wurde der Beton nicht eingerissen, weil er ein Symbol ist, sondern ganz einfach, weil er den Blick auf die Kontrollierte Zone störte.

Die, die es geschafft haben, in die erste Reihe zu kommen, stehen am Ufer der Spree und skandieren den Namen des Polizisten und Sätze wie »Wir kommen euch holen!« und »Ihr seid unser Untergang!« und »Macht kaputt, was uns kaputt macht!«. Immer mehr drängen von hinten nach, das kann Robert aus dem Fond des BMW sehen und auch hören, weil der Agent neben ihm das Fenster heruntergelassen hat. Es ist nur eine Frage der Zeit, bis die vorderste Front der Tobenden ins Wasser gedrängt wird. Dann wird es darum gehen, ob das kalte Wasser ihnen die Schädel wieder klar macht oder sie vollends in Rage versetzt wie einen Haufen Piraten auf blutrünstigem Enterkurs.

Wie jeder gute Journalist erkennt Robert die typischen Anzeichen, wenn aus Empörung Hysterie wird: Er hat es in Fußballstadien gesehen, aber auch auf Demonstrationen im Nahen Osten und erlebt es jedes Jahr wieder am ersten Mai in Kreuzberg. Robert hätte gern mit jemandem darüber gesprochen, zum Beispiel mit dem Agenten neben ihm, und als er ihn verstohlen ansieht, bemerkt er ein kleines Zucken in seinen Augen und weiß, dass sein Gegner das Gleiche denkt.

Aber der traut sich nicht, will sich mit seinem Gefangenen nicht gemein machen. So hat er es wahrscheinlich in seiner Ausbildung gelernt.

Eigentlich, denkt Robert, stehen wir auf der gleichen Seite. Wir halten uns beide an die Regeln. Gesetz, Ordnung, Moral. Anstand. Das Chaos hat gewonnen, wenn die Guten sich bekämpfen. Das wäre ein guter Satz für einen mahnenden Kommentar auf einer ersten Zeitungsseite.

Der Himmel dicht über den Köpfen der Menschen ist jetzt blutrot, es wird Leuchtmunition abgefeuert, die Geschosse steigen hoch, zeichnen eine Narbe aus Rauch in den Himmel. Wie im Fußballstadion, wenn sie die bengalischen Feuer anzünden und der Sprecher alle auffordert, genau das nicht zu tun, und man immer sicher ist, dass er die Randalebrüder insgeheim auffordert weiterzumachen, weil es einfach geil aussieht und sich noch geiler anfühlt. Robert hört, wie die Leute »Aaaah« und »Ooooh« machen.

Er fasst sich ein Herz und will den Hageren darauf ansprechen. Doch plötzlich ist das Feuer mitten im Wagen. Das Gesicht des Hageren zerfließt. Alles ist rot, für eine Sekunde. Es stinkt nach verbranntem Fleisch. Der Mann reißt seine Hände hoch, viel zu spät, da ist nichts mehr zu retten. Robert wirft sich zurück. Er erkennt den Schatten eines Mannes mit Signalpistole, der in der Masse verschwindet. Der Wagen schleudert, als der Schlachter sich nach hinten dreht, um zu sehen, was zum Teufel los ist.

Dumpfer Aufprall vorn. Zwei, drei, vier, fünf Körper spritzen zur Seite wie das Wasser einer Pfütze. Dann stoppt die Masse der Menschen das Auto, sie schlagen auf die Kühlerhaube, gegen die Fenster. Einer springt von hinten auf das Dach. Robert hört das dumpfe Poltern der Schritte über sich. Das ist sie, die Chance, von der ihm der Radiokollege, der kein Radiokollege war, berichtete. Jetzt oder nie.

Robert hechtet über den infernalisch heulenden Mann neben sich, der die Reste seines Gesichts fest an die Knochen presst, zum offenen Fenster. Er greift mit den Händen in den Rahmen, zieht sich in die Lücke, presst sich hindurch, es geht nicht weiter. Er stößt sich mit den Füßen fest von dem Sterbenden hinter ihm ab und ist schon fast draußen, als der Fahrer seine Flucht bemerkt, sich umdreht und nach ihm greift. Seine Pranke packt seine Hose, greift Robert am Gürtel, es geht nicht vor und nicht zurück. Doch jetzt zieht jemand von draußen. Robert hört splitterndes Glas vorn, dann ist er frei und liegt vor dem Auto, das die anderen zertrümmern, mit Eisenstangen und Baseballschlägern. Robert hat keine Ahnung, warum sie das tun. Es ergibt keinen Sinn, überhaupt keinen Sinn. Er rappelt sich auf, verschwindet in der Menge für ein paar Sekunden. Er holt Luft. Dann tritt er wieder, aus Neugier, in die erste Reihe. Aber niemand nimmt jetzt noch Notiz von ihm. Robert ist bereits Teil der Masse. Er sieht das zerstörte Auto. Im Inneren die blutenden Gestalten, seine ehemaligen Peiniger, der vorn zuckt noch, der hinten nicht mehr, er ist schon tot.

Ein junger Kerl dreht sich zu ihm um. Grinst.

»Ey, Alter, das ist so krass! Die Schweine! Diese verfluchten Schweine!« Er trägt eine Hornbrille und eine DJ-Tasche, auf der ein lächelnder Affe zu sehen ist, und das ist der Moment, in dem Robert erkennt, dass Berlin nicht mehr zu retten ist.

29

Auch Ben Lieving denkt an den 9. November 1989. Am Tag, als Geschichte gemacht wurde, war er zusammen mit Beckermän, dem Sänger, sowie Mohres und Steiner II, den beiden Gitarristen seiner Band Traktoristen Kombinat Neues Toitschland! (TKNT) in der Datsche seiner Großmutter in Weißensee, die sie an der Oberschule stolz »unseren Probekeller« nannten. Wie üblich hatten sie schon mittags viel zu viel getrunken, um an ihrem neuen Album (Arbeitstitel: *Alarmscheibe*) zu arbeiten, und hatten stattdessen lange an der idealen Mischung aus Bier und Haarspray experimentiert, die ihre Punk-Frisuren mindestens für die Dauer eines Fünfundvierzig-Minuten-Auftritts »unter ständigem Bierbewurf aus der Menge« (Beckermän) in Form hielt. Denn eines Tages, da war sich das Traktoristen Kombinat Neues Toitschland! absolut einig, würde man tatsächlich vor Publikum spielen. Wenn man denn die Sache mit den Frisuren gelöst hatte und natürlich das mit den Songs.

Als ihr Schlagzeuger Daniel Stinta um kurz nach acht auftauchte, brachte er nicht nur drei Flaschen Nordhäuser Doppelkorn, sondern auch unglaubliche Neuigkeiten mit: Die Mauer war gefallen.

»Scheiße!«, fand das Steiner II, weil jetzt die Nazis kommen würden.

»Zum Kotzen!«, meinte Mohres, dessen Mutter ihren Lebensunterhalt als Sekretärin in einem Referat des Ministeriums für Staatssicherheit verdiente.

»Jetzt gibt's voll den Westen«, bemerkte Beckermän, und die anderen waren sich nicht sicher, ob er sich nicht vielleicht darauf freute.

»Übelste Bilder von der Mauer, Männer«, berichtete Daniel Stinta. »Mit Hämmern schlagen sie die in Stücke.«

Ben Lieving schwieg. Seine Bandkollegen waren politische Nulpen, das wusste er, seit das mit den Montagsdemos angefangen hatte. Einerseits waren sie als Band angetreten, »den FDJ-Säcken und ihren Weichei-Bands mal zu zeigen, wo der echte Punk zu Hause ist« (Mohres); vor allem in den Texten, »aber auch insgesamt, als Statement« waren sie natürlich »klar gegen das System« (Daniel Stinta) und wollten, »dass jetzt alles anders wird« und vor allem, »dass man in den Läden endlich mal die gute Mucke kriegt« (Beckmän). Andererseits waren die Montagsdemonstranten für sie »Verräter« (Mohres), »zukünftige West-Sklaven« (Daniel Stinta) und »Plakat-Clowns« (Beckermän).

Dass sich jetzt etwas änderte, in seinem Leben und nicht nur da, war Ben Lieving niemals klarer gewesen als in dem Moment, da seine Bandkollegen nichts Besseres zu tun hatten, als zwei Flaschen Nordhäuser in sich hineinzukippen, während sie die Internationale sangen. Das war der erste und der letzte gemeinsame Auftritt des TKNT. An diesem Abend verließ Ben Lieving die Band für immer.

Er fuhr nach Marzahn in die Dreizimmerwohnung, in der er mit seinem Vater lebte, fand einen Zettel, auf dem stand: *»Junge, bin drüben. Und bleibe. Wenn du schlau bist, kommst du auch.«* Ben warf das wenige, was ihm etwas bedeutete, in einen Armeerucksack, hängte sich die Kamera, die er von seinem Großvater geerbt hatte, um den Hals, stopfte zwei Dutzend ORWO-Filme in seine Hosentasche und fuhr zur Bernauer Straße, um Weltgeschichte zu fotografieren. Er fotografierte, bis der Morgen dämmerte, dann fuhr er in die Kochstraße, wo die Westberliner Zeitungen saßen, und bot sein Material an. Am nächsten Tag wurde es gedruckt, und Ben Lieving war Pressefotograf. Der erste Morgen im neuen Deutschland war auch sein erster Morgen in seinem neuen Leben.

»Aber das Geilste«, sagt Ben jetzt zu Hakim, neben dem er auf dem Dach eines Hauses am Hermannplatz kauert und auf den Kottbusser Damm in Richtung Norden sieht, »das Geilste war die Stimmung damals. Friedlich! Anders kann man das nicht sagen. Total friedlich. Du musst dir das mal vorstellen: Da verplappert sich so ein Politbüro-Typ auf dieser Pressekonferenz, und eine Stunde später stehen die Leute vor den Grenzübergängen und sagen: Und was ist jetzt? Wir wollen raus! Hat der Schabowski doch im Fernsehen gesagt! Und die Grenzer und Vopos, die da stehen, Spätschicht, es ist schon kalt, Anfang November, die haben doch keine Ahnung, was da überhaupt abgeht. Verstehst du?«

Ben zieht an seiner Zigarette, der fünften, seit sie zu ihrer Erkundungstour aufgebrochen sind. Hakim nickt, ohne ihn anzusehen.

»Die waren doch gewohnt, Befehle zu befolgen, denken sollten die ja gerade nicht. Vierzig Jahre lang war denen eingetrichtert worden: Wenn hier einer raus will, dann wird der über den Haufen geschossen. Erste Warnung, zweite Warnung, Feuer! So lief das an der Mauer. Und jetzt? Was tun? Was hättest du denn getan, Hakim? Hast du dich das mal gefragt?«

Hakim nickt erneut. Die Schüsse aus Richtung Landwehrkanal werden immer lauter, die Abstände immer kürzer. Er sieht Lichter, Scheinwerfer von Autos, irgendwas in der Art, und sie kommen näher, im Schritttempo, aber ganz klar in ihre Richtung.

Ben erwartet keine Antwort von Hakim. »Also, *ich* weiß nicht, was ich getan hätte. Aber ich weiß eins: Die Burschen, die sich damals entschieden haben, nicht zu feuern, das sind echte Helden. Für mich jedenfalls. Wär ja viel einfacher gewesen. Im Bericht hätte dann gestanden: Versuch einer Massenflucht vom Staatsgelände der Deutschen Demokratischen Republik. Masse wurde wiederholt aufgefordert, Ruhe zu bewahren und die Wohnstätten aufzusuchen, kam dem aber nicht nach. Also wurden Warnschüsse abgegeben … Und so weiter.«

Ben ist ziemlich stolz, wie gut er den DDR-Jargon immer noch draufhat. So was vergisst man eben nicht, wenn man damals dabei gewesen ist. Der junge Türke neben ihm – war der damals überhaupt schon auf der Welt? Wahrscheinlich nicht. Er bietet ihm eine Zigarette an, Hakim nimmt sie und raucht. Ben aber will reden.

»Und du darfst nicht vergessen: die Russen. Die waren ja auch noch da. Nicht nur so wie heute ein paar Heinis in der Botschaft, ganz bestimmt nicht. Das waren Tausende. Das war eine ganze Armee damals hier in Berlin. Die hatten Panzer! Hunderte Panzer. Ein Anruf aus Moskau, und die hätten sich in Bewegung gesetzt. Haben sie aber nicht. Weißt du auch, warum, Hakim?«

»Weil die Russen ihre eigenen Probleme hatten?«

Ben nickt ungeduldig. Mit einer Antwort hatte er nicht gerechnet.

»Weil die Russen wussten, dass sie das Spiel verloren hatten. Weil die Russen wussten, dass es da um alles oder nichts ging. Um den dritten Weltkrieg oder …«

»Einigkeit und Recht und Freiheit«, sagt Hakim feierlich.

Ben schüttelt den Kopf und lacht. Er mag den Mann und hat plötzlich den dringenden Wunsch, ihm das auch zu sagen.

»Du bist in Ordnung, kleiner Türke.«

»Ich bin kein Türke!«

Hakim klingt fast empört.

»Nein? Was bist du denn?«

»Ich bin Deutscher. Mein Vater ist Libanese, meine Mutter ist Libanesin. Aber ich bin Deutscher. Bürger der Bundesrepublik Deutschland. Von Geburt an. Streng genommen länger als du. Du Ossi.«

Ben will laut auflachen, als in nächster Nähe eine Maschinengewehrsalve durch die Nacht peitscht. Ein Dutzend Infizierte, die sich in ihrem Taumelgang auf die Wagen-Kolonne auf dem Kottbusser Damm zubewegt, wird von den Schüssen zerfetzt, bricht zusammen, bleibt reglos liegen. Jetzt können Ben und Hakim die Wagen sehen, ein blauer Pick-up fährt voran. Auf der Ladefläche befindet sich das Maschinengewehr, dahinter ein bulliger Mann in einer gefleckten Uniform, sein Gesicht von den Scheinwerfern beleuchtet. Wie in *Black Hawk Dawn*, denkt Ben, das ist ja wie in Somalia oder im Sudan. Um die Wagen herum marschieren weitere Männer in loser Formation. Immer wieder wanken Infizierte auf die Kolonne zu. Sie werden erschossen oder erschlagen. Ben sieht, direkt unter ihnen, wie sich eine Gestalt wieder erhebt. Sofort schert einer der Männer aus der Phalanx, er hat einen Baseballschläger, schwingt ihn mit beiden Händen gegen die Knie des Infizierten. Der geht zu Boden, kriecht weiter, fletscht die Zähne. Mit einem irren Gackern stürzt sich der Mann auf ihn und tritt ihm auf den Kopf. Zwei-, drei-, viermal, dann spaltet er ihm mit dem Holz endgültig den Schädel. Der Mann geht zu dem Haufen Fleisch, der von dem Infizierten übrig geblieben ist, und zerrt an dessen Hand. Ben begreift nicht, was er tut, dann blitzt etwas Metallisches auf, ein Messer, der Mann schneidet schnell. Er hält etwas in die

Höhe, präsentiert es den anderen, die klatschen und johlen. Dann erkennt Ben, was es ist: ein Ring. Der Mann steckt ihn in die Tasche.

»Da!«, ruft Hakim und zeigt auf einen Hauseingang, aus dem vier weitere Männer kommen. »Und da!« Auf der anderen Seite der Straße kommt ein zweiter Trupp aus einem Flur, und nun, als Ben und Hakim an den Fassaden heraufblicken, sehen sie die Mündungsfeuer hinter den Fenstern.

»Sie machen keine halben Sachen.«

»Nein, das tun sie nicht«, sagt Ben.

»Was wollen die hier?«

»Töten. Rache nehmen. Ihren Spaß haben. Sieh sie dir an!«

Hakim fährt sich mit der Hand über den Mund, während er nickt. Er weiß, was der Mann neben ihm denkt.

»Mach dir keine Sorgen. Sie sind zu wenige. Sie können unmöglich jedes Haus durchsuchen. Die Wahrscheinlichkeit, dass sie einen Abstecher in die Weserstraße machen, ist nicht sehr groß, oder?«

Ben sieht Hakims Augen und die Tränen darin. Der junge Mann steht auf, Ben will ihn herunterziehen, doch Hakim reißt sich los.

»Du glaubst doch nicht im Ernst, dass das die Einzigen sind? Diese Truppe da, vierzig Leute, das ist nur die Vorhut. Andere werden kommen. Du hast es doch selber gesagt. Töten, Rache, Spaß. Da gibt es genug, die sich das nicht entgehen lassen wollen.«

Er zeigt auf den Horizont, und Ben geht vorsichtig in die Hocke. Im Nordosten, weit hinter dem Landwehrkanal, ungefähr dort, wo er erst gestern ins Wasser ging, erhellt roter Feuerschein den Himmel.

Ben sagt: »Wir müssen zurück zu Sarah.«

»Und dann?«

»Hoffen, dass Robert kommt.«

Hakim schüttelt den Kopf.

»Ein einzelner Mann, Ben! Du glaubst, dass ein Mann das hier stoppen kann?«

»Stoppen? Nein. Das ist nicht mehr zu stoppen. Das wollte ich dir ja vorhin erzählen: Wenn damals an der Mauer einer geschossen hätte, ein einziger Soldat, ein Deutscher oder ein Russe, dann hätte es Krieg gegeben.«

»So wie jetzt.«

»Ganz genau.«

30

Robert hält den Schlüssel in der Hand, doch die Tür ist nur angelehnt. Er hatte damit gerechnet. Wo sucht die Polizei zuerst nach jemandem, der auf der Flucht ist? In der eigenen Wohnung. Aber ihm blieb nichts anderes übrig, denn hier ist etwas, das er dringend braucht, um in der Kontrollierten Zone zu überleben – oder um überhaupt zu überleben, so wie die Dinge jetzt liegen. Jedenfalls, bis er und Sarah raus sein würden aus Berlin.

Schon im Flur hört er die Musik, »False Flags« von Massive Attack, aus dem Wohnraum, und ihm ist klar, dass da drinnen keine Polizisten auf ihn warten, sondern dass es Christian ist.

Er sitzt auf dem Bürostuhl vor dem alten Schreibtisch, mit dem Rücken zur Tür, die Füße auf dem Tisch. Das ist Roberts Lieblings-Arbeitsposition, er denkt: Das da könnte auch ich sein, in einer anderen Welt. In der Welt von vorgestern. Die es nicht mehr gibt.

»Da bin ich.«

Christian stößt sich ab, der Stuhl dreht sich, etwas zu schnell. Christian hat Probleme, ihn zu stoppen.

»Du bist betrunken.«

»Und bewaffnet.«

Er hält die Pistole mit beiden Händen, im rechten Winkel gekippt, und zielt auf Robert, die alte Tarantino-Pose, lächerlich. Dann zieht er sie zurück und hält sie sich an die Schläfe, dann wieder auf Robert und so weiter. Es ist wie immer. All die Jahre, die vergangen sind, haben sie älter gemacht, aber nicht verändert.

»Du musst kommen. Es ist der Wahnsinn hier. Noch fertiger, noch kaputter und noch geiler als Berlin. Der wahre Osten.«

Christians Stimme im Telefon hatte Robert drei wichtige Dinge über seinen Freund verraten: Kokain, Sehnsucht und Einsamkeit.

»Ach, Christian ...«

»Ehrlich. Du glaubst es nicht! Stalinallee meets Potsdamer Platz fucks Hohenschönhausen.«

»Christian, sag doch einfach die Wahrheit: Du hältst es nicht mehr alleine aus.«

»Stimmt. Zugegeben. Also kommst du?«

»Okay.«

»Und, Robert?«

»Ja?«

»Willst du Sarah fragen, ob sie mitkommt?«

»Ja, in Ordnung. Aber du kennst die Regeln.«

Sarah war begeistert. Sie mochte alles, was sie an das Berlin von '89 bis '92 erinnerte.

»Also fahren wir nach Warschau?«

»Klar.«

Und dann: »Du?«

»Ja?«

»Ich glaube, es ist ganz gut, wegen Christian.«

»Ja.« Robert hatte keine Ahnung, was sie meinte, aber er fragte nicht nach. Christian, der Idiot. Christian, sein bester Freund. Christian, der Erbe in spe. Christian, der trotzdem oder genau deswegen alles tat, um seinen Vater dazu zu bringen, ihn aus dem Testament zu streichen. Christian, der womöglich zukünftige Besitzer des größten Fernsehsenders von Berlin. Christian, das Koksmonster im polnischen Exil.

In Warschau flirtete Christian mit der Buchungschefin des Hyatt. Robert und Sarah bekamen eine Suite mit zwei Schlafzimmern auf der sechsten Etage. Vom Badezimmer hatte man einen Blick auf den Kulturpalast, dem zweifelsohne imposantesten Gebäude der Stadt. Das aber alle Polen hassen, weil es ein Geschenk der Russen ist. Das Badezimmer war okay: gelbe Wände in Bambus-Optik, eine Glasscheibe trennte die Dusche vom Rest des Zimmers. Sie standen vor dem Fenster und rauchten eine Zigarette nach der anderen. Sie West light. Er Marlboro.

»Wahnsinn«, sagte Sarah und nickte in Richtung Kulturpalast.

»Du bist eine Kommunismus-Fetischistin. Eine Kommunismus-Fetischistin in der Sicherheit ihrer gelben Bambus-Höhle. Wie jemand, der in den Swinger-Club geht, aber nur guckt.«

»Und?«

»Du bist … eine Touristin«, sagte Robert.

»Und du bist ein unromantisches Arschloch«, sagte Sarah.

»Von mir aus. Ich lass mir jetzt Badewasser einlaufen. Kommst du mit rein?«

Nach drei Tagen kannten sie alles, was an Warschau sehenswert ist: die Parks, die Weichsel, Nowy Świat, den Präsidentenpalast. Altstadt, Neustadt. Nachts gingen sie auf Tour. Aber Warschau ist nicht Berlin. Und auch nicht Moskau. Das Nachtleben von Warschau ist vergleichsweise langweilig, wenn man sich nicht gerade für Prostitution interessiert.

Sie saßen in der VIP-Lounge, oben im Hotel. Ab sechs Uhr gab es Sushi und Getränke umsonst. Zwei Fernseher liefen, *Simpsons* und CNN. Gegenüber war das hässlichste

Gebäude der Stadt: das russische Konsulat. Christian sagte, dass die Russen von dort aus alle Gespräche im Hotel abhörten und dass sie jedes Wort verstehen könnten. Sie stellten sich ans Fenster und sangen Schmählieder auf Boris Jelzin. Aber die Russen reagierten nicht. Es waren wirklich stille Tage in Warschau, und nach einer Woche diagnostizierte Sarah: »Warschau-Blues.«

Christian, Sarah und Robert aßen im Shake, dem offiziellen Treffpunkt der Expats. Es regierte Trevor, ein Schotte, den alle wahnsinnig sympathisch fanden.

»Schotten sind das einzige Volk auf der ganzen Welt, das alle sympathisch finden«, sagte Christian.

»Wegen *Braveheart*«, sagte Sarah.

»Sarah, das ist Quatsch. Es ist genau umgekehrt. *Braveheart* ist nur deshalb so erfolgreich gewesen, weil alle die Schotten so toll finden. Oder glaubst du, irgendjemand würde in einen Film gehen, in dem beispielsweise Polen mit rostigen Schwertern und schlechten Kostümen um ihre Unabhängigkeit kämpfen?«

Sie schauten sich an. Sie schauten sich um.

»Nein«, sagte Christian. »Garantiert nicht.«

Und Sarah: »Die Polen sind übrigens das einzige Volk, dem sich alle anderen Völker überlegen fühlen.«

Sie bestellten eine neue Flasche Wodka.

Sein polnisches Personal hatte Trevor in grob gewebte Säcke im Jute-Look gesteckt.

»Wie Kolchose-Bauern«, fand Sarah.

»Vielleicht sollten sie sich blaue Farbe ins Gesicht schmieren und Trevor erschlagen.«

Das mit der Pistole war Christians Idee. Er wusste, dass er ihnen etwas bieten musste, um sie bei der Stange zu halten, damit sie nicht abreisten. Und er wusste, dass Robert wahnsinnig gern eine Knarre hätte. Er konnte keinen Film sehen, ohne zu sagen: »Mensch, ich hätte wirklich gerne eine Pistole.«

»Und wofür?«, fragte Sarah.

Robert stieg ein.

»Einfach so. Zum Rumspielen.«

»Du bist krank.«

»Okay. Vielleicht muss ich ja irgendwann mal jemanden erschießen.«

»Heute Abend kaufen wir eine Pistole«, sagte Christian und wischte sich Pulver von der Nase.

»Super«, sagte Robert.

»Ihr seid krank«, sagte Sarah.

Robert wurde sauer. Was wollte sie denn nun: Rumsitzen oder was erleben?

»Willst du rumsitzen oder was erleben? Christian hat sowieso nicht die blasseste Ahnung, wie man eine Pistole kauft. Geschweige denn, wo.«

»Habe ich sehr wohl.«

»Hast du nicht.«

»Wollen wir wetten?«

Das Zittern in Christians Stimme alarmierte Robert. Er fragte: »Worum?«

Sarah bemerkte den Blick in ihre Richtung nicht, dazu war er zu flüchtig. Ein Blick, den nur jemand bemerkt, der Christian sein Leben lang kennt.

Robert nickte.

Christian nickte.

Sarah verstand nichts.

Aber die Wette galt.

Kriegt er eine Pistole, bekommt er sie. So wie es jetzt ist, kann es sowieso nicht mehr weitergehen. Soll doch das Schicksal entscheiden, dachte Robert.

Der Dealer hieß Pjotr, er kam aus der Hohen Tatra, er war ein Gorale, ein Bergbauer und genauso sah er aus.

»Dzień dobry«, sagte Pjotr – Guten Tag, obwohl es kurz vor Mitternacht ist – und streckte Christian die Hand entgegen. Robert nickte er zu. Sarah schaute er auf den Busen. Neben Pjotr, auf einem Barhocker, saß ein hübsches, blondes Mädchen. Es trug nur einen roten BH und einen Stringtanga. Für 50 Zloty zog sie auch den aus und rieb sich an Touristen-Schößen. Sie hieß Dana und studierte Soziologie. Die Hälfte ihrer Kommilitoninnen arbeitete ebenfalls hier. Das war das »Bukarest«, die führende Table-Dance-Bar von Warschau.

Christian hat ein eingebautes Radar für Kleinkriminelle und ihre Geschäfte. Man könnte ihn mit einem Fallschirm über der Sahara abwerfen, kurz nach der Landung würde ihm der Sand Drogen anbieten.

Aber eine Pistole?

»Warum willst du kaufen Pistole?«, fragte Pjotr, der Dealer.

»Das geht dich einen Scheißdreck an«, sagte Christian, der Idiot, woraufhin der Pole natürlich eingeschnappt war.

»Warum spricht du mit mir so, Christian, mein Freund?«, fragte er, und Robert wusste, dass das jetzt noch Stunden dauern könnte. Polen sind auf eine extrem komplizierte Art stolz, und Christian versuchte auf eine noch kompliziertere Art, cool zu sein.

Typisch Christian, dachte Robert. Er meint, wer eine Knarre kaufen will, muss cool sein. Das ist absoluter Quatsch. Wer eine Knarre kaufen möchte, muss verzweifelt sein.

Die Wette jedenfalls verlor er.

Robert ging mit Sarah zur Bar, um für alle Bier zu holen, sie musste tragen helfen. Wie alle Frauen liebt sie Table-Dance-

Bars und schaute dem Mädchen, das oben auf der Theke an den Stangen tanzte, ungeniert in den Schritt. Robert rauchte eine Zigarette nach der anderen.

Christian diskutierte mit dem Polen. Es war vollkommen klar, dass Pjotr, der Dealer, ein viel zu kleines Licht war, um irgendetwas mit echten Waffen zu tun zu haben. Dann verschwanden die beiden, und als sie zurückkamen, blickte Robert in vier Pupillen, die so winzig waren, dass man sie in diesem Schummerlicht überhaupt nicht sah. Sie hatten gekokst, und jetzt redeten sie erst recht Blödsinn.

Als er an der Bar die nächsten Biere holen wollte, stand plötzlich das Mädchen, Duna oder Dana, hinter Robert.

»Ich weiß, wo du eine Pistole bekommst.«

»Ach, ja?«

Er dachte: Das ist die ideale Gelegenheit, um Christian zu demütigen.

Ihr Cousin verkaufe eine Pistole, er wohne in einer Siedlung an der Jerozolimskie, aber jetzt müsse sie noch arbeiten. Robert hatte keine Lust zu warten, also fragte er, auf wie viel Schößen sie pro Schicht tanzte.

Sie sagte: zwanzig. Robert gab ihr 500 Zloty und sammelte Sarah und Christian ein.

»Los.«

»Wie los? Wohin?«

»Wir gehen jetzt eine Pistole kaufen.«

»Ehrlich?«

»Ihr seid so krank.«

Das war Sarah, aber sie war schon ziemlich betrunken und hatte außerdem auch gekokst, während Robert mit dem Mädchen sprach. Vor dem »Bukarest« stiegen sie in ein Taxi, einen uralten Peugeot, er stank fürchterlich, sie bretterten durch die Stadt, eng aneinandergepresst. Vorn saß Dana oder Duna, hinten Christian, Sarah und Robert, Sarah in der Mitte. Alle rauchten.

Christian und Sarah zogen um die Wette die Nasen hoch, diese alte Kokser-Marotte, er plapperte wie ein Wahnsinniger, er war nervös und wollte sicherstellen, dass er die Wette in jedem Fall gewonnen hatte, weil das Mädchen schließlich *sein* Kontakt sei. Er sagte das ein Dutzend Mal und dann noch mal, und Robert hatte Angst, dass er irgendeinen Blödsinn über den Wetteinsatz ausplauderte, weil Sarah im Moment sicher nicht in der Stimmung war, Verständnis dafür zu haben, dass er sie gegen Christian als Wetteinsatz benutzte.

Nach vielleicht zwanzig Minuten hielten sie vor einem Tor. In einem Pförtnerhaus saß ein Mann mit einem Maschinengewehr. Gut, Waffen schien es hier definitiv zu geben.

Sie stiegen aus, der Taxifahrer schaltete den Motor ab. Er schien warten zu wollen. Das Mädchen ging vor. Es trug jetzt billige, schwarze Fellstiefel und einen Kunstledermantel, drückte auf einen Klingelknopf, eine Gegensprechanlage rauschte und Robert dachte: Mensch, in vier Tagen ist Heiligabend, vielleicht sollte ich Weihnachten auf die Insel fahren, einfach mit meiner Familie feiern und gar nicht zurück nach Berlin.

Danas Cousin war knochig, rauchte einen Zigarillo mit Zigarettenspitze. Sein Alter war schwer zu schätzen. Er saß an einem Küchentisch mit einem gewachsten Tischtuch, hinter ihm stand eine dicke Frau in einer Kittelschürze und kochte Tee.

Das Mädchen dolmetschte. Der Mann nickte und nickte und nickte. Christian fragte, ob er einen Wodka bekommen könne, aber niemand ging darauf ein. Dann kam ein anderer Mann mit einer Plastiktüte von Carrefour und legte sie auf den Tisch. Der Alte zog eine schwarze Pistole aus der Tüte, hielt sie mit spitzen Fingern, als wäre sie lebendig und giftig. Die Pistole sah gut aus, keine Frage. Kein Monsterteil, aber auch nichts für Mädchen.

»3000 Zloty«, sagte der Alte.

Robert kam gar nicht auf die Idee zu handeln, er warf Sarah, die offensichtlich dagegen ankämpfte, sich übergeben zu müssen, einen Blick zu. Christian wurde ganz zitterig. Christian wurde gefährlich. Sie mussten hier raus.

Aber nicht ohne die Pistole.

Robert zählte das Geld, wollte es dem Mann geben, der nickte zu der Frau hinüber. Sie nahm die Scheine, zählte noch mal nach, und dann war man fertig.

Aber Christian baute Scheiße.

Er griff nach der Pistole und sprang auf, drehte sich um. Zielte. Auf den Alten.

»Peng«, brüllte Christian.

Doch das Mädchen war schneller mit ihrem Körper als mit ihrem Kopf. Es griff Christians linke Hand. Es biss zu.

»Peng«, machte die Pistole.

Der Schuss ging schräg nach unten. Er schlug ein. Sarahs Gesicht zerfloss in Panik. Die Kugel steckte einen Zentimeter hinter ihr in der Wand. Sie schlug die Hand vor die Augen und schrie. Blut floss.

»Ich kann nichts mehr sehen.«

Das Mädchen spuckte. In ihrem Erbrochenen: der kleine Finger von Christians linker Hand. Christian, der Idiot. Christian, der Idiot mit den neun Fingern.

Er stammelte: »Wette gewonnen.« Typisch Koks.

Er beugte sich zu Sarah und küsste sie auf den Mund.

Sarah wich aus, schrie, am Rande des Wahnsinns. Sie schrie: »Mein Ohr!«

Dann sagte der Alte etwas. Es waren nur wenige Worte.

Robert musste das Mädchen nicht nach der Übersetzung fragen.

Sie bedeuteten: Raus hier. Oder ihr seid tot.

Der Taxifahrer fuhr sie zu einer Klinik. Robert zahlte bar und kaufte den Ärzten die Fragen ab, auf die er keine Antwort geben konnte. Ein Streifschuss. Ihr Gesicht würde immer schön sein, aber die Narben würden für immer bleiben. Als Robert sie am nächsten Tag besuchen wollte, war sie schon weg. Ausgeflogen, sagten die Ärzte. Christian winkte mit seiner verbundenen Hand.

»Wette gewonnen, Mädchen verloren.«

Robert sagte nichts dazu.

Christian war in Warschau geblieben, Robert hatte sein Flugticket verfallen lassen und den Zug nach Berlin genommen. Probleme an der Grenze hatte er wegen der Pistole nicht. Es wurde kaum kontrolliert.

»Wir machen ein Spiel«, sagt Christian jetzt. Er dreht sich mit dem Stuhl einmal im Kreis, nimmt einen Schluck Wodka. Er ist betrunkener, als Robert dachte.

»So?«

»Es ist ganz einfach.«

»Ich kenne das Spiel, Christian.«

»Also gut. Wo waren wir stehen geblieben, damals?« Er kichert.

»Du oder ich? Ist es das, was du meinst?«

»Ich spreche immer nur von uns. Immer.«

Noch ein Schluck Wodka. Dann: »Lieber, braver, loyaler Robert. Du bist ein so unglaublich guter Mensch. Aber es gibt da jemanden, der kennt deine dunkle Seite, mein tapferer Jedi.«

»Und das bist du?«

»Genau.«

Christian springt aus dem Stuhl auf, torkelt und lässt sich wieder in das Leder fallen. Er rülpst.

»Ich habe die Regeln geändert.«

»Du bist betrunken. Ich habe keine Ahnung, wovon du sprichst.«

»Die Regeln vom Spiel. Ich habe sie geändert.«

Robert steht auf.

»Gib mir die Pistole. Ich muss weg.«

Christian hebt die Waffe, zielt auf Robert.

»Nein, nein, nein. Du bleibst hier. Du hörst mir zu.«

Er macht eine kurze Pause, spricht dann mit leiser Stimme weiter. »Vielleicht ist es ja jetzt gar kein Spiel mehr.«

Plötzlich springt Christian erneut auf, hält Robert die Pistole an die Schläfe. Sein Atem stinkt, aber er wirkt plötzlich erschreckend wach.

»Wer auf Gipfel steigen möchte, der muss auch durch Täler gehen.«

Robert will nach der Pistole greifen, aber Christian drückt den Lauf fester an seinen Schädel.

»Denk nach! Erzähl mir von der größten Scheiße in deinem Leben, Robert! War da was?«

Die Mündung der Pistole bohrt sich in Roberts Schläfe. Ein dumpfer Schmerz.

»Denk gut nach, Robert!«

Er hustet. Das kalte Metall. Christian lockert den Druck nicht, im Gegenteil. Es tut weh. Robert spürt Panik aufsteigen. Mit der Waffe in der Hand ist Christian alles zuzutrauen. Also steigt er ein.

»Die letzten Wochen, Monate ... seit der Geschichte mit Sentheim ... das war eine Scheißzeit, Christian, es ist nicht so, dass ...«

»Nein. Das ist nicht das, was ich meine.« Wieder ein Stoß mit dem Lauf der Pistole. »Nicht das bisschen Weltschmerz, weil jemand den ganz großen Rampenlichtscheinwerfer ausgeschaltet hat.«

»Verdammt noch mal, was willst du denn?«

»Ich will wissen, ob jemals etwas deine Seele zerrissen hat, sie in einen dunklen Kerker gesperrt hat, dich nicht hat schlafen lassen. Nächtelang, Robert. Monate. Jahre. Jahrzehnte.«

Dann wird es Robert klar: Christian spricht nicht von ihm. Christian spricht von sich. Ein kaltes Rauschen schießt durch seinen Körper in den Kopf. Christian hat die Pistole in der Hand, aber für ihn ist Robert die Bedrohung.

»Ich kann nichts dafür, dass Sarah nichts von dir wollte.«

Der Treffer sitzt. Christian lässt die Pistole aus dem Handballen gleiten, sie kippt an seinem Zeigefinger nach vorn. Ein nutzloses Stück Metall. Christian schließt die Augen. Als er sie wieder öffnet, schwimmen sie in Tränen. Er lässt sich wieder in den Sessel fallen. Er wirkt kleiner als vorher, geschrumpft. Speichel läuft auf seinen schwarzen Anzug. Er nimmt das Einstecktuch und wischt sich fahrig über die Lippen. Ein Trauerspiel.

»Seit ich Sarah zum ersten Mal gesehen habe, wusste ich, dass ich sie mein Leben lang begehren würde. Verstehst du das? Es gab seither keinen Moment in meinem Leben, in dem ich *nicht* an sie gedacht habe. Ich kann dir nicht einmal sagen, was ich an ihr so liebe, ich weiß es einfach nicht. Ich weiß nur, dass es so ist.«

Robert sagt nichts. Robert begreift nicht.

»Ich weiß, was du denkst, Robert. Du bist mein bester Freund. Und trotzdem habe ich dich gehasst, all die Jahre. Weil du das hattest, was ich immer haben wollte, und weil du nicht einmal geahnt hast, wie wertvoll das ist. Ist doch so, oder? Du liebst Sarah überhaupt nicht, habe ich recht?«

Robert will sprechen, irgendwas sagen. Doch er schweigt.

»Wenn es ein anderer gewesen wäre! Einer, der sie wirklich geliebt hätte. Aber ausgerechnet du! Für dich war das einzig Begehrenswerte an Sarah die Tatsache, dass sie dich liebt.«

Robert sieht Christian an.

»*Du* warst es, der sie sie zum Wetteinsatz gemacht hat, damals in Warschau, das war *deine* Idee, verdammt noch mal!«

Christian hebt die Flasche Wodka, prostet Robert zu und nimmt einen Schluck und gleich noch einen hinterher.

»Ja. Aber du hast akzeptiert.«

»Warum hast du sie dann nach Berlin geholt? Warum hast du alles wieder auf Anfang gesetzt? Wir waren doch ...«

»... darüber hinweg? Du vielleicht. Sarah vielleicht. Ich nicht. Das ist das, was ich versuche, dir zu erklären: Ich werde niemals darüber hinwegkommen.«

»Trotzdem. So eine idiotische Idee, sie nach Berlin zu holen. Alles war wieder wie früher.«

»Ihr habt wieder miteinander geschlafen.«

»Ja. Das weißt du doch.«

»Ja.«

Christian erhebt sich aus dem Stuhl, er geht auf Robert zu und legt ihm beide Arme schlaff auf die Schultern.

»Aber ich habe doch die Regeln verändert! Das ist das Wesen der Liebe. Dass man die Regeln verändert. Verstehst du das?«

»Ja.«

Christian lacht, drückt Robert an sich.

»Das ist gut.«

»Wirklich?«

»Ja!« Christian sieht Robert in die Augen, ganz nah, verwirrt. »Ich liebe dich, Robert. Das macht es ja so fürchterlich.«

»Aber du hast mich an Sentheim verraten.«

»Ja.«

»Und dafür gesorgt, dass sie das Material von Sterb in die Finger bekommen?«

»Ja.«

»Warum?«

»Weil – ich – die – Regeln – verändere. Hörst du mir denn gar nicht zu?«

Ein trauriger Rülpser aus Christians Mund.

Dann: »Der Film läuft in zwanzig Minuten als Brennpunkt. Ich habe dich vorgeschoben – Ablenkungsmanöver – um den Sender aus der Schusslinie zu halten. Sentheim hat das iPad, das Material. Er hat dich, er denkt, die Sache ist erledigt. Dabei ist …«

»… der Beitrag längst fertig geschnitten.«

»Niemand sonst kennt es, keiner hat es gesehen. Nicht einmal die Moderatoren oder Zacko wissen, was sie da senden werden.«

Robert sieht seinen Freund an, vielmehr das traurige Wrack, das von ihm übrig geblieben ist, und erkennt, dass er Christian niemals wirklich verstehen wird. Also fragt er: »Aber warum? Warum sendest du das Material? Du weißt, was du damit anrichtest …«

Christian lächelt, doch dann entgleist das Grinsen, und Robert sieht in leere Augen. Tote Augen.

»Das ist jetzt doch total egal.« Seine Stimme, tonlos. »Weil die Stadt zugrunde geht, weil ich zugrunde gehe und weil …«

Robert: »… du es mal mit der Wahrheit …«

»… *probieren wolltest?*« Jetzt gelingt Christian ein Grinsen. »Ja. Warum nicht, Herr Star-Enthüllungsjournalist?« Die beiden letzten Worte dehnt er höhnisch. »Warum nicht einfach mal die Wahrheit …«

»Und wenn ich diesen Typen nicht entkommen wäre?«

Christian wiegt seinen Kopf. Ein schiefes Lachen.

Er weiß nicht, was mit Sarah ist.

Ein fragender Blick. Robert erklärt es ihm. Christian übergibt sich auf den Schreibtisch. Er wischt sich den Mund mit dem Ärmel seines Hemdes ab.

»Robert, eine letzte Frage.«

»Ja?«

»Wie in unserem Spiel.«

»Okay.«

»Was würdest du retten: die Welt oder die Frau?«

Der kleinere Junge, der jetzt ein Mann ist, sagt: »Die Frau.«

Und der andere wirft ihm die Pistole zu.

31

Durch die Tür zum Zimmer der Toten erstattet Ben Sarah Bericht, erzählt ihr von dem Pick-up mit dem Maschinengewehr, den Baseballschlägern, von den Trupps, die Häuser durchkämmen, von ihrem Jubel und dem roten Feuerschein am Horizont.

Sarah hört zu, sagt nichts. Gerade, als Ben weggehen will, hört er ihre Stimme.

»Ben?«

»Ja?«

»Meinst du, ich könnte noch einmal zu dir rauskommen?«

Der Fotograf überlegt. Er schaut auf die Uhr. Viertel vor acht. Hakim würde Nein sagen, ganz klar. Ohne nachzudenken. Aber er hat sich hingelegt, schläft im hinteren Teil der Wohnung.

»Ich würde so gerne noch einmal einen Kaffee trinken. Und dabei reden.«

»Okay.«

Ben holte den Schlüssel aus der Küche, steckt ihn ins Schloss. Er sagt: »Ich mache jetzt die Tür auf. Bist du bereit?«

»Ja.«

»Und die anderen, wo sind die?«

Schweigen. Dann: »Rühren sich nicht. Keine Sorge.«

Er zieht die Tür einen Spaltbreit auf. Er sieht Sarah, die ihm die Arme entgegenstreckt. Panik flutet durch seinen Körper wie flüssiges Öl, er weicht unwillkürlich einen Schritt zurück. Aber dann sieht er, dass Sarah seine Hilfe braucht. Sie lebt noch, aber sie ist schwach. Er ergreift ihre Hand und zieht sie hinaus, drückt die Tür zu, schließt ab, alles in einer gleitenden Bewegung.

Alle Farbe ist aus Sarahs Haut gewichen, sie ist bleich wie die Wand, an die sie sich lehnt. Ihre Haare hängen strähnig ins Gesicht. Ben nimmt sie in den Arm, doch er spürt keine Wärme mehr. Sie ist kalt. Kalt wie eine Tote.

In der Küche zündet er die Gasflamme an, setzt Wasser auf, holt die Kanne und den Filter aus der Spüle, stellt beides bereit. Sich selbst zündet er eine Zigarette an. Für einen Moment macht sich ein Gefühl von Normalität breit, als wären sie in irgendeiner WG, Prenzlauer Berg oder Friedrichshain. Kerzenlicht wirft warme Schatten auf Sarahs Gesicht, die am Tisch sitzt, die Arme um ihre Knie geschlungen. Eine schöne Frau, selbst jetzt, denkt Ben. Er wird verlegen.

»Du siehst … nun … gut aus. Ehrlich. Besser, als ich dachte …«

Sie versucht zu lächeln, doch mehr als eine Grimasse wird es nicht. Er gießt Wasser in den Filter, und als es durchgelaufen ist, bringt er ihr eine Tasse und schaut zu, wie sie ansetzt und sie in einem Zug leert. Ben springt auf.

»Viel zu heiß, viel zu heiß! Du verbrühst dich!«

Statt einer Antwort steht Sarah auf, geht zum Herd und hält ihre Hand über die Flamme.

»Nein!«

Sarah dreht ihren Kopf und sieht Ben fest an, während das Fleisch in ihrer Handfläche rot wird, Blasen wirft. Ein beißender Geruch erfüllt die Küche. Der Fotograf zieht Sarah weg.

»Hör sofort damit auf! Ich hab's ja kapiert.«

Er greift nach der Hand, die Blasen platzen, fallen in sich zusammen. Haut löst sich in Fetzen ab, darunter das rohe Fleisch.

Sarah sieht ihn an.

»Ich spüre nichts mehr, Ben, gar nichts. Ich kann meine Hand in eine Flamme halten, ich kann meinen Körper zerstören, und ich würde es nicht einmal merken. Und das …«

»Ja?«

»Das ist nur die Vorstufe von dem, was kommt.«

Ben sieht wieder auf seine Uhr.

»Robert kommt, da bin ich mir sicher.«

»Und was ist dann?«

»Dann holt er dich hier raus.«

Sarah sieht auf ihre Hand und dann Ben an.

»Ich will hier nicht weg.«

Ben ist vom Donner gerührt. Was redet sie da?

»Es hat auch seine Vorteile.«

Sarah nimmt eine Gabel vom Tisch, sticht sie tief in ihre Wunde an ihrer Schulter.

»Okay!«, sagt Ben. »Das reicht!«

»Es geht mir nicht schlecht. Es geht mir auch nicht gut. Ich spüre gar nichts. Es ist, als ob mein Körper überhaupt nicht da wäre. Oder, anders gesagt, er spielt … keine Rolle mehr. Und das ist, finde ich …«

Ben sieht sie fragend an.

»Ich finde, das ist gar nicht mal so schlecht.«

Sarah setzt sich, legt mit einer energischen Bewegung die Hände auf die Tischplatte. Ihre Stimme wird lauter.

»Weißt du, Ben, ehrlich gesagt hat mir mein Körper nie sonderlich viel Glück gebracht. Im Gegenteil, eigentlich habe ich meinen Körper immer gehasst.«

Wie um diese Feststellung auf eine kranke Art zu unterstreichen, pult sie sich die Haut von der verletzten Hand, nimmt die Fleischfetzen und zieht sie ab. Ben muss den Blick abwenden. Er geht an die Spüle. Das hier übersteigt seine Kräfte. Hundertprozentig übersteigt das seine Kräfte.

»Der wahre Grund, warum Robert kommt, ist das hier«, sagt Sarah und hält ihre Hand hoch. »Und das hier!« Sie reißt an ihren Haaren, ein dichtes Büschel löst sich. Sarah hält es triumphierend hoch.

Ben nimmt die Zigarettenschachtel vom Tisch. Er zündet die letzten beiden an, gibt eine Sarah, nur damit sie etwas in den Händen hat und endlich damit aufhört, sich selbst zu zerstören.

»Da drinnen«, sagt Sarah und nickt zum Zimmer, »gibt es keinen Schlaf. Ich habe es probiert, aber es geht nicht. Wer tot ist, muss nicht schlafen, eigentlich ganz logisch. Das Schlimme ist, dass die Gedanken nicht aufhören. Nie mehr, wahrscheinlich.«

Wieder der missglückte Versuch eines Lächelns. »Also habe ich nachgedacht, über Robert und über mich und die letzten fünfundzwanzig Jahre. Und seit vorhin, kurz bevor du geklopft hast, weiß ich, dass er nicht kommt, weil er mich im Grunde nie geliebt hat.«

Ben hat das Gefühl, etwas sagen zu müssen.

»Doch, das hat er. Immer ...«

»Wir waren zusammen, dann getrennt, dann wieder zusammen, dann wieder getrennt, haben trotzdem oder gerade deswegen miteinander gevögelt.«

Sie zieht an der Zigarette, ganz tief, die Glut erfasst den Filter, bis er ganz schwarz wird. Sarah schnippt die Asche der Kippe von ihrem Finger.

Dann beginnt sie zu reden und erzählt Ben die ganze Geschichte. Von dem Tag an, als sie an die Schule in Grunewald kam und es allen irgendwie klar war, dass sie und Robert ein Paar werden würden, der stille Junge, der immer in den Büchern mit den roten Umschlägen las, und das schöne, scheue Mädchen, das aus Neukölln geflüchtet war, um einer

Zwangsehe zu entgegen. Selbst die Lehrer, die sich normalerweise aus den Privatangelegenheiten der Schüler heraushielten, bemerkten, wie gut die beiden einander taten. Wie sehr Robert und seine Familie Sarah und ihrer Mutter halfen, nach all dem, was sie mitgemacht hatten, und wie Robert sich plötzlich öffnete, zugänglicher und freundlicher wurde. Natürlich wurden die beiden tatsächlich ein Paar, und natürlich war es für sie selbst, die Fünfzehnjährige und den Sechzehnjährigen, nicht die Story, die alle darin sahen, nämlich die von einer perfekten Integration, sondern eine ganz normale Teenager-Liebe.

Und dann lagen eines Tages diese Fotos im Briefkasten. Robert und ein anderes Mädchen. Eng umschlungen. Lachend. Glücklich. Zu glücklich. Sarah hatte sich nur die ersten beiden Bilder angesehen, dann alle zerrissen, verbrannt, hinten im Garten, und die Hände so nah an die Flammen gehalten, dass sie sich fast verbrannt hätte.

Am nächsten Tag stellte sie Robert zur Rede. Wenigstens leugnete er nicht. Es war nicht oft gewesen, zwei- oder dreimal, sagte Robert. Aber dieses Mädchen wollte mehr, ihn ganz für sich. Kein Zweifel, dass sie die Fotos geschickt hatte. Warum, um Gottes willen? Warum?, fragte Sarah, heulte und fluchte. Robert versuchte, ihr alles zu erklären. Dass er Sarah liebte, aber nicht so wie eine Geliebte, sondern eher wie eine Schwester. Nein, doch mehr als eine Schwester, aber eben auch nicht nur wie eine Geliebte. Dass es mit ihr wunderschön sei, aber eben nicht nur mit ihr. Und dass er sich schämte.

Er schämte sich nicht wegen des Seitensprungs, sondern weil er so dachte, wie er dachte. Das war der Moment, von dem an sie immer weiter auseinanderdrifteten, ohne sich jemals loslassen zu können.

Als sie die Schule beendet hatten, war Sarahs Mutter weitergezogen, nach Spanien, und Sarah verbrachte den Sommer bei ihr. Nach drei Wochen hielt Robert es nicht mehr allein aus in Berlin und reiste ihr nach. Sie schmiedeten Pläne für die Uni, ihre gemeinsame Wohnung, ihre gemeinsame Zukunft. Die nächsten zehn Jahre lebten sie im neuen Berlin, zusammen, getrennt. Tränen, Sex, Wut, Worte, Verletzungen, Gefahren, die stahlblauen Stunden, wenn Unter den Linden die Sonne aufgeht. Zehn Jahre lang. Hin und her. Und jedes Mal hoffte Sarah, dass es diesmal für immer sein würde. Und jedes Mal musste Robert ihr sagen, dass es nicht so war.

Dann kam Christian, dem sie so oft gesagt hatte, dass sie ihn nie lieben könnte, weil sie doch mit Robert zusammen sei. Der trotzdem nie aufgab, bis zu der Nacht, in der sie schwach wurde, betrunken und vollgekokst. Am nächsten Morgen sagte sie Christian, dass sich nichts geändert habe. Sie weinte, weil sie sich so sehr wünschte, dass es anders sei.

Christians Flucht nach Polen. Ihr Besuch. Die Pistole. Ihre Narben.

Damals, vor so langer Zeit.

Ihr neues Leben, besser und einfacher. Und doch fehlte etwas.

Als sie Christians Stimme am Telefon hörte, vor drei Monaten, krampfte ihr Herz. Angst, aber vor allem Freude. Er sagte: Wir drei könnten wieder zusammen sein, als Team, diesmal im Job, das müsse doch funktionieren, schon wegen der alten Zeiten, der *guten* alten Zeiten. Es sei doch längst Gras über alles gewachsen. Sie sagte: Ja. Und sie glaubte es sogar. Bis sie Robert vorgestern in seine Wohnung gefolgt war.

»Er hat mich nie geliebt.«

Sarah vergräbt die Hände in ihrem Pullover.

»Jetzt ist es ganz einfach, das zu sagen. Vor zwei Tagen hätte es mir das Herz gebrochen.«

Ben setzt sich zu ihr an den Tisch.

»Aber er liebt dich. Eben auf seine Art. Er wird kommen.«

Sarah sieht ihn an.

»Und dann? Wird er mich mitnehmen. Oder eher diese Ruine von einem Körper. Nicht, weil es ihm um mich geht, sondern weil er denkt, dass er das tun muss, weil er denkt, dass er eine Art Weißer Ritter ist, zuständig für große Rettungsaktionen. Aber das will ich nicht.«

Ben will etwas einwenden, doch sie lässt ihn nicht zu Wort kommen.

»Ich bleibe hier.«

»Aber du willst doch nicht so werden wie … die?«

Jetzt endlich gelingt Sarah ein Lächeln, sogar ein Lachen.

»*Werden*? Ben, ich *bin* eine von denen.«

32

»Wenn man es genau betrachtet«, sagt Böttcher, »dann ist das sicherlich ein ärgerlicher Beitrag, der unter normalen Umständen allerlei unangenehme Fragen aufgeworfen hätte. Beispielsweise nach dem genauen Zeitpunkt, zu dem die Behörden, also der Regierende Bürgermeister, aber auch Sie, Herr Innensenator, über diese Tatsachen informiert wurden.«

Olaf Sentheim hatte Böttcher in sein Büro bestellt, aber seine ganze Aufmerksamkeit gilt dem kleinen Röhrenfernseher auf dem Aktenregal, auf dessen gewölbtem Bildschirm das gezeigt wird, was niemals ausgestrahlt werden sollte: die Wahrheit über den Lazarus-Virus und die Bilder aus der Charité. Der Beweis, dass der Virus nicht nur Ausländer befällt, sondern alle. Das Material, das Sterb dem Taschenspieler Truhs zuspielte, das dann der Verräter von Posen ihm zeigte und angeblich mit allen Kopien aushändigte. Nichts von dem, was in dem, wie er selbst meint, »reißerischen Bericht« gezeigt wird, überrascht Sentheim, er hat den ursprünglichen Film ja bereits gesehen, aber die Art und Weise, wie es jetzt im Fernsehen unter die Leute gebracht wird, zerstört endgültig alle Strategien, die er entwickelt hatte, um die allgemeine Ordnung in Berlin aufrechtzuerhalten.

Dieser Film, der schon bald auch von allen anderen Stationen in Deutschland und der Welt gezeigt werden wird, markiert den Anfang vom Ende des Vorhabens, in dieser Krise Schadensbegrenzung betreiben zu wollen.

Natürlich, sagt sich Olaf Sentheim, hätte ich zu einem bestimmten Zeitpunkt die Bevölkerung, die Bundesregierung und das Ausland über die wirkliche Gefahr des Virus informieren müssen.

Natürlich hätte man viele Entscheidungen der handelnden Personen im Nachhinein genau betrachten und relativieren müssen. Und natürlich wäre er, Olaf Sentheim, der Letzte gewesen, der sich vor einer kritischen Betrachtung gedrückt und keine Verantwortung übernommen hätte.

Nur: Den Zeitpunkt zu bestimmen, an dem dies alles geschehen würde, das war seine Aufgabe. Als Berliner und als Innensenator. Als ein Mann, der einfach vieles besser wusste als andere. Der immer einen Schritt weiter plante als andere.

Und der ideale Moment wäre ganz klar *nach* der Lösung des Problems gewesen. Nachdem Schadeck und sein Team an der Charité ein Gegenmittel entwickelt hätten, das die Menschen resistent gegen diese fürchterliche Krankheit machen würde. Das sogar unter Umständen die armen Kreaturen, die sich zwischen Leben und Tod befanden, zurück in die Gemeinschaft der Lebenden führen würde. Das Mittel, das den Virus besiegen würde. Die Medizin, die ja, verflucht, fast schon vollendet ist, deren erste Prototypen oder wie man das auch immer nennen mag, schon in Schadecks Reagenzgläsern schwappten. Heute, jetzt, in diesem Moment, in dem alles eine unerwartete und *falsche* Wendung nimmt. Was nun geschehen wird, läuft wie ein Film vor dem inneren Auge des Innensenators ab:

Innerhalb der nächsten Tage wird ganz Berlin zu einer Zone anarchistischen Terrors werden, in dem jeder jeden verdächtigt, Träger des Virus zu sein. Es wird zu einem Exzess der Gewalt kommen, einem Flächenbrand, der von Berlin aus erst Brandenburg, dann die westlichen Bundesländer und

Polen erfassen und schließlich zum Chaos in ganz Europa führen wird. Erst an einer geografischen Grenze, und das wäre im besten Fall das Mittelmeer im Süden und vielleicht der Ural im Osten, würde die Angst ihre Macht verlieren. Vielleicht. Eher nicht. Die Ausstrahlung dieses verfluchten Filmbeitrags, der keine drei Minuten lang ist, könnte einen dritten Weltkrieg auslösen. Einen Krieg, der von niemandem zu gewinnen ist, einen globalen Bürgerkrieg, in dem jeder jederzeit ein gutes Argument hat, jeden zu töten. Einen Krieg, wie es ihn niemals zuvor gegeben hat. Das Ende der Zivilisation.

»... es sei denn, es gelingt uns, Ihren, lieber Herr Innensenator, ursprünglichen Gedanken der Isolation ...«

Sentheim springt auf, und für einen Moment schweigt Böttcher irritiert. Der Referent schluckt und setzt dann wieder an.

»... die Idee der Isolation des Problems trotz der oberflächlich veränderten Lage aufrechtzuerhalten. Verstehen Sie, was ich meine, Herr Senator?«

Natürlich versteht Olaf Sentheim, was Böttcher, dieser Grünschnabel, meint. Allein die Frage ist eine Unverschämtheit. Trotzdem sagt Sentheim:

»Fahren Sie fort!«

»Wäre nicht genau jetzt der Zeitpunkt gekommen, an dem wir, also die Sicherheitsbehörden und als solche Vertreter der breiten Öffentlichkeit – also, dass wir uns auf die Seite der Mehrheitsmeinung stellen und diese auch umsetzen? Wäre es nicht sogar unsere Verpflichtung?«

»Verdammt noch mal, worauf wollen Sie eigentlich hinaus?«

Böttcher hebt das Klemmbrett, das er in Händen hält. Er räuspert sich.

»Nun. Für mich stellt sich die Sache ganz einfach dar. Unabhängig davon, wer von diesem Virus am Ende tatsächlich betroffen ist: Fakt bleibt doch, wo das Unheil seinen Ausgang genommen hat. Wer letztlich verantwortlich für diese Krankheit ist. Und das sind, verzeihen Sie mir diese undifferenzierte Ausdrucksweise, die Ausländer.«

»Weiter!«

»Und genau so denken die Menschen außerhalb der Kontrollierten Zone. Dort liegt der Ursprung des Problems.«

Böttcher macht eine Kunstpause, bevor er fortfährt.

»Und auch die Lösung.«

Sentheim ahnt, was sein Referent ihm vorschlagen wird. Er sieht Böttcher an, seine exakt gescheitelten Haare, die rahmenlose Brille, den eleganten Anzug. Aber auch die noch nicht lange verheilten Aknenarben. Böttcher ist nervös. Nicht, weil er etwas Ungeheuerliches aussprechen wird, sondern weil er Angst hat, dass sein Vorgesetzter seinem Vorschlag nicht folgen wird. Weil er absolut davon überzeugt ist, das Richtige zu tun, den einzig richtigen Plan zu haben.

»Wir müssen diese Sache final beenden, und wir haben keine Zeit zu verlieren. Ich schlage Ihnen, Herr Innensenator, daher vor, mit allen verfügbaren Einsatzkräften in die KZ einzumarschieren und rigoros alle Bewohner zu vernichten.«

Der Senator schweigt.

»Nichts und niemand, der sich in den vergangenen vier Wochen dort aufgehalten hat, darf in vierundzwanzig Stunden noch am Leben sein.« Böttcher bemerkt, was er gesagt hat, und korrigiert sich. »Darf in vierundzwanzig Stunden noch in diesem lebensähnlichen Zustand sein. Das ist der einzige Weg, eine Ausbreitung der Seuche auf die Gebiete außerhalb der Zone, und damit auf Bürger nicht migrantischer Herkunft, zu verhindern.«

»Böttcher, Sie mögen in gewisser Hinsicht durchaus recht

haben«, beginnt Sentheim, »dennoch würde ich eine medizinische Lösung einer militärischen vorziehen.«

»Sie meinen das Gegenmittel? Darauf können wir nicht mehr warten!«

»Professor Schadeck hat mir in Aussicht gestellt, dass wir vielleicht bereits morgen ...«

Böttcher unterbricht seinen Vorgesetzten, jetzt fast ärgerlich.

»Ja, ich weiß, ich war dabei. Tatsache ist, Schadeck ist zu spät dran. Selbst wenn wir jetzt testen würden, könnte man frühestens in zwei Wochen mit einem geprüften und sicheren Serum rechnen. Und bis dahin?«

Sentheim schweigt. Er weiß, dass Böttcher in diesem Punkt absolut recht hat.

»Bis dahin leben alle Berliner, brave Bürgerinnen und Bürger, Herr Senator, in der fürchterlichen Angst, von ihren toten Nachbarn angefallen und aufgefressen zu werden. Und dann beginnen wir mit einer großen Impfaktion?«

Böttcher redet sich immer mehr in Rage.

»Das ist doch naiv! Niemand wird an dieses Serum glauben. Wir reden hier nicht von der Schweinegrippe, sondern von der schlimmsten Heimsuchung in der Geschichte der Menschheit!«

»Böttcher ...!« Sentheims Ton ist scharf, doch Böttcher lässt sich nicht unterbrechen.

»Herr Senator! Ihnen unterstehen vierzehntausend Polizeibeamte. Mit dieser Truppe können wir dem Spuk innerhalb kürzester Frist ein Ende bereiten. Wir müssen nur schnell und entschlossen handeln!«

»Aber keiner weiß, was dort in der Kontrollierten Zone wirklich geschieht. Wie viele wir noch zurückholen könnten. Wie viele noch zu retten sind ...«

»Ich wundere mich über Sie, Herr Senator, bei allem Respekt. Und, mit Verlaub, niemand hat die Einrichtung der K-Zone vehementer und mit besseren Argumenten unterstützt als Sie. Wenn ich Sie daran erinnern darf ...«

»Böttcher, das war zu einem Zeitpunkt, als wir die Isolation als einzige Möglichkeit hatten, die Sache einzudämmen, darüber haben wir ja bereits gesprochen.«

»Wenn ich Sie daran erinnern darf, waren Sie es auch, der klargemacht hat, bei wem der Virus zuerst aufgetreten ist. Das Türken-Gen haben Sie es genannt, Herr Senator. Und Sie haben Beifall dafür bekommen, viel Beifall. Und Sie sind, das kann man wohl so sagen, aufgrund der nüchternen Präzision, mit der Sie die Lage beurteilt haben, in dieses Amt gekommen.«

»Mein Gott, Böttcher, ich will davon nichts mehr hören! Verstehen Sie denn nicht, warum man nicht einfach in die Kontrollierte Zone einmarschieren und dort alles niederschießen kann? Durch die Veröffentlichung des Materials aus der Charité wird allen klar werden, dass wir einen schrecklichen Fehler gemacht haben, als wir Menschen mit Migrationshintergrund zur Ursache des Problems gemacht haben.«

Böttcher schlägt mit dem Klemmbrett auf den Schreibtisch. Sentheim ist zu perplex, um seinen Referenten zurechtzuweisen.

»Nein! Es war nicht falsch, sondern es war richtig! Es war die einzige Chance, die Ordnung aufrechtzuerhalten, und ist es auch jetzt noch! Ich wiederhole mich, aber Sie scheinen ja nicht zu begreifen: Die Ausländer sind die Ursache, und wir rotten das Übel an der Wurzel aus! Und wer den Virus überlebt, weil er das unverschämte Glück hatte, nicht in der K-Zone zu sein, der wird unsere Stadt und unser Land verlassen. Freiwillig und noch schneller, als wir es uns jemals erträumt hatten.«

»Wissen Sie, was Sie da sagen, Böttcher? Das ist ein Chauvinismus der übelsten …«

»Ach was, Chauvinismus … Sie waren es, der gewarnt hat, der dafür eingetreten ist, die Ursachen zu bekämpfen und nicht nur die Symptome! Jetzt haben wir die Chance. Und wir werden sie uns nicht entgehen lassen!«

»Wir?«

Olaf Sentheim, Innensenator und Buchautor, hat plötzlich den fürchterlichen Verdacht, dass er damit nicht gemeint sein könnte.

»Wer genau ist das – *wir?*«

Böttcher gerät für einen Moment aus dem Konzept. Aber er fängt sich schnell wieder:

»Nun, wir, das sind diejenigen, die sich nicht vor ihrer Verantwortung drücken. Leute aus Ihrem Führungsstab, Herr Sentheim, hier in Ihrem Büro, in der Behörde. Bei der Polizei, in der regierenden Partei, aber auch bei der Opposition.«

»Was haben Sie da hinter meinem Rücken …«

»Hinter Ihrem Rücken? *In Ihrem Sinne*, so müssen Sie das sehen! Wir sind diejenigen, die immer auf Ihrer Seite waren. Die, die an Sie geglaubt haben!«

»Ich habe Sie nicht darum gebeten«, sagt Olaf Sentheim. Seine Kehle ist trocken. »Ich habe niemanden darum gebeten, an mich zu glauben.« Das letzte Wort spricht er voller Verachtung aus. »Ich wollte so etwas nicht, so eine … Sektiererei. Ich will Leute wie Sie nicht. Gehen Sie Böttcher! Verschwinden Sie! Sofort! Und nehmen Sie Ihren Hass und Ihren Irrsinn mit. Ich bin fertig mit Ihnen. Endgültig!«

Sentheim sieht seinen Referenten voller Abscheu an, aber der weicht seinem Blick nicht aus. Dann, mit eisiger Stimme:

»Wie Sie meinen, Herr Senator. Aber das, was Sie angefangen haben, ist nicht mehr zu stoppen. Dazu ist es zu spät. Und das ist auch gut so.«

Der Referent nickt zu dem Fernsehschirm. Sentheim erkennt das Schriftband »Breaking News. Live vom Oranienplatz« und sieht, wie das erste Mauerstück vom tobendem Mob eingerissen wird.

33

Der Beton, beschmiert mit der Graffito-Aufschrift »Sie verlassen den toitschen Sektor«, wankt und schwankt, ein paar Eifrige in der ersten Front haben von einer Baustelle am »Engelbecken« einen Stahlträger besorgt, der jetzt von einem guten Dutzend Männern in verschwitzten T-Shirts immer wieder gegen den Stein gehämmert wird. Machtlos stehen die Polizeibeamten auf ihren Türmen, lassen die Lichtkegel der riesigen Suchscheinwerfer über die Masse streifen und drehen Videomaterial, von dem sie wissen, dass es niemals jemand auswerten wird. Eine Zeit lang hatte es Lautsprecherdurchsagen gegeben, mit denen die Menschen aufgefordert wurden, das Grenzgebiet zur Kontrollierten Zone »unverzüglich« und »friedlich« zu verlassen, die »unangemeldete Demonstrationsveranstaltung« zu »beenden« und »die Sicherung des abgesperrten Bezirksbereichs nicht weiter zu gefährden.« Aber das war der halbherzige Versuch gewesen, etwas aufzuhalten, was schon lange nicht mehr zu stoppen war. Das hatten irgendwann auch die Männer auf den Türmen und ihre Vorgesetzten begriffen. Außerdem waren die meisten von ihnen ohnehin der Meinung, dass die Menschen, die seit dem Mittag auf den Platz strömten, recht hatten mit ihrem Zorn, ihrer Wut auf das, was da auf der anderen Seite der Mauer vor sich ging.

Als Robert vor einer Stunde angekommen war und sich bis auf zehn Meter an die Mauer herangekämpft hatte, ohne einen Plan und eine Idee, wie er sie überwinden wollte, aber mit der schwarzen Pistole aus Warschau in der Innentasche seines Mantels, war etwas Seltsames geschehen. Urplötzlich hatte sich ein Schweigen auf dem Platz ausgebreitet. Die Menschen holten wie in einer gemeinsam eingeübten Bewegung ihre Smartphones aus den Taschen, strichen über die Bildschirme, hielten sie gebannt vor ihre Augen, ließen die mitsehen, die kein eigenes Smartphone besaßen.

Die 20-Uhr-Nachrichten.

Christian hatte seine Versprechen gehalten.

Jetzt war der Film und damit die Wahrheit in der Welt, und niemals würde das, was die Menschen hier und überall in der Stadt auf ihren winzigen Displays und auf großen Flachbildschirmen sahen, wieder aus ihren Köpfen zu löschen sein.

Seine Story. Seine Enthüllung. Und für einen kurzen Moment erfüllte ihn tatsächlich eine Idee von Genugtuung. Doch als er den kollektiven Schrei der Masse in seinem Bauch als dumpfes Vibrieren spürte, war da noch ein anderes Gefühl: Angst.

Nicht vor denen, die sich hinter der Mauer befinden, sondern vor denen davor. Vor denen, die sich jetzt durch die enge Lücke, die sie in die Mauer gebrochen haben, pressen und quetschen. Vor ihren Gesichtern, die kalt und entschlossen sind, schweißverschmiert, die Lippen fest aufeinandergepresst. Sie sind die Vorhut für die, die jetzt noch hinten stehen und johlen und Parolen brüllen. Die haben noch Mut, sich selbst zu bewaffnen mit Pflastersteinen, Brecheisen, Stangen, Hämmern, Baseballschlägern, Leuchtpistolen und Motorsägen, dem ganzen Areal von Mordgeräten, mit dem sich die Mauerstürmer schon ausgerüstet hatten, als sie zur Mauer gezogen waren. Bald bricht das zweite Stück aus dem Beton, das dritte und vierte, die Schneise ist jetzt breit, von hinten prescht, laut hupend, ein monströses Auto heran, ein Hummer. Aus den heruntergelassenen Fenstern winken grölende Männer, sie schwenken Bierflaschen und Fahnen, von einem Beifahrersitz wird eine Signalrakete abgefeuert. Der Fahrer hält auf die Lücke in der Mauer zu, gibt Gas, die Traktorreifen schieben sich auf die Stahlbetontrümmer, und dann ist der Hummer auf der anderen Seite. Dort dreht er mit quietschenden Reifen einen Kreis und dann noch einen. Schließlich bleibt er stehen.

Die Fußtruppen folgen. Dutzende Menschen quetschen sich nun johlend durch die Lücke in der Mauer. Roberts Herz pocht, durch seine Adern pumpt Adrenalin, mit seiner Hand umklammert er die Pistole in der Innentasche. Dann springt auch er über die Trümmer, es ist ganz leicht, und er ist drinnen. Die Männer vor ihm scharen sich um den Hummer, etwas ratlos, weil der Feind, den sie erwartet haben, sich nicht blicken lässt. Für einen Moment denkt Robert, dass sie wieder abziehen könnten, zurück in den anderen Teil, aber dann zerschmettert ein Baseballschlägertyp das Schaufenster einer Dönerbude, ein anderer macht sich über einen Zeitschriftenladen her. Zwei Jungen, höchstens vierzehn, schlagen die Scheiben eines BMW ein, der auf der rechten Seite der Oranienstraße geparkt ist, und danach die eines Audi. Der größere von beiden, in einem schwarzen »Depeche Mode«-Hoodie, hat eine Flasche in der Hand, wirft sie in den geöffneten Kofferraum. Das Auto geht in Flammen auf, und als sich die Fahrertür öffnet und etwas auf die Straße stürzt, eine lebende Fackel, die einmal ein Mann oder eine Frau gewesen war, wird das Geschrei der Männer ohrenbetäubend.

Es gibt jetzt kein Halten mehr, alles, was ihnen in die Augen fällt, wird zertrümmert, zerschlagen, zerstört: Fenster, Türen, Leuchtreklamen, die Bushaltestelle, noch mehr Autos, ein Baucontainer, eine Werbetafel.

Dann sehen sie die Toten.

Dutzende.

Hunderte.

Eine torkelnde Wand aus Menschenleibern am oberen Ende der Straße bewegt sich auf sie zu. Der Hummer rast los, prescht in die Menge, überrollt ein Dutzend der Gestalten, fräst eine autobreite Schneise in die Masse, die sich aber sofort wieder schließt, als ob es sie niemals gegeben hätte. Alle lassen ihre Waffen sinken, sind plötzlich ganz still, warten, ob der Geländewagen wieder zurückkommt, doch nichts geschieht. Robert hört das Keuchen der Männer neben ihm. Aber es ist ein anderes Geräusch, das sie nun alle wahrnehmen, und das lauter wird, je näher die Wand der Toten auf sie zukommt: Ein dunkles, gedehntes Klagen.

Ein Kriegsgesang?

Oder ein Hilferuf?

Dann läuft der Erste los, mit einem hysterischen Schrei, spitz und schrill, einem Geheul, das nun die Richtung vorgibt: vorwärts!

Robert springt in einen Hauseingang, presst sich fest an die Wand, als die Menge an ihm vorbeiflutet, die Gesichter voller Angst und doch entschlossen, wie Frontsoldaten, die sich aus ihren Schützengräben erheben, um sich auf den Feind zu werfen, ohne Rücksicht auf das eigene Leben, entfesselt, den Verstand ersetzt durch Todesmut und Mordgier.

Die ersten Schüsse fallen, in der vorderen Reihe der Toten stürzen Körper zu Boden, werden aber gleich ersetzt von anderen, die von hinten herantaumeln.

Robert verlässt sein Versteck und läuft mit nach vorn, die Pistole fest in der Hand. Er wird von hinten angerempelt, blickt über die Schulter. Ein großer Typ mit hoch erhobenem Schlagstock. Robert bekämpft das plötzlich unbändige Verlangen, die Waffe zu ziehen und den Mann zu erschießen. Er hält an, lässt den anderen einfach vorbeilaufen, stemmt sich erfolgreich gegen die Mordlust, die das Gebrüll und die Schüsse nun auch bei ihm geweckt haben.

Auf Höhe des Heinrichplatzes treffen die Massen aufeinander. Robert bleibt weit genug hinten, um sich nicht in Gefahr zu bringen, und ist doch nah genug, um alles zu sehen: Baseballschläger zerschmettern Knochen, Blut spritzt den Männern ins Gesicht und auf die Kleidung. Es kümmert sie nicht, während sie auf die Toten einprügeln, deren Nägel sich wiederum in die Muskeln der Angreifer graben, mit erstaunlicher Kraft. Das stockende Heulen von Kettensägen, deren Reißzahnblätter, durch Knochen gebremst, in Eingeweide fahren. Tote krallen sich in offene Wunden, zerren an den Sterbenden und fallen über die Gestorbenen her.

Bald stehen sich nicht mehr zwei geschlossene Blöcke gegenüber. Einzelne Trupps preschen nach links und nach rechts in die Häuser und Hinterhöfe, in die Seitenstraßen Richtung Kottbusser Damm, um dort auf Nebenschauplätzen ihre Scharmützel auszufechten. Eine Zeit lang sieht es so aus, als ob die Verteidiger die Oberhand gewinnen, doch vom Oranienplatz kommen immer mehr Menschen. Jetzt sind es nicht nur Männer, sondern auch viele Frauen, Halbwüchsige, jünger noch als die, die die Autos angezündet haben, vorhin an der Mauer.

Es ist kaum mehr zu erkennen, wer auf welcher Seite kämpft, die Lebenden und die Toten werden sich immer ähnlicher, je länger die Schlacht tobt. Blutverschmiert, rasend vor Zorn und Schmerz, heulend in blinder Wut, sterbend und gestorben.

Eine Gruppe von Männern in Fußballtrikots hat sich den Weg zu dem albernen Jugendstil-Toilettenhäuschen in der

Mitte des kleinen Platzes frei geschossen, einer von ihnen erklimmt das Dach mithilfe seiner Kameraden. Von unten werden ihm Flaschen hochgereicht, Molotowcocktails, die er blitzschnell entzündet und in weitem Bogen in die Masse der Toten wirft. In die Bresche, die so entsteht, rücken andere Angreifer nach, und jetzt sieht es so aus, als ob die Lebenden den Platz erobern könnten.

Robert kotzt auf den Gehsteig, richtet sich dann auf und ordnet seine Gedanken.

Er muss zu Sarah.

Jetzt!

Sofort!

Er sieht sich um, versucht sich zu orientieren. Er muss über die Admiralbrücke und die Dieffenbachstraße. Er beginnt zu rennen.

34

Hakim erwacht aus einem bleiernen Schlaf, es ist stockdunkel im Zimmer. Noch benommen kratzt er sich, schwingt sich dann vom Bett, macht sich auf den Weg in die Küche. Er braucht dringend einen Kaffee.

Als er auf den Flur tritt, erkennt er nicht, dass die Gestalt vor ihm nicht der Kameramann Ben Lieving ist. Er sieht den Revolver nicht, der auf ihn zielt, aber er hört den Schuss. Als das Projektil auf der hinteren Seite seines Schädels austritt, ist Hakim bereits tot. Der Polizist Petersen reißt die Waffe hoch und legt sie gleich wieder an, sichert seine nächsten Schritte in dieser unübersichtlichen Wohnung, immer in Blickkontakt mit Haring an seiner Seite.

In der Speisekammer, durch eine mit buntem Plastik beklebte Tür von der Küche getrennt, verharren Sarah und Ben, eng aneinandergepresst, so eng, dass Ben den Atem der Frau spüren könnte, wenn sie denn noch atmen würde. Er hört die Schritte der Männer, sie kommen näher, aber gerade als Ben sicher ist, dass die Tür aufgerissen wird, hört er einen lauten Schrei. Die Personen draußen rennen offenbar in ein anderes Zimmer, raus aus der Küche. Ben hört gezischte Befehle, doch die Worte können Ben und Sarah in ihrem Versteck nicht verstehen. Dann das verschwommene Gekrächze aus einem Funkgerät, weitere Schritte. Aber die Hoffnung, dass die Eindringlinge zur Wohnungstür gehen und verschwinden, erfüllt sich nicht. Das nächste, was Ben hört, ist ein kurzer, harter Schlag, gefolgt von einem knirschenden Geräusch.

Die Prozedur wiederholt sich dreimal, dann ist es still. Die Finger von Sarahs rechter Hand graben sich tiefer in Bens Arm, als es ihr wahrscheinlich bewusst ist. Er zieht ihn fort, erwartet in ihrem Blick eine Art Entschuldigung, doch Sarahs Augen sind nur kalt.

Wenn sie jetzt …

Bens Angst wächst, doch noch größer als die Angst vor der Frau neben ihm ist die vor den Männern da draußen.

Seiks wird von Petersen an der Tür empfangen.

»Bereich gesichert. Aber du solltest dir das da hinten ansehen. So etwas …«

Seiks hört den Satz nicht zu Ende, stürmt an ihm vorbei in die Wohnung, wo Haring vor einer weißen Tür steht, die mit drei in den Rahmen geschraubten Schlössern zusätzlich gesichert war. Jetzt hängen die Metallteile lose herab. Seiks erkennt die Spuren des Stemmeisens, mit denen Haring die Tür aufgebrochen hat.

»Was ist dahinter?«

Petersen sieht Haring an. Schließlich sagt Haring mit tonloser Stimme: »Dahinter ist die Hölle.«

Die Männer, die den Pick-up umgeben, der sich im Schritttempo in die Seitenstraße bewegt, sind kampferprobt und zum Äußersten entschlossen. Sie sind über und über mit Blut bespritzt, und es ist nicht ihr Blut, das ist Robert klar. Ihn beachten sie kaum. Er ist einer von ihnen, weil er sich zügig bewegt und eine Waffe trägt, weil er noch beide Augen, Arme, Beine hat. Weil er noch lebt.

Oben auf dem Pick-up feuert der Schütze in kurzen Stößen unentwegt nach links in die Weserstraße, ein schwitzender Mann im Muscle-Shirt kniet am Fuß des Maschinengewehrs und reicht ihm ständig neue Munition. Die anderen sind damit beschäftigt, die Infizierten, die einzeln oder in kleinen Gruppen vom Hermannplatz über die Kreuzung taumeln, in Schach zu halten.

Der, der Robert am nächsten steht, ein junger Typ mit Wollmütze und Brille, nickt ihm jetzt kurz zu. Robert hebt die Hand, ein schneller Gruß, bevor der andere mit einem Baseballschläger auf zwei Infizierte einschlägt, die vom Kaufhaus schräg über die Straße kommen. Zwei, drei genau platzierte Schläge. Der erste Tote geht mit verdrehtem Schädel zu Boden, doch das zweite Ziel verfehlt er. Sein nächster Gegner kommt ihm nahe, zu nahe. Robert feuert den ersten Schuss aus seiner Pistole ab, in den Kopf des Toten, der auf die Knie geht, dann nach hinten fällt, liegen bleibt. Mit einem Schritt ist der Wollmützenträger bei Robert, hebt die Hand in die Höhe, die Finger ausgestreckt. Robert schlägt ein. High five.

»Das war knapp. Danke, Alter! Wie viele seid ihr dahinten noch? Wir brauchen jeden Mann hier oben!«

»Ist so gut wie erledigt«, sagt Robert und betet, dass der andere nicht nach Einzelheiten fragt.

Der Mann, dessen Leben Robert gerade gerettet hat, sieht sich mit grimmiger Miene um. »Es sind einfach zu viele. Da vorne kommen wir nicht durch. Jedenfalls nicht, solange immer neue von dort kommen.« Er zeigt in die Weserstraße. »Die Kollegen auf dem Pick-up erledigen das grade.«

»Sehe ich. »

»Genau. Und Seiks ist mit seinen Leuten in dem Haus da hinten. Wir haben Schüsse gehört.«

Robert kennt das Haus. Es ist sein Ziel. Das Haus, in dem er hofft, Sarah und Ben zu finden.

Mit ein paar schnellen Schritten ist er bei dem Gebäude. Der Lärm des Maschinengewehrs wird in der engen Häuserschlucht hin- und hergeworfen wie in einem Tunnel. Roberts Ohren explodieren, während der Schütze auf dem Pick-up seine Waffe langsam und konzentriert von einer Seite der Straße auf die andere schwenkt. Die Gestalten, die hinten an der nächsten Kreuzung auftauchen, werden niedergemäht wie Kegel auf der Kegelbahn.

Doch gnade uns Gott, wenn die Munition ausgeht, denkt Robert. Im Zweifelsfall schlägt Quantität immer Qualität.

Dann huscht er in den Flur des Hauses, vorbei an den Briefkästen, stolpert gegen einen Kinderwagen, hastet über den ersten Innenhof, checkt die Stockwerke über sich, läuft durch den zweiten bis in den dritten Hof. Das Knattern des MG ist hier nur noch ein entferntes Echo. In der dritten Etage brennt Licht. Dort sind sie. Dort *müssen* sie sein …

Seiks hört das Wimmern der Toten schon durch die Tür. Er öffnet sie mit einem Ruck, wird vom Gestank fast erschlagen: Verwesung und der metallische Geruch von getrocknetem Blut. Der Polizist gibt Petersen, der neben ihm steht, ein schnelles Signal, kneift die Augen kurz zu, um sich an die Dunkelheit zu gewöhnen.

Als er sie öffnet, ist bereits Bewegung in das groteske Bild gekommen. Ein halbes Dutzend Menschenleiber oder mehr, ja, ganz sicher mehr, windet sich auf einem blutdurchtränkten Bett oder einem Sofa, davor, auf dem triefnassen Boden, liegen mindestens noch einmal so viele. Der Polizist versucht zu unterscheiden, zwischen Männern und Frauen, doch die Körper und die Gesichter sind zu sehr verunstaltet, nur an der Größe erkennt er, dass hier auch Jugendliche gestorben sein müssen, vielleicht sogar Kinder.

So unterschiedlich die Wunden der Infizierten im Raum sind, in den Gesichtern, auf den Leibern, an Armen und Beinen – eine Verletzung haben sie alle gemeinsam, wie Seiks feststellt, routiniert nach Wochen auf dem Turm: jeweils an einem Unterschenkel, alle Schnitte sind glatt und präzise. Seiks blickt zu Petersen, der nickt und zeigt auf eine Axt, die neben der Tür lehnt. Dann versteht Seiks, was hier geschehen sein muss. Irgendein Wahnsinniger oder Verzweifelter muss all diese Leute verstümmelt haben, um sie an der Flucht zu hindern.

Um sie so zu schützen?

Was für eine lächerliche, irrwitzige Idee. Für niemanden hier gibt es eine Rettung. Seiks überschlägt, wie oft er nachladen muss. Wie oft Petersen und Haring nachladen müssen. Aber dann feuert er einfach los, hinein in den Raum, ohne zu zielen. Als er sein Magazin leergeschossen hat, übernimmt Petersen, dann Haring.

Doch immer noch greifen Hände in ihre Richtung, ist das Jammern und Seufzen nicht völlig verstummt. Petersen macht den entscheidenden Fehler. Er tritt in den Raum, will die Sache ein für alle Mal beenden, schießt nun gezielt auf alles, was sich rührt. Doch dann geht ihm die Munition aus, er will nachladen, das dauert zu lange, nur Sekunden, aber etwas schlägt die Zähne in seinen Fuß, reißt ein Stück Fleisch heraus.

Das geht nicht gut, denkt Seiks. Diese ganze Sache geht niemals gut.

Er ruft: »Rückzug!«

Noch bevor Haring seinen Befehl befolgen kann, setzt Seiks einen letzten, platzierten Schuss, der Petersen vor seinem grausamen Schicksal bewahrt.

Als Robert die Wohnungstür erreicht, hört er die Schüsse, die nicht enden wollenden Salven aus den Waffen der Polizisten.

Sein Verstand schreit: Flucht. Aber auch: Dort, in dieser Wohnung, ist Sarah. Wahrscheinlich. Fast sicher. Bestimmt. Und wenn er sie retten will, muss er durch diese Tür gehen. Egal, was ihn dahinter erwartet.

Dann steht er in dem langen, dunklen Wohnungsflur. Es ist plötzlich ganz still. Keine Schüsse mehr. Als hätte er mit seinem Auftritt dem Spuk ein Ende bereitet. Jetzt bemerkt er den Gestank.

Von links stürmen zwei Männer in seine Richtung und an ihm vorbei.

Sie rufen ihm zu: »Raus! Raus! Raus!«

In diesem Moment stolpert wie aus dem Nichts Sarah auf ihn zu.

Die überirdisch schöne Sarah. Die nichts entstellen kann. Nicht der Streifschuss in Warschau. Nicht die blutverkrustete Wunde an ihrer Schulter. Nicht das Totenweiß in ihrem Gesicht. Nicht die Augen, die schon fast aus einer anderen Welt sind.

Sarah. Sarah, die ewige Versuchung. Sarah, die beim ersten Mal auch nicht wusste, wie es geht. Die Frau, mit der er die Nacht verbracht hat vor zwei Tagen, die ihm wie eine Ewigkeit vorkommen. Sarah, die alles verzeiht, auch das Schlimmste. Die Frau, die immer da war. Die immer da ist. Die immer da sein wird.

Die ewige Sarah. Sie streckt die Arme aus. Stolpert ihm entgegen.

Dann taucht hinter ihr ein dritter Mann auf.

Ein Schuss.

Sarah sackt zusammen, aber ihre Augen bleiben an Roberts Augen haften, mit einem letzten Rest Leben, einer Träne, die ihre Wange hinunterläuft.

Hinter ihrer Schulter sieht Robert, dass der Mann erneut

anlegt und weiß, dass er ihren Schädel diesmal nicht verfehlen wird.

Es ist ganz einfach. Die Pistole ist federleicht. Er hebt sie wie einen Finger, einen Teil seines Körpers. Er will, dass Sarah lebt, und darum muss dieser Mann sterben. Die Kugel löst sich wie von selbst.

Der Mann sackt auf die Knie, ungläubiges Staunen in den Augen. Er presst die Hände auf das Einschussloch, nutzlos. Er stirbt noch im Fallen.

Die Gefahr ist vorbei.

Nein.

Der andere ist schon im Hausflur, doch er kommt zurück, sieht seinen Kameraden, legt die Waffe an, alles in einer einzigen Bewegung.

Robert ist zu langsam.

Aber etwas stürzt von der Seite auf den Mann zu. Er geht wie ein gefällter Baum zu Boden, die Pistole fliegt ihm aus der Hand. Dann liegt Ben auf seinem Opfer mit der ganzen Wucht seiner hundert Kilogramm. Schwitzend sieht er zu Robert hoch, aber sein Blick, entsetzt und erleichtert gleichzeitig, schreit: *Verdammt, Robert, was zum Teufel tun wir hier?*

Robert denkt: Wir läuten das Ende der Zivilisation ein. Die Lebenden töten die Lebenden, um die Toten zu retten.

»Sie sind wahnsinnig«, presst der Mann, der unter Ben Lieving liegt, hervor und windet sich, aber er kann sich nicht befreien. Noch einmal: »Sie sind total wahnsinnig.«

Robert ist mit zwei Schritten bei Sarah. Er fasst sie unter den Arm, möchte sie hochziehen, zu sich. Er will sie stützen, aber das ist nicht nötig. Sie richtet sich auf, steht fest auf beiden Beinen. Blut sickert aus den frischen Schusswunden im Rücken, aber es ist nicht rot und dünn und lebendig, sondern braun und dick und tot.

»Geht schon«, flüstert sie. Versucht ein Lächeln. »Man gewöhnt sich daran …«

Robert weiß nicht, was sie meint. Robert weiß nur, was er fühlt.

»… daran, erschossen zu werden.«

Die ewige Sarah.

Ohne sie ergibt nichts mehr Sinn. Hat nie etwas Sinn ergeben. Sie müssen weg. Schnell.

Robert zielt mit der Pistole auf den Polizisten.

»Ben, aufstehen! Wir müssen los. Sofort! Der da …«

Er zeigt auf Seiks.

»Er ist nicht allein. Da unten warten mindestens zwanzig Kollegen von ihm.«

Ben geht voran, dann kommt Seiks, Roberts Pistole im Nacken. Sarah tritt als Letzte aus der Tür. Sie blickt nicht mehr zurück.

Auf dem ersten Treppenabsatz checkt Robert durch die zerbrochene Fensterscheibe die Lage im Hinterhof. *Was, wenn die anderen die Schüsse gehört haben und nach ihren Kollegen suchen?* Doch unten ist alles ruhig, keine Stablampen, keine Bewegungen. Nur das Maschinengewehr rattert wieder, vorn in der Weserstraße.

Robert zischt: »Weiter!« Doch der Polizist vor ihm bleibt stehen. Die Adern an Seik's massigem Schädel sind fast fingerdick, pulsieren. Schweiß läuft an den Schläfen herab. Er dreht den Kopf, Robert nimmt die Pistole in beide Hände.

»Hören Sie«, beginnt der Polizist, »Sie haben keine Chance …«

»Halten Sie den Mund!«

»Es ist noch nicht zu spät.« Seiks atmet schwer, aber sein Blick ist fest und konzentriert auf Robert gerichtet. So etwas trainieren die, denkt Robert. Das ist Teil seines verdammten Jobs.

»Sehen Sie nicht, was Sie hier anrichten? Was Sie getan haben, da oben? Welche Grenze Sie überschritten haben?«

»Halten Sie den Mund! Das hat nichts mit Ihnen zu tun.«

»Es geht um die Frau? Ist es das? Hören Sie, es tut mir leid, was geschehen ist. Aber Sie können ihr nicht mehr helfen. Niemand kann das.«

Robert antwortet nicht. Es muss jetzt schnell gehen: Raus hier, den Polizisten bei seinen Kollegen gegen eines der Autos eintauschen. Darauf hoffen, dass die meisten zu sehr mit den Toten beschäftigt sind, um lange zu verhandeln. Das Chaos ausnutzen. Raus aus der Zone. Dann zur Charité, zu Schadeck, das Gegenmittel besorgen. Raus aus Berlin. *Auf die Insel* …

Robert stößt Seiks die Pistole zwischen die Schulterblätter, doch als der Mann sich wieder in Bewegung setzen will, ist da Ben, der ihn aufhält.

»Robert, der Typ hat recht. Wie, verflucht, willst du hier rauskommen?«

»Verdammt, Ben! Ich weiß, was ich tue. Mach einfach, was ich sage. Nur dieses eine Mal! Bitte!«

Seiks wendet den Kopf hoch, zu Ben. Er lächelt ihn an.

»Was hat Ihr Freund Ihnen erzählt? Dass man die Infizierten behandeln kann? Dass es ein Serum gibt, das die Sache aufhält oder stoppt oder vielleicht rückgängig macht? Vergessen Sie's. Es gibt kein Gegenmittel, und es wird auch nie eines geben.«

Seiks redet mit Ben, als ob er der Einzige wäre, mit dem man vernünftig reden kann. Robert sieht, was Seik's Worte im Kopf seines Freundes anrichten. Das Maschinengewehr unten auf der Straße setzt aus. Durch die Flure hallen Schreie, leise, verzerrt. Ben dreht sich um, hält beide Handflächen nach vorn.

»Moment mal! Robert, einen Moment. Hat er recht?«

»Ich kann dir jetzt nicht …«

»Alter, wenn nicht jetzt, wann dann?« Der Kameramann fixiert die Pistole, dann Sarah, die sich mit beiden Händen am Geländer festkrallt, schwankend, die Haare vor dem Gesicht, vor ihren Narben. »Du musst es mir sagen, Robert. Was passiert, wenn wir hier raus sind?«

Seiks sieht Robert herausfordernd an.

Er denkt, er hat gewonnen. Aber er unterschreibt nur sein eigenes Todesurteil. Er lässt mir keine Wahl.

»Also gut. Hör mir zu, hör mir ganz genau zu. Wir gehen jetzt da runter, und dann nehmen wir eins von seinen Autos …«

»Ja?«

»Und dann fahren wir in die Charité, zu Schadeck, Professor Schadeck. Der hat ein …«

»Mensch, Alter, jetzt kommt die Geschichte mit dem Gegenmittel, oder? So wie es der Typ hier sagt!«

»Du musst mir vertrauen, Ben! Ja, in der Charité gibt es ein Mittel. Ich lüge dich nicht an. Das heißt … hör mir jetzt genau zu, ich weiß nicht, wie weit Schadeck ist, aber …«

»Verstehe. Wir haben keine andere Chance. Sarah hat keine andere Chance …«

Robert nickt. Ben scheint es zu kapieren. Bis er den schrägen Blick sieht, den er so gut kennt. Den alle Kameraleute haben, wenn sie meinen, ihr Reporter zieht sie über den Tisch.

»Und vor allem *du* hast keine andere Chance. Du hast den Polizisten erschossen. Da oben.«

Mein Gott!

Seiks nickt eifrig.

»Noch ist es nicht zu spät. Noch kommen Sie da raus!« Er sieht Ben direkt in die Augen. »Wenn Sie sich für die richtige Seite entscheiden.«

Jetzt ist alles gesagt. Ben muss sich entscheiden.

In diesem Moment bricht Sarah zusammen. Sie sackt lautlos auf die Treppenstufen. Robert will zu ihr, aber Ben ist schneller.

»Schon gut, Partner. Ich mach das. Du hältst den Typen in Schach, okay?«

»Okay.«

Sarah bewegt sich, ist wieder da. Sie öffnet die Augen.

»Alles klar?«, fragt Ben, er kniet neben ihr und stützt ihren Kopf.

»Ja, schon besser«, sagt sie und versucht ein kleines Lächeln. Sie richtet sich auf. Sie ist wunderschön, denkt Robert. Trotz der Narben, trotz der Leichenblässe. Trotz des verkrusteten Blutes auf ihrem T-Shirt.

»Wie lange hat sie noch?«

»Ein paar Stunden, zwei, drei, nicht viel mehr«, sagt Ben.

»Wann ist es passiert …?«

Ben überlegt, Sarah kommt ihm zuvor.

»Heute Vormittag. So gegen elf.«

Seiks lacht bitter. Roberts Finger am Abzug zuckt. Aber dann sieht er Seiks' Augen. Sie sind ausdruckslos und leer.

»Es ist zu spät. Glauben Sie mir. Es dauert nicht mehr lange. Ich habe sie gesehen, Hunderte von ihnen. Ich … ich habe die verdammten letzten drei Wochen auf dem Wachturm gestanden und nichts anderes gemacht, als ihnen zuzusehen. Diese Frau«, er zeigt auf Sarah, »ist tot, und bald ist sie genauso wie diese Monster da oben in dem Zimmer und wie die Monster da unten auf der Straße. Sie müssen sich …«

»Ja?«

»Sie müssen sich damit abfinden, verdammt!«

»Nein! Es muss dieses Mittel geben. Sarah, Ben, ihr müsst mir glauben! Ich weiß es von Sentheim. Er hat es mir gesagt.«

Eine Lüge. Aber eine Lüge, die Sarah Hoffnung gibt. Die sie durchhalten lässt, vielleicht. Bis sie bei Schadeck sind.

»Sie müssen sie erlösen. Beenden Sie es jetzt, dann bleibt ihr das Schlimmste erspart.«

Roberts Finger umklammern die Pistole fester. Eine winzige Bewegung des Zeigefingers, ein Zucken, und Seiks Schädelmasse fliegt gegen den fleckigen Putz des Treppenhauses. Aber er hat sich im Griff. Wie in Warschau. Er ist derjenige, der den kühlen Kopf bewahrt. Noch.

»Wenn die ... die Veränderung ... abgeschlossen ist«, fährt Seiks fort, ohne Robert anzusehen, »fällt sie über Sie her, das ist eine Tatsache. Ich habe es gesehen, immer und immer wieder ...«

Und du hast sie alle erschossen, denkt Robert. Du Schwein hast sie von deinem Turm aus abgeknallt wie Vieh, einen nach dem anderen, von morgens bis abends, und dann bist du nach Hause zu deiner Frau gegangen, hast ein Bier getrunken und bist eingeschlafen, und am nächsten Morgen bist du wieder losgegangen und hast die nächsten abgeknallt. Ohne diesen ganzen Irrsinn infrage zu stellen. Weil sie es dir befohlen haben, du dämliches deutsches Arschloch.

Roberts Stimme zittert. »Und wenn es die Schüsse sind, die sie aggressiv machen? Das, was Sie und Ihre Kollegen da angestellt haben, auf den Türmen, an der Mauer? Und diese Irren, die Sentheim aufgestachelt hat und die übrigens gerade Ihre Mauer wieder einreißen? Was ist denn, wenn sie sich einfach nur wehren?«

»Das meinen Sie nicht ernst, oder? So naiv können Sie nicht sein.«

Doch, denkt Robert. So naiv kann ich sein. Es ist mein verfluchtes Recht, so naiv zu sein.

Er sieht die Bilder aus dem Video. Den Arzt, die Krankenschwester. Von Kugeln zersiebt, bevor man überhaupt versucht hat, mit ihnen zu ... reden. Kontakt aufzunehmen.

Seiks lacht. Diesmal ist es purer Hohn.

»Und selbst wenn Sie recht haben?« Er sieht Robert direkt in die Augen. »Wenn irgendjemand ein Mittel hat? Was sollen wir mit denen machen, die wir nicht mehr zurückholen können? Bei denen der Prozess schon zu weit fortgeschritten ist? Die Entstellten da unten, diese ganzen Leute hier in der Kontrollierten Zone. Was sollen wir mit denen machen? Sollen wir uns mit ihnen arrangieren? Sollen sie unter uns leben? Sollen sie ...«

»Ja«, Robert erwidert seinen Blick. *Vielleicht ist es tatsächlich so leicht.* »Warum nicht?«

Seiks schnappt nach Luft, er will etwas sagen, bricht dann ab, kneift seine Augen zusammen, so als versuche er, diesen ungeheuerlichen Gedanken nachzuvollziehen, zu begreifen. Schließlich sagt er matt: »Ich werde Ihnen sagen, warum nicht. Weil ... weil das einfach krank ist. Weil das gegen die Natur ist ... gegen alles ...«

Robert hasst Seiks in diesem Moment mehr, als er jemals einen Menschen gehasst hat. Seiks und alles, wofür er steht.

»Oder eben nicht. Vielleicht ist das der Sieg des Lebens über den Tod. Vielleicht können wir von ihnen lernen?«

Seik's Kopf sackt nach vorn. Als er Robert wieder ansieht, schwimmen seine Augen.

»Wissen Sie, warum ich hier bin?«

Niemand antwortet, also spricht er weiter.

»Ich bin aus einem einzigen Grund hier: Ich suche die Leiche meines Partners. Ein tapferer Mann, Familienvater, zwei Kinder. Er wurde von diesen Kreaturen getötet, Kreaturen, die Sie in Schutz nehmen, für die Sie einen meiner besten Männer erschossen haben. Erzählen Sie das der Witwe von Mike Fegin, erzählen Sie ihr, dass das hier der Triumph über den Tod ist …«

»Fegin?«, fragt Robert, jetzt irritiert.

»Mike Fegin.«

»Der Polizist, den die Toten töteten.«

»Der die Toten tötet«, ergänzt Ben, aber so leise, dass es im neu einsetzenden Donnern der Schüsse von der Straße untergeht.

Robert weiß, dass es hier nichts mehr zu besprechen gibt.

35

Auf dem Hermannplatz stehen die Toten jetzt Schulter an Schulter. Schon lange hat sich keiner mehr aus der schwankenden Mauer gelöst, um im schleppenden Gang die Kreuzung zu überqueren und einen der Schützen anzugreifen, die ihre Kollegen vom »Kommando Mike Fegin« auf der gut dreihundert Meter breiten Flanke vor dem Karstadt-Gebäude schützen sollen. Die Toten warten, und während sie warten, dringt ihr Wimmern zu den Männern hinüber – ein unerträglicher, den Verstand zerfressender Gesang.

Vor einer guten halben Stunde war es endlich gelungen, den Zustrom der Toten vom östlichen Teil der Weserstraße zu stoppen. Bröker, der Mann hinter dem Maschinengewehr, ein bärtiger Schlosser aus Spandau, der Mike Fegin vor ein paar Jahren in einem Ferienclub kennengelernt hatte, schätzt, dass sie rund zweihundert der Infizierten ausgeschaltet haben. In der letzten halben Stunde sind sie nur noch einzeln aufgetaucht, jetzt schon seit einer ganzen Weile keiner mehr. Bröker bietet seinem Munitionsmann, einem drahtigen Kerl namens Pagel, eine Zigarette an, die er bereits angezündet hat. Sie kommen gut miteinander zurecht, das war echte Teamarbeit. Und sie haben bewiesen: Die Toten sind aufzuhalten. Mit Ausdauer und genügend Munition. Noch stapeln sich die Kisten doppelstöckig auf der Ladefläche. Bröker, der zuletzt bei der Bundeswehr in Pinneberg hinter einem Maschinengewehr stand, kann nur schätzen, für wie lange das noch reicht. Drei oder vier Stunden bei Dauerbeschuss wie hier in der Weserstraße, vielleicht. Mit Glück. Mehr als der Hermannplatz ist also nicht mehr drin. Ohnehin nicht. Denn die Munition ist nur das eine Problem. Die Männer sind das andere.

Wenn er sich umsieht, gibt es nichts zu beschönigen, nichts, was Hoffnung macht. Der Zustand seiner Kameraden ist grauenerregend, die Stunden des Kampfes haben sich tief in ihre Gesichter gegraben, Gesichter, die verschmiert sind mit frischem und getrocknetem Blut. Die Hosen, die Hemden hängen wie Lumpen an ihren Leibern, zerfetzt von den Händen der Infizierten im Nahkampf oder zerrissen beim Übersteigen von Zäunen und Sperren. Jetzt, in der Kampfpause, stehen die Männer wieder in Gruppen zusammen, wie in Fegins Garten vor einer gefühlten Ewigkeit. Das Adrenalin, das, stundenlang durch die ihre Adern gepumpt, noch den Schwächsten zu berserkerhaften Leistungen angetrieben hat, ist verbraucht. Wer nicht auf dem Boden sitzt, stützt seine Arme auf die Knie, kaputt, fertig, zerschlagen. Keucht, hustet, speit Schleim auf den Asphalt.

Bröker sieht auf seine Kameraden und stellt sich vor, wie es sein wird, wenn das hier endlich vorbei ist und er wieder zurück kann, raus aus der verfluchten Zone, hinter die Mauer. Zu seiner Frau. Wenn Seiks jetzt aus dem Haus käme, in das er mit seinen Leuten vorhin stürmte, mit Fegin, tot oder lebendig oder irgendetwas dazwischen, dann wäre ihre Mission erfüllt und sie hätten verdammt noch mal ihren Job erledigt und noch weit mehr. So denken alle hier, da ist sich Bröker sicher. Es wird geraucht, aber kaum geredet. Das »Kommando Mike Fegin« ist am Ende.

Niemand weiß, wie es weitergehen soll, seit Seiks fort ist. Von seiner Position auf der Ladefläche, anderthalb Meter über der Straße, hat Bröker einen guten Blick über die Kreuzung vor ihnen, auf der Kottbusser Damm, Urbanstraße, Sonnenallee und die beiden Fahrspuren der Hermannstraße um den Platz zusammenlaufen. Diese Schlacht ist eine ganz andere Kategorie als das, was sie bislang erlebten. Immer weiter nach vorn zu stürmen, mit dem Pick-up voran, links und rechts zu Fuß ein paar Gebäude sichern oder eine Seitenstraße frei zu räumen – diese Strategie greift nicht mehr.

Für den Hermannplatz bräuchte man einen taktischen Plan, eine militärische Strategie. Die vierspurigen Ausfallstraßen, die quer vor ihnen liegen, müssten gesichert werden, Späher weit nach Westen in die Urbanstraße und östlich in die Sonnenallee vordringen, um herauszufinden, wie viele Infizierte dort überhaupt lauern. Dafür bräuchten sie ihn und das Maschinengewehr auf dem Pick-up, und es würde eine verdammt noch mal heftigere Schlacht werden als das, was sie in der schmalen, zweispurigen Weserstraße gerade hinter sich gebracht haben. Erst, wenn all das erledigt wäre, also das gesamte Areal und zumindest die ersten fünfstöckigen Häuser gesichert wären, könnten sie überhaupt daran denken, auf den Platz vorzudringen.

Unmöglich.

Nicht mit diesen Männern. Nicht mit dem besten Plan der Welt. Ihr Weg, das weiß Bröker, ist hier zu Ende. So oder so.

Er zündet wieder zwei Zigaretten an, gibt eine Pagel, der immer noch schweigend neben ihm auf einer Munitionskiste hockt. Er scheint Brökers Gedanken gelesen zu haben, denn er sagt: »Das war's, oder?«

Bröker nickt träge.

»Und weißt du, was ich verdammt noch mal glaube?« Pagel schlägt sich mit der Faust auf den Oberschenkel. »Sie wissen das! Sie haben kapiert, dass wir keine Chance haben.« Dann flüstert er, als ob niemand anderes den ungeheuren Gedanken, den er ausspricht, hören darf: »Sie *denken*, Bröker. Sie sind vielleicht nicht besonders helle, aber immerhin. Die da vorne« – er zeigt mit dem Finger zum Hermannplatz – »die wissen, dass sie nur abzuwarten brauchen, die wissen, dass wir einfach ... verdammt, dass wir einfach zu wenige sind ...«

»Scheiße«, sagt Bröker. »Das ist alles eine totale Scheiße.«

Er greift das Maschinengewehr, will es nach vorn drehen, zum Platz, und einfach losfeuern. Damit es endlich beginnt. Damit es endlich ein Ende hat.

Doch dann sieht er Seiks. Seiks und den Kerl, der ihm eine Pistole an die Schläfe hält. Karl Günther Bröker hat ein neues Ziel gefunden.

»Jetzt!«, ruft Ben, den schwarzen Kia, der nur ein paar Meter vom Eingang entfernt steht, fest im Blick, und Robert stößt den Polizisten nach vorn, die Pistole fest in seinem Nacken. Sarah wankt hinterher. Sie stehen jetzt auf der offenen Straße, vielleicht zehn Meter von dem kleinen Pkw entfernt. Ben prescht vor, reißt die Fahrertür auf, der Schlüssel steckt im Schloss. Alles gut.

Oder doch nicht.

»Hey!«, ruft eine Stimme. »Hey, du Idiot! Kannst du mir mal sagen, was du da in dem Auto machst?« Ben dreht sich um und sieht in den Lauf eines Maschinengewehrs. Dahinter, am Abzug, ein Mann in einem blutigen T-Shirt.

»Ich ...«, beginnt Ben, doch eine andere Stimme ist lauter. Laut genug, dass alle, die in der Nähe stehen, sie hören.

»Stopp!«, ruft Robert. »Keiner kommt uns zu nahe!« Er dreht sich einmal um die eigene Achse, Seiks mit einem Arm haltend, die Pistole jetzt an dessen Schläfe, sodass die Männer, die ihn bemerkt haben, und vor allem der auf dem Pick-up, der am Maschinengewehr, ihn gut sehen können.

»Die Sache ist ganz einfach. Ich habe euren Anführer. Und ich will mit meinen Freunden hier raus. Wir nehmen jetzt dieses Auto da, alle bleiben cool, sonst ist euer Chef erledigt. Ist das klar?«

Der Maschinengewehrmann macht ein Zeichen zu dem Kerl neben ihm. Der zuckt mit den Schultern.

Seiks ruft ihnen zu: »Schießt! Verdammt noch mal, schießt! Kümmert euch nicht um mich!«

Die Pistole in Roberts Hand wird schwer. Es ist einfach, einen Mann zu bedrohen, der Angst um sein Leben hat. Aber einen, der mit seinem Leben abgeschlossen hat? Seiks weiß, dass er ihn töten muss, so oder so. Er kennt ihren Plan, das ist Bens Verdienst.

Noch zögert der Schütze. Er schaut zu seinen Kameraden. Aber sie sind zu erschöpft, zu müde, um eine Entscheidung zu treffen. Dann zischt der Typ neben dem Mann am Abzug: »Feuer!«

Ben schließt die Augen und wartet auf die Schüsse, auf den Tod. Doch es geschieht nichts, gar nichts. Also öffnet er die Augen wieder und sieht, dass keiner mehr auf ihn achtet oder auf Robert, Seiks oder Sarah, sondern auf die Gestalt, die vom Hermannplatz auf sie zuläuft, mit seltsam steifen und energischen Schritten.

Ben erkennt ihn sofort.

Mike Fegin schreitet auf die Männer zu, in gerader Linie. Die Wunden, die Verstümmelungen seines Körpers hat Ben schon gesehen, sie lassen ihn kalt. Es ist die Leere in seinem Blick, die ihn erschüttert. Diese Augen, die er anders kannte, vor gerade mal einem Tag, als der Polizist sein Kamerad war, sein Beschützer.

»Verdammt«, stößt der Mann hinter dem Maschinengewehr hervor. »Das ist … Mike.«

Karsten Seiks befreit sich aus Roberts Griff, der lässt ihn gewähren, erschüttert von dem, was geschieht. Der Polizist macht einen Schritt, dann einen zweiten, geht voran, auf Fegin zu, Meter um Meter. Wie Tristan und Isolde sehen sie einander an, Fegin und Seiks, denkt Robert, wie Tristan und Isolde in dieser Heiner-Müller-Inszenierung, was für ein Wahnsinn. Er kommt gar nicht auf die Idee, seine Pistole zu benutzen. Er hat schon vergessen, dass er sie überhaupt in der Hand hält.

Die beiden Männer, der Tote und der Lebende, kommen sich immer näher, Meter um Meter, ohne Angst, und mit jedem Schritt wird es auch dort hinten auf dem Platz stiller, bis das Wimmern schließlich verstummt. Seiks, mit Tränen in den Augen, verfällt in eine Art Stechschritt, links, rechts, links, rechts. Vielleicht machen die das so bei der Polizei?, denkt Ben Lieving.

Der Körper von Fegin ist hoch aufgerichtet, seine Bewegungen sind klar, die Schritte präzise wie die von Seiks. So gehen sie die letzten Meter aufeinander zu. Fegins rechter Arm hebt sich nun, leicht zitternd nach oben, die Finger eng aneinander gepresst, zu seinem Schädel, und dann, als sie nur noch eine Atemlänge voreinander stehen, salutiert Fegin vor Seiks, und Seiks erwidert diesen Gruß: Jetzt stehen sie da, in einem Moment ohne Zeit, und alle begreifen, was es bedeutet. Keiner der Männer denkt mehr an seine Waffen, und auch die Toten sind ruhig und scheinen Frieden zu geben.

Robert denkt: Vielleicht muss man die Welt ja gar nicht retten. Vielleicht ist sie nur etwas anders, als sie vorher war.

Fegins Mund öffnet sich, seine Augen schreien die Worte, die er nicht mehr sagen kann.

»Schon gut«, sagt Seiks. »Es ist schon gut.«

Dann legt er seine Arme um Fegin, er schließt die Augen, damit keine Tränen mehr fließen, und mit einem einzigen Ruck verdreht er Mike Fegins Hals, um 180 Grad, dann mit einer fast zärtlichen Bewegung noch weiter, bis sich der Körper vom Kopf löst und mit einem lächerlichen Geräusch auf den Boden fällt.

Robert erwacht als Erster aus der Trance. Er macht Ben ein Zeichen, ruft: »In den Wagen!«, und hechtet zu dem Kia, reißt Sarah an seiner Hand mit sich, drückt sie auf die Rückbank, schiebt sich hinterher. Ben gleitet hinter das Lenkrad. Er ist der Kameramann, er fährt. Manche Dinge ändern sich nie.

Ben prügelt den Rückwärtsgang rein, gibt Vollgas, der Wagen donnert nach hinten. Ein Mann schlägt gegen das Blech, versuchte, sich festzukrallen, und wird abgeschüttelt. Der Kia rollt über einen Bordstein oder einen Körper oder beides, Ben hält den Fuß auf dem Pedal, das ist die einzige Chance. Sie müssen schnell weg, denn die Wand der Toten auf dem Platz hat sich in diesem Augenblick aufgelöst. Sie sind fast schon bei Seiks, der jetzt verzweifelt versucht, zurück zu seinen Leuten zu kommen. Das Maschinengewehr beginnt wieder zu rattern. Das Letzte, was Ben von Seiks sieht, ist sein Arm, hoch in die Luft gestreckt, die Finger weit auseinandergerissen, der Rest seines Körpers bedeckt von den im Kugelhagel sterbenden Toten.

Ben reißt das Lenkrad herum, schaltet in den ersten Gang, tritt das Gaspedal bis zum Anschlag durch und peitscht den kleinen Wagen den Kottbusser Damm hinunter in Richtung Mitte. Im Rückspiegel sieht er das Schlachtgetümmel, doch schon bald sind das »Kommando Mike Fegin« und die Toten so winzig wie Figuren in einem absurden Diorama.

»Gut gemacht!«, ruft Robert nach vorn, doch im Rückspiegel erkennt er die Sorge in Bens Gesicht.

»Wie sollen wir durch die Mauer kommen? Mit dem Wagen, meine ich?«

Robert schüttelt den Kopf.

»Es gibt keine Mauer mehr.«

»Keine Mauer? Aber wie kann das sein?«

Doch jetzt sieht Ben es schon selbst, ein paar Hundert Meter vor ihnen. Bis über die Brücke über den Landwehrkanal haben sich die Mauerstürmer vorgearbeitet. Die ersten Gebäude dahinter sind eingenommen, Menschen tanzen auf den Dächern, aus den Fenstern in den oberen Stockwerken werden Möbel geworfen, Tische, Stühle, Sofas, ein Flachbildschirm landet direkt vor ihnen. Ben weicht den Hindernissen immer wieder aus, rast fast in eine brennende Straßensperre, vor der ein paar junge Kerle tanzen; einer schlägt mit einem Golfschläger immer und immer wieder auf etwas ein, das irgendwann einmal ein Mensch gewesen war. Als er den Kia bemerkt, lässt er von dem Ding auf dem Asphalt ab und schleudert das Eisen in Richtung Wagen. Er trifft die hintere Seitenscheibe, die zerbirst, und Ben hört, was der Mann brüllt: »Ey, falsche Richtung, ihr Feiglinge! Falsche Richtung!«

Sie rasen über die Brücke, in einem irrwitzigen Slalom um Menschen, Tote und Autos. Körper werden gegen das Auto geschleudert. Egal, es ist egal, denkt Ben, hier kann ohnehin keiner mehr entscheiden, wer noch lebt und wer schon tot ist. Nach ein paar Hundert Metern sind sie am Kottbusser Tor, diesem absurden Kreisverkehr, wo die Gleise der Hochbahn die Straße überqueren. Oben an der S-Bahn-Station stehen Menschen, lebende Menschen, sie werfen brennende Flaschen in eine Gruppe von Toten, die sich von der Skalitzer

Straße nähern, bejubeln jedes ihrer Opfer, das in Flammen aufgeht. Dann sieht Ben die Körper über sich. Zwanzig, eher dreißig, die an langen Drähten vom Metallskelett der S-Bahn-Trasse herabhängen, nebeneinander, jeweils mit einem blutigen Einschussloch im Vorderkopf. Ben begreift: Was sie vor dem Haus in der Weserstraße gesehen haben, am Hermannplatz, ist nur ein Vorspiel gewesen, das harmlose Geplänkel vor der Apokalypse.

»Fahr links!«, schreit Robert, »wir müssen um die Oranienstraße herum, dort haben wir keine Chance. Nimm die Seitenstraßen Richtung Moritzplatz, dann sehen wir weiter.«

Doch selbst in den Nebenstraßen toben die Kämpfe, nur mit dem Unterschied, dass hier die Toten im Vorteil sind. »Da«, ruft Ben. Eine junge Frau, fast noch ein Mädchen, mit grün gefärbten Haaren versucht, eine braune Flasche Bier in der Hand, vier Männern zu entkommen, aber sie haben sie eingekreist, torkeln immer näher. Im Vorbeifahren feuert Robert die Pistole ab, einer der Angreifer stürzt, doch davon nehmen die anderen keine Notiz, drängen ihr Opfer an eine Wand, stoßen animalisches Triumphgeheul aus.

Robert sieht Sarah an. Ihre Augen sind geschlossen, sie sitzt einfach da, wie erstarrt. Er nimmt ihr Gesicht in beide Hände, es ist blasser denn je. Der Mund ist halb geöffnet, ein Speichelfaden läuft am Kinn herab.

»Fahr schneller!«, ruft er nach vorn. Er schüttelt Sarah, kneift ihr in den Arm, sofort wird die Stelle blau. Endlich erwacht sie, schlägt ihre Augen auf, doch der Blick geht durch ihn hindurch. Kein Schmerz, keine Wehmut, keine Angst. Nur Leere.

Dann bewegt sich ihr Mund. Ihre Stimme ist ganz ruhig.

»Wo fahren wir denn hin?«

»In die Charité. Da können sie dir helfen.«

»Wie stellst du dir das vor?«

»Sie haben das Gegenmittel, das habe ich dir doch erzählt. Verdammt, Sarah! Du weißt doch ...«

»Und dann?«

»Wie: Und dann?«

»Wie soll es dann weitergehen?«

»Wir müssen weg aus Berlin! Wir fliegen auf die Insel. Ben, du und ich. Und da bleiben wir, bis das hier alles ...«

»Bis alles überstanden ist?«

»Ja. Bis sie das wieder im Griff haben.«

»Sie?«

»Die Behörden, der verfluchte Sentheim, die Bundeswehr, der Katastrophenschutz ...«

Er weiß, dass das unmöglich ist.

»Es sind zu viele«, sagt Sarah. »Wir sind zu viele.«

»Aber ...«

»Jeder Tote schafft neue Tote, die neue Tote schaffen, die neue Tote schaffen ...«

»Aber wenn Schadeck das Gegenmittel hat ...«

»Zu spät, viel zu spät. Vor zwei Wochen vielleicht. Aber jetzt ...«

»Die Mauer hätte nie fallen dürfen.«

»Die Mauer hätte nie gebaut werden dürfen.«

Dann fällt sie zurück in ihren Vortodesschlaf.

Über die Prinzessinnenstraße stoßen sie auf das kurze Stück der Oranienstraße vor dem Moritzplatz. Sie sind jetzt schon jenseits der ehemaligen Kontrollierten Zone.

Mein Gott, denkt Robert, man sieht nicht einmal mehr, wo die verdammte Mauer gestanden hat!

Von der Rudi-Dutschke-Straße kommen ihnen noch Autos und Lastwagen entgegen, aber längst nicht mehr so viele wie noch eben, und die, die darin sitzen, jubeln nicht mehr, schwenken keine Waffen und Fahnen. Robert sieht, wie sich die Euphorie der Zonenstürmer in etwas anderes verwandelt: Angst. Entsetzen und Panik. Denn von der anderen Seite, vom Oranienplatz, strömen die Infizierten, Hunderte, Tausende, aus dem Gefängnis, das einmal ihre Heimat gewesen war, hinein in die Stadt, ins Reich der Lebenden, und töten dabei alles, was sich ihnen in den Weg stellt. Spätestens jetzt wird Robert klar, dass keiner aus Seiks' Gruppe mehr am Leben ist, wahrscheinlich nicht einmal jemand von denen, die eben noch auf den Gleisen über dem Kottbusser Tor ihren Veitstanz aufgeführt haben. Die Toten werfen sich vor die Autos, stürzen sie um wie Spielzeug, Fäuste zerschlagen Fenster, Hände greifen hinein und zerren hinaus, was sich schreiend gegen die Polster drückt, versteckt, versucht, sich klein zu machen. Der Moritzplatz füllt sich mit Leichen, und schon bald werden sie sich erheben und sich den anderen anschließen auf ihrem Marsch in die Stadt.

Ben lenkt den Wagen quer über die Grünfläche auf den Kreisverkehr in die Heinrich-Heine-Straße, auf der die ersten Toten wie die Vorhut einer Bettlerarmee in Richtung Jannowitzbrücke wanken, abgerissen, blutverschmiert, verstümmelt. Eine trostlose Prozession auf einer schäbigen Ausfallstraße, die an Nachwende-Geschäftshäusern und graubunten Westplattenbauten mit winzigen Balkonen, auf denen die mutigsten der eingeschlossenen Bewohner das Spektakel beobachten, vorbeizieht. Zum ersten Mal sehen sie Menschen auf der Flucht, gewöhnliche Menschen. Männer und Frauen, die ihre Kinder in die Autos scheuchen, mit panischem Blick auf die sich nähernden Toten.

Als sie die Kreuzung zur Köpenicker Straße erreichen, sieht Robert, wie vier Mädchen und ein Kerl mit blondem

Bart aus einem Kellereingang hinter einer Stahltür hervorkommen, müde, abgekämpft, aber lebendig. Sie haben ihre Clubnacht im Sage begonnen und wollen jetzt weiterziehen. So eine Scheiße, denkt Robert, das könnten wir sein, wir drei. Christian, Sarah und er vor zehn Jahren. Sie reden alle gleichzeitig, planen, wo sie weiterfeiern, weitertrinken, weiterkoksen, und sehen nicht, was um sie herum geschieht, wie von links ein Mann heranwankt und sich auf den Bartträger stürzt.

In der Brückenstraße wird die Fahrbahn enger, die Häuser höher. Wer dieses Nadelöhr nicht im Auto hinter sich lassen kann und zudem nicht bewaffnet ist wie Robert, der jetzt ständig auf die Angreifer feuert, hat keine Chance, das Ende der Straße und die dahinterliegende Brücke zu erreichen.

»Mach das Radio an«, ruft er zu Ben. Der drückt auf die Stationswahl. Nichts. Drückt weiter, flucht. Schließlich hören sie etwas, eine schnarrende Stimme wie aus einem Militärfilm: »... sind aufgefordert, Ihre Häuser oder Wohnungen unter keinen Umständen zu verlassen, oder diese unverzüglich aufzusuchen, die Türen sicher zu verschließen. Ich wiederhole: Verlassen Sie auf keinen Fall Ihre Häuser oder Wohnungen, bis die Sicherheitskräfte die Lage wieder unter Kontrolle gebracht haben!«

»Nächster Sender!«

Ben drückt wieder auf die Taste.

»... ist es bis auf Weiteres nicht erlaubt, das Gebiet des Landes Berlin zu verlassen. Die Flughäfen Tegel und Willy Brandt haben ihren Betrieb vorübergehend eingestellt. Es verkehren keine Züge von und nach Berlin. An den Autobahnen und übrigen Zufahrtsstraßen ins Land Brandenburg sind Checkpoints durch das Potsdamer Innenministerium eingerichtet worden.«

»Weiter!«

»... Innensenator des Landes Berlin, Olaf Sentheim, schon bald in einer Erklärung weitere Erläuterungen zu diesen Beschlüssen geben ...«

Keiner von ihnen sagt ein Wort, bis sie an den Alexanderplatz kommen. Das Flackern von Blaulichtern erhellt die Fassaden der Häuser, Dutzende Polizeiwagen, Mannschaftstransporter und Wasserwerfer stehen um die absurd hässliche Weltzeituhr. Für einen Moment ist Robert unendlich erleichtert. Doch dann sieht er den See aus frischem Blut, in dem die Fahrzeuge stehen.

»Völker der Welt, schaut auf diese Stadt«, sagt Ben.

»Besser nicht.«

36

Es war Sentheims Kardiologe gewesen, der ihm die Spaziergänge empfohlen hatte. Normalerweise hätte Sentheim freundlich genickt und die Sache vergessen. Aber bei diesem Termin war seine Frau dabei gewesen, die vieles ertrug und tolerierte, aber keinen Spaß verstand, sobald es um seine Gesundheit ging. Von einem Züchter in Brandenburg hatten sie einen Rauhaardackel gekauft, den Sentheim ›Sixtus‹ taufte. Jeden Morgen, bevor er sich an den Schreibtisch setzt, und spätabends nach getaner Arbeit geht er seither mit dem Tier spazieren, im Sommer wie im Winter. Nach zwei Jahren hat er sich so an dieses Ritual gewöhnt, dass es ihm fast nichts mehr ausmacht, und manchmal bereitet es Sentheim sogar Freude.

Heute nicht. Schon seit sie den Bungalow verlassen haben, schnüffelt Sixtus auffällig nervös herum. Ganz auf die Fährte konzentriert, denkt Sentheim. Wahrscheinlich ein Fuchs.

Vor drei Stunden hatte der Senat mit sofortiger Wirkung beschlossen, in den Hochbunker von Wannsee umzuziehen, obwohl Sentheim unmissverständlich zum Ausdruck brachte, dass er die Aktion für unnötig und feige hielte. Doch der Regierende zeigte sich wieder einmal als ängstlicher Taktierer, zu jedem Kompromiss bereit, wenn es nur dem eigenen Vorteil diente. Aber auch unter seinen Kollegen fand Sentheim keinen, der mit ihm im Roten Rathaus bleiben wollte. »Nicht in dieser Situation!« Schließlich gelte es, »die Sicherheit der Angestellten zu gewährleisten« und die »Handlungsfähigkeit der Landesregierung« aufrechtzuerhalten. Solches und Ähnliches hatte er von den anderen zu hören bekommen. Genau das habe auch die Bundesregierung vor ihrer Abreise nach Bonn gesagt, entgegnete Senthein daraufhin, in vollem Bewusstsein, wie sehr der Bürgermeister die Kanzlerin verachtete. Und tatsächlich bebte der Regierende vor Zorn. Wutschnaubend und mit einem Blick, der dem Senator fast Respekt abforderte, fuhr er ihn an.

»Hören Sie, Sentheim«, sagte er, »die Lage ist so, dass der Mob inzwischen den Schutzwall um die Kontrollierte Zone geschleift hat, Himmelherrgott. Und dass nach ersten Schätzungen mehr als zweihunderttausend Bürger neu infiziert sind, innerhalb weniger Stunden. Und dass überall im Innenstadtbereich, sogar schon am Kurfürstendamm, Straßenschlachten toben. Und für solche Situationen sind am Ende Sie verantwortlich, Herr Innensenator, das ist Ihnen wohl klar?«

»Ja«, erklärte Sentheim und versuchte, möglichst ruhig zu bleiben, »genau deswegen muss ich in der Stadt bleiben und darf nicht mit nach Wannsee gehen.«

»Sie lernen es nie«, sagte der Regierende und beendete die Diskussion.

Der Halensee glitzert im Mondlicht, aber dafür hat Sentheim heute keinen Blick. Der Hund zerrt an der Leine, der Senator hat Mühe, das aufgebrachte Tier zu halten. Er gibt knappe Befehle, doch Sixtus vergräbt seine Schnauze tief in das Laub, verfolgt eine Spur, schlägt Haken. Von seinen Lefzen tropft Speichel, immer wieder hebt das Tier den Kopf, schaut seinen Herrn an und jault. Sentheim nimmt die Leine kürzer. Es hat sich abgekühlt, und wie üblich schmerzt die Wunde hinter der Augenklappe.

Dann schießt der Hund los.

Der Ruck ist so heftig, dass die Reibung der Lederleine Sentheim den Handballen verbrennt, bevor er sie loslässt. Fluchend läuft er Sixtus hinterher, der auf eine Böschung zurast. Der Senator, ganz bestimmt kein Sportler, übersieht im Dunkeln die Wurzel einer Weide neben dem See, strauchelt und fällt der Länge nach ins Laub. Als er aufsteht, pocht sein rechter Fuß, aber er kann auftreten. Wütend schaut er an sich hinab: Die rechte Seite seines Jacketts ist eingerissen, die Hosenbeine an den Knien schwarz vor Dreck. Er klopft sich ab, so gut es geht, streicht das dichte, weiße Haar nach hinten.

Wo ist der Hund?

Der verfluchte Hund.

Das Gebüsch bewegt sich.

Als Sentheim es erreicht, sieht er die Leine zwischen den Herbstblättern. Er nimmt sie, zieht, doch das Tier zerrt in die andere Richtung, hinein in den Fuchsbau. Also geht er auf die Knie, die Hose ist ohnehin ruiniert, und ruckt an dem Leder. Endlich bewegt sich der Hund ein Stück zurück. In dem dornigen Gebüsch, einem Sanddorn, sieht er den Schwanz des Tieres, sein Hinterteil.

Wie entwürdigend. Wie ekelhaft.

Doch kaum verringert er den Zug, gräbt sich das Tier tiefer in sein Versteck. Der Hund ist störrisch. Der Senator verliert die Geduld, er kriecht nach vorn, er will Sixtus am Schwanz packen, dann wird er schon parieren.

Denn bist du nicht willig, so brauch' ich Gewalt!

Ein Zweig schlägt Sentheim ins Gesicht, die Dornen stechen und reißen kleine Wunden, bleiben stecken. Das Tier ist jetzt zum Greifen nah, vielleicht eine Handlänge noch. Genau kann er das nicht einschätzen. Mit seinem Auge hat er die Fähigkeit verloren, räumlich zu sehen. Der Senator robbt voran, steckt bis zu den Schultern in dem Busch. Das Band seiner Augenklappe verhakt sich in den Zweigen, reflexartig dreht er sich, will sich befreien, da reißt das Gummi, die schwarze Klappe fällt auf den Boden.

Scheiße.

Er tastet nach dem Hund, will ihn packen, doch der windet sich immer tiefer in den Bau, vor Mordlust heulend. Überall blutet nun sein Herrchen. Die weißen Haare verfangen sich in den Ästen und Ästchen, sind zerzaust und schmutzig.

Dann eben nicht!

Lächerlich genug, hier auf allen vieren über den Boden zu rutschen, wenn überall in der Stadt Menschen sterben. Menschen, deren Leben er retten kann, weil die anderen es ja eben nicht können. Mit dem Schmerz und der Wut steigen die Bilder auf: Sterb und der Bürgermeister, all diese Heuchler, immer auf den eigenen Vorteil bedacht, Kleingeister und Feiglinge. Die Stadt haben sie auf diese Art zugrunde gerichtet, diese fantastische Stadt, die so harte Zeiten hinter sich hat, die immer schon mehr ertragen musste als alle anderen deutschen Städte. Ein bitterer Geschmack steigt in seinem Gaumen auf, Tränen, aber nicht aus Verzweiflung, sondern Tränen der Wut und des Trotzes. Ja, er macht es auf seine Art, verflucht nochmal, dafür muss er auch den Karren aus dem Dreck ziehen. Um die Stadt zu retten, müssen Opfer gebracht werden, dafür darf man auch lügen, vor allem, wenn die Wahrheit so schrecklich ist, dass sie besser verborgen bleibt. Schlechtes tun, um Gutes zu erreichen. In diesen Zeiten, warum nicht?

Vorsichtig kriecht Sentheim aus dem Strauch, ganz langsam, um sich nicht noch mehr zu verletzen. Sein rechter Fuß scheint verstaucht zu sein, und auch die leere Augenhöhle tut weh, weil das Blut in das vernarbte Gewebe gepumpt wird. Er richtet sich auf, dreht sich um und humpelt ein paar Schritte zur Straße, die im warmen Licht der Gaslaternen liegt. Oben sieht er drei Männer, die aufgeregt miteinander reden, sich zunicken, dann auf ihn zeigen. Dann erkennt er, was sie in ihren Händen tragen: Baseballschläger.

Von hinten trottet der Hund heran, mit eingezogenem Schwanz.

Olaf Sentheim sagt leise: »Brav, mein Junge!« Er tätschelt das Tier und geht in Richtung Licht, vollkommen mit sich im Reinen, überzeugt, recht zu haben, und es ist ihm absolut klar, dass er keine Chance hat gegen die Männer und die Keulen, die sie jetzt schwingen, während sie auf ihn zukommen.

37

flugprotokoll polizeihelikopter ec 135/T2
kennung »wotan«
uhrzeit: 2225 – 2255

flughöhe 575 fuß. bereich stadtautobahn/halensee
vorbereitungen zur sprengung der straßenbrücken über die a 100 (stadtautobahn) durch behördliche einsatzkräfte. platzierung von sprengkörpern am westlichen brückenkopf.

flughöhe 750 fuß. bereich savignyplatz
massive ansammlung von infizierten (grobe schätzung: 5000 bis 7000, wiederhole 5000 bis 7000) jetzt bis in den bereich oberer kurfürstendamm/kantstraße/heerstraße. infizierte treffen auf aus der innenstadt flüchtende zivilisten, deren pkw sich bereits ab großer stern und tauentzien auf allen sechs fahrspuren stauen. etliche zivilisten (männlich, weiblich, kinder) haben fahrzeuge verlassen und versuchen, zu fuß in richtung westen (spandau) zu entkommen. dutzendfache zusammenstöße mit infizierten personen. zahl der opfer nicht abzuschätzen, wiederhole: zahl der opfer nicht abzuschätzen.
heftige kampfhandlungen zwischen infizierten und polizeikräften in den seitenstraßen auf höhe des savignyplatzes. immer wieder zivilpersonen in die kämpfe verwickelt, die teilweise straßensperren mit quer zur fahrbahn geparkten lkw/pkw errichtet haben. permanentes feuer aus automatischen

und halbautomatischen schusswaffen, sowohl durch sicherheitskräfte als auch durch zivilisten. einsatz von flüssigen, brennbaren stoffen von der s-bahn-traverse auf die darunter führenden straßen durch einheiten der berliner polizei, um weiteren vormarsch der infizierten zu stoppen. dadurch entstehen kollateralschäden an wohngebäuden im bereich der uhlandstraße. grobe schätzung: mehr als 40 (wiederhole 40) häuser zwischen uhlandstraße und adenauerplatz in flammen. feuer breitet sich rasch in östliche und westliche richtung aus.

flughöhe 600 fuß. bereich wittenbergplatz
massive plünderungen im kaufhaus des westens (kadewe) am tauentzien. dutzende personen verlassen das gebäude durch die ausgänge passauer straße und wittenbergplatz mit offensichtlich erbeuteten elektronikgeräten, kleidung, schmuck etc. Immer wieder tätliche auseinandersetzungen, teilweise unter einsatz von schlagwaffen, zwischen offensichtlich rivalisierenden plünderern. weiterer zustrom von infizierten aus richtung nollendorfplatz. zahl der opfer nicht abzuschätzen (wiederhole: nicht abzuschätzen). massive rauchentwicklung im oberen stockwerk des gebäudes kadewe, gruppe von ca. 15 personen auf der dachterrasse, mit weißen tüchern winkend.

flughöhe 600 fuß. bereich westlicher tiergarten
erhebliche sichtbehinderung durch extrem starke rauchentwicklung. teile des westlichen parkbereichs brennen, offensichtlich ausgelöst durch den einsatz von flammenwerfern von einem polizeieinsatzfahrzeug. direkter überflug tiergarten nach norden, richtung straße des 17. juni nicht möglich. dort offensichtlich extrem große, wiederhole: extrem große ansammlung von infizierten personen.

flughöhe 450 fuß. bereich: brandenburger tor/unter den linden west
mindestens 10 000 infizierte rund um den pariser platz, bewegen sich zielstrebig in richtung west (straße des 17. juni). massiver dauerbeschuss aus den gebäuden der botschaft der gus (russische botschaft). militärs sichern eingangsbereiche nach unter den linden, scharfschützen in den oberen drei stockwerken des gebäudes. offenbar auch einsatz von schweren waffen, inklusive panzerabwehrgeschossen. Immer wieder einschlag von granaten auf der straße unter den linden. ausweichmanöver nach scharf nord nach beschuss durch ein flugabwehrgeschoss, einschlag des detonationskörpers im brandenburger tor. massive schäden, wiederhole: massive schäden. zweites geschoss trifft brandenburger tor erneut, teileinsturz, wiederhole: teileinsturz!

flughöhe 660 fuß. bereich alexanderplatz/torstraße
kein sichtkontakt mehr zu einsatzkräften der berliner polizei. großgruppen von infizierten bewegen sich ungehindert über torstraße und schönhauser allee in richtung nordwest (mitte/wedding) und osten (prenzlauer berg/friedrichshain). feuer in den mittleren stockwerken des hotelgebäudes park inn.

flughöhe 1080 fuß. fernsehturm
achtung: mehrere personen in restaurantkuppel, wiederhole: mehrere personen in kuppel des restaurants fernsehturm.

flughöhe 540 fuß. bereich oranienplatz
eintritt in das gebiet der ehemals kontrollierten zone. sicherungsanlagen komplett zerstört. keinerlei kampfhandlungen, kein sichtkontakt zu infizierten, einsatzkräften oder zivilisten. keine fahrzeugbewegungen.

flughöhe 450 fuß. bereich kottbusser tor
straßenzüge in richtung ost (friedrichshain), nord (mitte), west (tiergarten), süd (neukölln) menschenleer.

flughöhe 480 fuß. bereich hermannplatz
mündungsfeuer auf zwölf uhr. einzelne person, männlich, an einem militärischen maschinengewehr, montiert auf einem zivilen kleintransporter. dauerfeuer in richtung kaufhausgebäude. kein ziel auszumachen, wiederhole: kein ziel auszumachen. person eröffnet feuer auf polzeihubschrauber wotan.

flughöhe 1050 fuß. bereich hasenheide
neues flugziel: bettenhaus charité, campus mitte. neuer auftrag: personentransport.

bericht ende.

38

Ben stoppt den Kia auf der Zufahrt für Krankenwagen, direkt neben der Eingangstür des Bettenhauses der Charité.

»Da sind wir«, sagt er. Im Rückspiegel sieht er Robert, doch etwas ist merkwürdig, anders. Dann erkennt er es: Die Bartstoppeln im Gesicht seines besten Freundes sind nicht rötlich wie sonst. Sie sind grau, nein, fast weiß. Bens Hände zittern, die Schlüssel klimpern laut, als er sie aus dem Zündschloss zieht.

Robert öffnet die hintere Tür des Wagens und steigt aus, die Pistole in der Hand. Er checkt die Lage. Weiter hinten in Richtung Hamburger Bahnhof sieht er eine kleine Gruppe von Infizierten, vielleicht vier oder fünf, aber sie sind viel zu weit entfernt, um ihnen gefährlich zu werden. Ansonsten ist die Straße leer, bis auf ein paar auf der Fahrbahn geparkte Autos. Das Bettenhaus ragt vor ihm in die Höhe, ein quadratischer Kasten, einundzwanzig Stockwerke hoch, über achthundert Betten, eine Heilfabrik, hervorgegangen aus einer Pestklinik.

Ein Monstrosität.

Der einzige Ort auf der Welt, an dem sie auf Rettung hoffen können.

»Hilf mir, schnell«, ruft Robert Ben zu, und gemeinsam ziehen sie die bewusstlose Sarah aus dem Auto, nehmen sie zwischen sich. Ben tritt gegen die Tür, sie schwingt auf, und dann stehen sie in der riesigen, menschenleeren Empfangshalle. Auf dem Boden dunkle Schlieren, getrocknetes Blut.

Vor einem breiten Empfangstresen einige Körper, die Schädel abgetrennt oder eingeschlagen.

Wenn sich die ganze Stadt in eine Totenhalle verwandelt, wozu braucht man dann noch ein Krankenhaus?, denkt Robert, und für einen Moment verliert er den Mut. Er hat zum ersten Mal das Gefühl, dass alles von Anfang an vergebens war und dass er Sarah endgültig verloren hat. Die Sarah, die er nie so geliebt hat, wie sie es verdient hätte. Die Sarah, die er mehr liebt denn je, jetzt wo es zu spät ist.

Dann sieht er den Zigarettenqualm, der sich hinter dem Empfangstresen zur Decke kräuselt.

»Da!«, sagt jetzt auch Ben, und gemeinsam schleppen sie Sarah zu dem Tresen.

Die blonde Dauerwelle der Frau ist ausgewachsen und schlecht gefärbt, der schwarze Ansatz sicherlich fünf Zentimeter tief. Sie hockt auf einem Drehstuhl hinter ihrem Tresen, neben sich eine gigantische Golftasche mit blutverschmierten Schlägern, vor ihr ein Aschenbecher, randvoll. Zwischen den Lippen hängt eine glühende Zigarette, die auf und ab hüpft, während sie spricht.

»Ja, ja, eigentlich ist hier Rauchverbot. Aber wissen Sie was? Das ist mir scheißegal. Wenn es Sie stört, dann beschweren Sie sich doch. Kratzt mich nicht. Seit heute Nachmittag ist mir alles so was von egal. Da kommt plötzlich so'n Typ rein, mit seiner Freundin. Er Baseballkäppi schräg auf dem Kopf, Hosen fast bis auf die Knie runter. Das Mädchen die Augen voller Kajal, schwarz wie die Nacht. Der fehlte die Nase und ein Ohr. ›Ja‹, sagt er, ›wir waren da am Oranienplatz und sind ein Stück rein in die Zone, nur um mal zu gucken‹. Dann, meint er, wär aus 'ner Ecke einer von den Türken auf das Mädchen zugesprungen und hätte es gebissen. Sagt er: ›Wo ist denn jetzt hier die Notaufnahme?‹«

Die Frau pult fransigen Tabak aus einer großen Dose und stopft ihn in eine schwarze Stopfmaschine, auf die sie eine Zigarettenhülse steckt.

»Dann kamen immer mehr mit den Türken-Bissen. Finger ab, Wade angenagt, überall Bisswunden und Löcher. Einer hielt sich sein Gedärm mit den Händen noch so gerade im Bauch ...«

Mit einem schnellen Ruck presst sie den Tabak in die Hülse, zieht sie ab, betrachtet das Ergebnis mit einem kritischen Blick, streicht das Papier glatt, klopft die Zigarette mit dem Filter auf den Tisch und scheint dann endlich zufrieden sein.

»Und je mehr von denen hier rein sind und nach oben auf die Betten verteilt wurden, umso mehr von den feinen Herren Ärzten kamen runter. Hat nicht mal drei Stunden gedauert, da war hier vom Personal niemand mehr da. Bis auf die paar mit den ganz großen Heldenherzen, die Weltverbesserer. Alle anderen sind abgehauen, haben alles stehen und liegen lassen.«

Die Frau zündet sich die Zigarette an.

»Ich bin dageblieben. Warum? Nicht, weil ich hier irgendwie helfen kann. Würde ich auch gar nicht wollen. Sind für mich nämlich alle selber schuld, die da in die Zone gestürmt sind. Aber wo soll ich denn hin? Ich wohne in Schönefeld hinter dem Flughafen. Die Straße ist genauso dicht wie damals vor der Wende. Also, laufe ich etwa durch die Stadt wie 'ne Blöde, jetzt wo die ganzen Irren da unterwegs sind mit ihren abgebissenen Schultern? Na, sicher nicht. Ich bleibe hier. Auf mich wartet keiner, und ich warte auf keinen. Ich sitz das hier einfach aus.«

Sie dreht sich auf ihrem Bürostuhl, greift hinter sich und hält eine Flasche Cognac in der Hand.

»Hätte auch Wodka, Whisky und Champagner da. Wisst ihr, woher?«

Sie drückt die Zigarette aus.

»Aus den Chefarzt-Büros! Die kriegen das ganze Zeug von ihren Privatpatienten. Kartonweise steht das da rum, so viel können selbst die Herren Doktoren nicht trinken. Also ich nicht dumm und rein da, kleine Inspektion. Denn ich habe ja schließlich den hier!«

Sie hält einen Metallring hoch, an dem Schlüssel und Chipkarten klimpern.

»Hat mir der Hausmeister dagelassen. Hier, kannste vielleicht gebrauchen, Margitta, hat er gesagt, und dann ist er weg. Und ich bin erst einmal versorgt. Mit dem hier für den Mut« – sie hebt den Pappbecher – »und dem da für alles Weitere«. Sie zieht einen der Golfschläger aus der Tasche und schwingt ihn über ihrem Kopf.

Sie leert den Pappbecher in einem Zug und zündet sich sofort eine neue, frisch gestopfte Zigarette an.

»Aber jetzt zu euch.«

Die Frau nickt mit dem Kopf in Richtung Sarah.

»Hier ist keiner mehr, der eurer Prinzessin aus dem Morgenland da helfen kann. Die Einzigen, die da oben noch sind, sind die Gebissenen und die, mit denen sie gekommen sind, oder besser gesagt, das, was aus denen geworden ist. Also ich ...«

Robert verliert die Geduld. Sie müssen weiter.

»Wir wollen Professor Andreas Schadeck ...«

Grauer Rauch strömt langsam aus der Nase der Frau.

»Also der ist noch da. Auf jeden Fall ist er hier nicht vorbeigekommen.«

»Und wo finden wir ihn?«

»Nehmen Sie den linken Aufzug, der sollte noch funktionieren. Einundzwanzigster Stock. Das ist ganz oben. Viel Glück.«

Ben, mit Sarah im Arm, hämmert bereits mit der Faust auf den Rufknopf, Robert sichert, die Pistole im Anschlag, als sich die Türen aufschieben. Er sieht einen Schatten und feuert sofort, ohne nachzudenken. Blut spritzt an die hellblauen Stahlwände und läuft in einem bizarren Muster auf den Boden. Die Gestalt, ein Mann in weißem Kittel, sackt zusammen, Robert meint, in dem Gesicht so etwas wie Empörung zu entdecken.

»Einer von denen?«, ruft die Raucherin von ihrem Tresen.

»Ja. Sicher«, ruft Robert und denkt: *Nein!*

Weder er noch Ben schauen auf den Toten, während die Kabine ruckelnd losfährt, die beiden Männer fixieren sich mit ernstem, finsteren Blick, auf keinen Fall wollen sie auf den Mann zu ihren Füßen sehen, den zweiten Lebenden, den Robert erschoss, um seine tote Liebe zu retten. Sie atmen schwer und laut, und doch meint Ben, Schreie zu hören, als sie Stockwerk um Stockwerk nach oben gleiten. Schreie und dieses laute, verfluchte Wimmern, das nun schon seit über vierundzwanzig Stunden an seinen Nerven zerrt. Aber vielleicht ist es auch schon so normal für ihn geworden, dass er es hört, obwohl es nur in seinem Kopf ist.

Was, wenn der Aufzug stecken bleibt, jetzt, so kurz vor dem Ziel? Wie viele Kugeln sind noch in der Pistole? Wie lange kann so eine verdammte Aufzugfahrt dauern?

Ein Klingeln, dann kommt der Aufzug zum Stehen. Endlich.

Sie ziehen Sarah aus der Kabine, vorsichtig um sich schauend. Doch dieser Ort ist vom Wahnsinn verschont: Der lange Flur, hellweiß gestrichen, ein paar leere, nicht bezogene Krankenbetten säuberlich an den Seiten, liegt vor ihnen, als ob es das Drama unten in der Stadt nicht geben würde. *Ausgerechnet hier*, denkt Robert.

Der Pfeil auf der Hinweistafel zeigt nach links, ein paar Minuten später stehen sie vor einer schweren Stahltür, an der Wand daneben ein Schild mit Plastikbuchstaben.

Prof. Dr. Dr. Andreas Schadeck
Virologisches Labor
Zugang nur für autorisiertes Personal

Ben rüttelt an dem Metallknauf, doch Robert stößt ihn zur Seite und feuert auf das Schloss.

Ein Tritt, und die Tür fliegt auf.

Hinter der Tür liegt eine verglaste Schleuse, von der aus sie in einen überraschend großen Laborraum sehen können.

Darin zwei Männer. Der eine – Glatze, rahmenlose Brille, weißer Kittel – ist Schadeck, er erkennt Robert sofort. Neben ihm steht ein junger Mann in einem dunklen Anzug. Rote Aknenarben im Gesicht. Den habe ich auch schon einmal gesehen, denkt Robert, war das im Fernsehen oder bei einer Pressekonferenz?

Dann weiß er es: Es ist Böttcher, Sentheims persönlicher Referent.

Die beiden starren mit weit aufgerissenen Augen in ihre Richtung, auf Ben, auf Sarah, auf die Pistole. Schadeck hebt die Hände. Robert stößt die hintere Tür der Schleuse auf, dann stehen sie im Labor.

Ben lässt Sarah vorsichtig zu Boden gleiten.

Böttcher springt zurück. Sein Blick weicht nicht von der Pistole. Aber der Arzt kommt auf sie zu und beugt sich über Sarah.

»Aber das ist doch … das ist doch Frau Samir! Von der Talkshow. Mein Gott!«

Er sieht hoch zu Ben und zu Robert, dann hastig zu Böttcher. Schließlich an Robert gewandt:

»Wie lange ist es her?«

Robert nickt Ben zu, Ben antwortet:

»Zwölf Stunden.«

»Sind Sie ganz sicher?«

»Hundertprozentig.«

Schadeck schüttelt den Kopf.

»Dann ist es zu spät.«

Die Worte klingen in Roberts Ohren wie von einer Schallplatte, die mit halber Geschwindigkeit gespielt wird. Absurd gedehnter, zähflüssiger Wortbrei.

Zu spät, sagt Schadeck. *Zu spät.*

Was wäre früh genug gewesen? Und wo hat er die Zeit verschwendet? Die Antwort: überall. Im Büro, bei seinem Treffen mit Sterb, der Warterei auf dem Flughafen. Dieses idiotische Kinderspiel mit Christian. Der Stau auf dem Weg zum Oranienplatz. In der Weserstraße. Eben das endlose Gerede der Frau unten an der Rezeption …

Die Welt kollabiert, aber die Zeit bleibt die einzige Konstante. Immer gleich, grausam gleich. Unerbittlich.

Er sieht Schadeck an, wie durch einen Schleier, und ruft: »Nein! Verdammt noch mal! Nein!«

Aber Schadeck schüttelt seinen Kopf. »Es tut mir leid, aber ich kann nichts für sie tun, es ist einfach …«

Er sieht Roberts Blick. Er zögert. Seufzt. Dann bückt er sich erneut, greift mit einer Hand unter Sarahs Körper, dabei fällt seine Brille zu Boden.

»Helfen Sie mir. Sie muss auf die Liege dort.«

Zu dritt heben sie Sarah auf das Krankenbett.

Ihr Körper ist kalt und steif und tot.

Wieder schüttelt Schadeck den Kopf.

»Ich weiß nicht, ob ich …«

Robert unterbricht ihn. Er versucht es mit einer Lüge: »Sentheim schickt mich. Er hat gesagt, Sie sollen es testen. An ihr! Es sagt, wir haben keine Zeit zu verlieren!«

Böttcher schnaubt. Die Aknenarben pochen tiefrot. Alles

an ihm ist angespannt, auf dem Sprung. Die Pistole hält ihn in Schach, noch. Er zischt: »Sentheim? Sie und Sentheim? Ausgerechnet!«

»Das war der Deal«, lügt Robert weiter. »Das Serum für Sarah, und wir verschwinden. Kein Wort darüber, dass Sie alle – auch Sie, Böttcher – schon seit Tagen wussten, dass jeder infiziert werden kann. Ihr Mittel gegen unser Schweigen. Können Sie sich vorstellen, was mit Ihnen passiert, wenn die Leute draußen erfahren, was Sie ihnen verschwiegen haben? Und die Behörden in Bonn? Oder in Brüssel? Oder etwa in Ankara, in Damaskus? Das ist der Deal: Sie retten Sarah, und wir schweigen!«

Robert sieht Schadeck fest in die Augen.

Böttchers Stimme aber ist eiskalt.

»Wann? Wann haben Sie mit Sentheim gesprochen?«

»Eben erst, auf dem Weg hierher haben wir ...«

Der Referent lacht trocken.

»Sie lügen, Truhs! Schadeck, ich warne Sie, er blufft!«

Der Wissenschaftler sieht von Robert zu Böttcher.

»Und warum sind Sie da so sicher?«

»Weil Sentheim tot ist.«

Alle Farbe weicht aus Schadecks Gesicht.

»Und das erzählen Sie mir erst jetzt? Dass der Senator nicht mehr lebt? Aber wenn nicht er, wer ist dann ... verantwortlich ... für das hier?«

Böttcher zögert. Aber dann spricht er es aus, und seine Stimme ist fest und laut.

»Ich. Ich bin jetzt verantwortlich.«

Robert geht einen Schritt auf den Referenten zu, die Pistole im Anschlag.

»Keine schlechte Karriere, Böttcher, das muss ich sagen.«

»Halten Sie den Mund, Truhs. Sie haben schon genug Unheil angerichtet.« Dann zu Schadeck: »Dieses Serum darf auf gar keinen Fall an Frau Samir getestet werden. Für diese Leute ist es nicht gedacht. Es ist …«

»Diese Leute? Wie meinen Sie das?«

Robert hört eine Spur von Empörung in Schadecks Stimme.

Das ist gut.

Böttcher zieht den Arzt dicht zu sich heran: »Lassen wir es dabei, Professor. Ich weise Sie darauf hin, dass Sie als Mitarbeiter der Charité dem Senat unterstellt sind, und der Senat, das bin, hier und jetzt, verflucht noch mal, ich!«

Die Narben des Referenten sind so feuerrot, dass Robert fürchtet, sie könnten platzen. Mit dem Daumen entsichert er die Pistole.

Er wiederholt Schadecks Frage: »Wen meinen Sie mit: diese Leute?«

Böttcher spricht wie zu einem kleinen Kind.

»Truhs, wir testen das Mittel nicht an denen, die die Katastrophe ausgelöst haben. Ganz bestimmt nicht! Wir testen es an Deutschen und dann tritt der Roll-out-Plan in Kraft. Wir müssen Prioritäten setzen …«

»Das heißt, dass Sie so lange warten, bis nur noch die übrig sind, die Ihnen in den Kram passen. Ist es das, was Sie sagen wollen?«

Ben berührt Robert am Arm. Er zeigt auf Sarah.

»Da, ihre Hand …«

Eine Bewegung, eher ein Zittern.

Wie auf dem Video.

Robert dreht sich, richtet die Pistole jetzt auf Schadeck.

»Helfen Sie ihr! Sofort!«

Der Arzt hebt die Hände.

»Ich weiß wirklich nicht, ob es in diesem Stadium noch wirkt …«

»Finden Sie es heraus, Schadeck, oder ich erschieße Sie. Ich ... ich habe schon Menschen getötet. Es macht mir nichts mehr aus. Nicht das Geringste.«

Er sieht an Schadecks Blick, dass er ihm glaubt. Trotzdem sagt der Arzt: »Herr Truhs, es tut mir leid, aber ... aber ich kann nicht ...«

»Sie können nicht? Und warum, bitte? Was ist daran so schwer? Eine verdammte Spritze, Schadeck, mehr verlange ich nicht von Ihnen!«

Der Wissenschaftler dreht sich von der Liege weg zu einem beleuchteten Kühlschrank mit Glasfront, der in der Wand eingelassen ist.

»Kommen Sie einmal her ...«

Er deutet auf eine Reihe von mit Kugelschreiber beschrifteten Ampullen in einem Holzregal.

»Sehen Sie die in der Mitte da, auf der THX/1138 steht?«

»Ja.«

»Das ist das Ur-Serum. Das ist das, was einem Gegenmittel unserer Meinung nach am nächsten kommt.«

»Ihrer Meinung nach?«

»Ja. Diese Ampulle ist alles, was wir haben. Acht Wochen Arbeit, rund um die Uhr. Arbeit von den besten Wissenschaftlern der besten Klinik Deutschlands. Und es sind nicht mehr als zwei Dosen. Höchstens. Wenn ich Ihnen dieses Mittel gebe, es an diesen absolut hoffnungslosen Fall verschwende, dann ist es für alle anderen zu spät.«

In diesem Moment springt Böttcher auf, schreit: »Schadeck, schweigen Sie! Schweigen Sie sofort! Ich fordere Sie auf, nicht weiter über Dinge, die der absoluten Geheimhaltung unterliegen ...«

Bens Tritt in Böttchers Magengrube, perfekt platziert, genau zwischen Krawattenende und Hosenanfang, stoppt ihn.

Der Referent schwankt. Seine Arme rudern. Seine Hand greift nach irgendetwas, er findet schließlich Halt an einem Vorhang aus schwerem Plastik, reißt ihn im Sturz herab.

Dahinter: Ein gekachelter Raum.

In dem gekachelten Raum: eine Liege.

Auf der Liege: ein Säugling, höchstens vier Wochen alt. Ein Mädchen.

Weiße Lippen. Weiße Augen. Weiße Haare kleben an der Stirn. Weiße Haut, brüchig wie Papier.

Hunderte Einstichstellen, überall auf dem ausgemergelten Körper.

Die winzigen Hände und Füße sind mit Lederriemen an der Liege fixiert. Jetzt bewegt das Kind den Kopf, die Milchglasaugen suchen etwas, für einen Moment finden sie Roberts Blick, doch es hat keine Kraft, der Schädel fällt zurück auf das flache Plastikkissen, das Gesicht dreht sich zur Seite. Ein kurzes Wimmern, dann nichts mehr. Nur der schmale Brustkorb hebt und senkt sich, es atmet. Es lebt.

Ben, auf Böttcher hockend, starrt mit leerem Blick auf das Kind. Seine Augen füllen sich mit Tränen. Seine Lippen bewegen sich aber er findet keine Worte für das, was er sieht. Roberts Geist verlässt seinen Körper, wie in einem Fiebertraum, er ist ganz leicht, sieht alles als Zuschauer, sich selbst, Ben und Böttcher, Schadeck und die Liege, die Riemen und den Säugling. Die Szene brennt sich in sein Hirn, für immer wird sie in seinem Kopf sein, er wird ihr nie mehr entkommen. Dann schießt der Hass durch seinen Körper wie eine Flamme. Robert reißt die Waffe hoch, stößt sie mit aller Wucht Schadeck an die Schläfe. Der sinkt auf die Knie, hebt die Arme, die Geste ein Flehen.

»Um Gottes willen, Schadeck. Was ist das? Was haben Sie getan?«

Schadeck, bleich und zitternd, beginnt zu sprechen.

»Dieses Kind, Herr Truhs, ist der erste Mensch, bei dem wir den Lazarus-Virus festgestellt haben. Es wurde vor fünfundzwanzig Tagen in die Urban-Klinik eingeliefert.«

Ben unterbricht mit Zeitlupenstimme.

»Aber das ... dieses Baby, das ist doch eindeutig ... kein türkisches Baby!«

Er hat es immer noch nicht verstanden, denkt Robert, als sein Freund fortfährt: »Aber der Erste, das war doch dieser Türke, dieser Dealer ...«

Böttcher unter ihm lacht schrill auf.

Schadeck steht vorsichtig wieder auf, Robert tritt einen Schritt zurück, ohne die Waffe von ihm abzuwenden.

»Nein. Das Kind wurde zu Hause geboren, in der Skalitzer Straße. Der Vater, also, das war dann dieser Kriminelle, hat sich bei ihm infiziert, aber – und das ist interessant – natürlich nicht über einen Biss, das wäre ja nun auch« –Schadeck blickt auf den Säugling – »ganz und gar unmöglich gewesen.«

Robert schüttelt den Kopf, die Pistole liegt in seiner Hand, zentnerschwer.

»Das heißt, Sie haben die Bevölkerung von Anfang an ganz bewusst getäuscht? Nicht erst seit dem Vorfall, der auf dem Film zu sehen ist? Als das mit dem Arzt und der Schwester passierte? Sie wussten das schon vom ersten Tag an? Und Sie haben diesen Dealer zum Sündenbock gemacht? Und alle anderen gleich mit, Türken, Syrer, Libanesen, Marokkaner?«

»Hören Sie, Truhs«, ruft Böttcher. »Was wäre denn passiert, wenn man gesagt hätte, dass dieser Virus bei Kindern auftritt? Bei Neugeborenen? Können Sie sich das vorstellen? Wie Eltern darauf reagiert hätten?«

»Ja, das kann ich. Aber Sie scheinen noch nicht begriffen zu haben, was Sie damit angerichtet haben!«

Böttcher verzieht keine Miene: »Doch durchaus. Ich begreife das sehr gut.«

Schadeck schaltet sich ein.

»Wir wussten ja gar nichts, am Anfang. Und dann kamen tatsächlich immer mehr … nun ja, Migranten. Das war statistisch mehr als auffällig …«

Roberts Stimme klingt heiser.

»Statistisch auffällig.«

Böttcher windet sich unter Bens Körper: »Truhs, es ist doch allgemein bekannt, wie es damals bei HIV war …«

»Als man dachte, dass es nur die Schwulen bekommen?«

»Als die Seuche von Schwulen auf Normale übertragen wurde …«

Robert tritt zu Ben, reißt ihn von Böttcher herunter und schießt dem Referenten in den Oberschenkel. Blut strömt aus der Wunde. Böttcher schreit.

Gut so!

Er will ihn nicht töten. Er will nur, dass er leidet.

Schadeck fällt wieder auf die Knie, er zittert am ganzen Körper.

»Ich schwöre Ihnen … ich hätte …«

»Ja?«

»Sie müssen mich verstehen. Ich bin Wissenschaftler …«

»Ja.«

»Wir haben etwas Unglaubliches herausgefunden …«

»Und?«

»Hören Sie, Herr Truhs. Dieses Kind, dieses Mädchen, es ist etwas ganz und gar Außergewöhnliches. Seine DNA, also nach allem, was wir bis jetzt herausfinden konnten, ist sie nicht zuzuordnen. Wir können bei diesem Kind keinerlei dominante, nun, wie wir es nennen, *ethnische Marker* feststellen … Es ist die, es hat …«

»Sprechen Sie weiter!«

»Es trägt alles in sich, in einer absolut ausgewogenen Mischung. Dieses Kind ist, wenn Sie so wollen, die Summe aus allen Ausprägungen der Menschheit. Es ist in gewisser Weise …« Er sucht nach dem richtigen Wort. Schließlich flüstert er: »…vollkommen.«

Ben, der zu Schadeck getreten ist, stellt die Frage, die Robert nicht stellen wollte.

»Warum ist es so weiß?«

Schadeck nickt.

»Eben. Das wissen wir nicht, nicht genau. Aber es gibt eine Theorie in der Biologie, nach der die Ethnien, wie wir sie kennen, nur evolutionäre Übergangslösungen sind. Und eine weitere Theorie … die kommt allerdings aus der Physik …«

Robert wird wieder schwindelig. Er ahnt, was Schadeck sagen wird. *Alle Farben des Spektrums, durch ein Prisma geschickt, ergeben reines Weiß. Die absolute Perfektion.*

Und wenn es so ist?, denkt Robert. Wenn dieses Kind perfekt ist, dann heißt das auch, dass alle, die von ihm infiziert worden sind, diese Perfektion in sich tragen.

Böttchers Gesicht ist verzerrt, vor Schmerz und vor Wut gleichermaßen.

»Was heißt hier ›vollkommenes Wesen‹! Es ist ein Multikulti-Bastard! Ein Monstrum, das alles und nichts ist. Ein bösartiger, grotesker, kranker Scherz der Natur.«

Robert sagt: »Oder eine neue Eva.«

Das Mädchen windet sich in den Riemen. Die Augen sind geöffnet. Die Arme bewegen sich nicht, aber die Zehen zucken leicht, fast unmerklich.

»Der erste Mensch, der in der Lage ist, den Tod zu überwinden …«

Böttcher reißt die Hände vors Gesicht, ballt die Fäuste.

»Mein Gott, wie naiv! Was für eine absolute Idiotie! Den Tod besiegt? Den Tod *gebracht*! Hundertfach, tausendfach! Das müssen Sie doch einsehen, Truhs!«

»Was weiß denn dieses Kind vom Tod? Nichts! Es tut, was seine Natur ist ...«

Schadeck nickt.

»Das ist, was ich sagen möchte. Es gibt in der Evolution immer wieder unglaubliche, unerklärliche Sprünge. Mutationen, deren Ergebnis etwas ganz Neues ist. Dieses Kind ist ein Jahrmillionenereignis. Ein Wendepunkt in der Geschichte der Menschheit.«

Böttcher stöhnt auf.

»Sie sind verrückt, Schadeck. Wollen Sie mir weismachen, dass das, was da draußen geschieht, eine« – er ringt um Worte – »eine Errungenschaft ist?«

Schadeck schüttelt den Kopf. Seine Stimme ist jetzt wieder absolut nüchtern.

»Nein. Das Kind ist ein Wunder. Der Virus ist eine Nebenwirkung. Die Infizierten sind evolutionäre Ausschussware.«

Robert geht zurück zu dem Krankenbett, auf dem Sarah liegt.

Schadeck mag ein brillanter Wissenschaftler sein, aber kennt er tatsächlich den Lauf und das Wirken der Natur? Die Infizierten sind verändert, wenn sie zurückkommen. Wer weiß, als was Sarah zurückkommen wird? Vielleicht gehört sie schon der nächsten Lazarus-Generation an – unsterblich, aber ohne Durst nach Blut und Fleisch.

Sarahs rechte Hand flattert wieder und schlägt auf das Krankenbett.

Vielleicht auch nicht.

»Wie auch immer, Schadeck, mir bleibt keine andere Wahl. Ich brauche das Serum, jetzt!«

Der Wissenschaftler geht zum Kühlschrank, öffnet ihn. Er hält die Ampulle vorsichtig in seiner Hand.

»Wir dürfen das nicht tun. Wenn dieses Serum verschwendet wird, gibt es nur noch eine minimale Menge für einen zweiten potenziellen Patiententest. Es würde noch einmal mindestens zwei Wochen dauern, mithilfe des genetischen Materials des Kindes ein neues Serum herzustellen. Wir könnten nicht impfen. Und wenn wir nicht impfen, können wir den Virus nicht mehr aufhalten.«

Willst du das Mädchen retten oder die Welt?

»Ben, ich brauche eine Injektionsspritze! Die sind da auf dem Regal, in diesen Plastikboxen ...«

Robert nimmt Schadeck die Ampulle aus der Hand. Ben kommt mit der Spritze, Robert sticht die Nadel durch den Plastikverschluss und zieht die Spritze ganz auf. Die gelbliche Flüssigkeit füllt den Kolben. Die Ampulle wirft er auf den Boden.

Sie hätten Böttcher nicht aus den Augen lassen dürfen.

Und sie hätten Sarah nicht aus den Augen lassen dürfen.

Ihr Körper schnellt nach oben, gerade in dem Moment, in dem Böttcher mit dem Skalpell über ihr ist. Das Messer rutscht ab, schneidet tief in ihren Brustkorb, durch T-Shirt und Pullover, doch es kommt kein Blut mehr. Ihre rechte Hand krallt sich in Böttchers Scheitel, zieht ihn zu sich heran. Der Referent windet sich und schreit, doch niemand kommt im zu Hilfe. Die Entscheidung zwischen den Lebenden und den Toten – Robert hat sie längst getroffen.

Ein daumenbreiter, roter Strahl schießt aus der Ruine von Böttchers Nase, als Sarahs Mund aus seinem Gesicht fährt. Böttcher brüllt laut, in vollem Bewusstsein, dass er auf die andere Seite wechseln wird. Er wankt rückwärts, sackt an der Wand des Labors zusammen.

Die Spritze, die Robert Sarah in die Brust jagt, fährt butterleicht durch ihr totes Gewebe. Robert presst den Kolben nach unten.

»Stopp«, ruft Schadeck. »Nicht alles! Das ist zu viel. Nicht zu viel, Truhs, das wird sie auf jeden Fall töten!«

Wie ein Stein fällt Sarah zurück auf die Liege.

Niemand rührt sich.

Robert legt sein Ohr auf ihre Brust.

Er hört nichts.

Dann doch etwas.

Vielleicht.

Das Echo eines Rauschens. Ihr Blut, das wieder durch den Körper gepumpt wird. Ein dumpfer Ton.

Herzschlag.

»Es wirkt!«, ruft Robert Schadeck zu und lacht hysterisch. »Es wirkt! Ihr verdammtes Zeug wirkt tatsächlich, Schadeck! Hören Sie, das ist ein Puls, ihr Herz schlägt! Das ist doch der Beweis dafür, dass ihr Herz schlägt, Schadeck, oder nicht?«

Der Wissenschaftler bückt sich nach seiner Brille, die noch auf dem Boden liegt, setzt sie auf. Dann nimmt er das Stethoskop, das um seinen Hals hängt, stöpselt es sich ins Ohr, legt das flache, runde Teil auf Sarahs Bauch. Horcht.

»Nun, ich will mich nicht zu früh festlegen«, beginnt Schadeck, »aber das Medikament schlägt an, soviel ist sicher. Man muss abwarten. Ich würde sagen, mindestens vierundzwanzig Stunden.«

Also bleiben sie einfach so, wie sie sind, zu erschöpft, um irgendetwas zu tun oder zu planen: Robert, der Sarahs Gesicht streichelt. Schadeck, der sich Notizen macht. Böttcher, der auf dem Boden hockt und seinen eigenen Tod betrauert, und Ben, der ihn dabei bewacht.

Da schlägt Sarah die Augen auf, für einen Moment nur.

Schadeck nickt Robert aufmunternd zu. Mit einer Schere zerschneidet der Arzt den Pullover und untersucht die Wunden auf ihrem Körper. Mit einer Pinzette zupft er dunklen Schorf ab, es geht ganz leicht, und darunter ist helles Rot. Lebendiges Blut.

Mit schnellen, routinierten Bewegungen verbindet Schadeck Sarah, Robert hilft ihm. Anschließend holt der Wissenschaftler aus einem Schrank im hinteren Teil des Labors eine Schwesterntracht, einen weißen Kassack und Hose. Vorsichtig ziehen sie Sarah beides an. Jetzt erinnern nur noch die Brandflecken an den Händen daran, was mit Sarah geschehen ist.

»Sie können sie retten«, sagt Robert. »Und Sie können auch die anderen retten, Schadeck. Alle, die da draußen sind.«

»Vielleicht«, sagt der Professor und nimmt die Brille ab, dreht sie in den Fingern. »Die Frage ist nur, ob das so gewollt ist.«

»Gewollt?«, fragt Ben. »Sie meinen: von Gott?«

Schadeck dreht sich zu ihm um.

»Nein. Schlimmer: von den Menschen.«

Dann, wieder zu Robert: »Aber dazu brauche ich zumindest das, was noch in der Spritze ist.«

Robert sieht von Böttcher zu Schadeck. »Sie werden es nicht an ihn verschwenden, oder?«

Der Arzt schüttelt den Kopf.

Böttcher hockt noch immer am Boden, wie in Trance. Er starrt auf seine Hände. Tränen rinnen aus seinen Augen. Plötzlich krächzt eine Stimme aus dem Funkgerät, das er an seinem Gürtel trägt.

»... Helikopter-Sonderflug ec 135/T2 im Anflug auf den Hubschrauber-Landeplatz auf dem Dach der Charité, Campus Mitte, Hauptgebäude. In zwei-Punkt-dreißig Minuten bereit, den Referenten Böttcher aufzunehmen und aus der Gefahrenzone zu evakuieren. Bitte halten Sie Ihre Identifikationspapiere bereit …«

Ein Lächeln huscht über Böttchers Gesicht. Der Referent erkennt seine Chance. Er zieht eine Pappkarte aus der Tasche, hält sie in die Höhe, mit beiden Händen, bereit, sie zu zerreißen. Robert feuert und erkennt, wie dumm dieser Schuss war, als die Kugel eine nutzlose Wunde in Böttchers Brust reißt.

»Sie haben es immer noch nicht verstanden, Truhs«, presst er hervor. »Sie können einen Toten nicht einfach töten …«

Robert legt an, zielt diesmal auf den Kopf, drückt ab, doch es löst sich kein Schuss, nur ein Klicken. Das Magazin ist leer.

Ein schneller Blick zu Ben, dann zu Schadeck.

Nichts.

Böttcher kichert. Er weiß, dass er gewonnen hat.

Robert greift die Spritze mit dem Serum, streckt sie Böttcher hin, mit der anderen schnappt er nach der Identifikationskarte.

»Jeder bekommt, was er will«, sagt Böttcher, während er sich das Serum in den Hals jagt.

»Das Ende der Welt«, sagt Schadeck, nüchtern, trocken. Eine einfache Feststellung.

Einen Moment lang regt sich niemand, dann fragt Robert den Wissenschaftler: »Kommen Sie mit uns?«

»Nein. Ich denke, ich bleibe hier. Dieses unglaubliche Kind dort ist … nun, was wäre ich für ein Wissenschaftler, wenn ich es hier zurücklassen würde?«

Er stockt, sagt dann: »Und was wäre ich für ein Mensch?«

Robert weiß, dass er Schadeck nie verstehen wird. Trotzdem sagt er: »Aber Sie werden sterben.«

Schadeck betrachtet seine Brille.

»Ja. Natürlich. Wir werden alle sterben.« Er lacht. »Alle, die es überlebt haben, werden sterben. Und die anderen werden leben. Ist das nicht verrückt, Herr Truhs? Finden Sie nicht, dass das ganz und gar verrückt ist? Und können wir nicht eigentlich glücklich sein, in der Zeit zu leben, in der sich das Geschick unserer Rasse entscheidet? Ist das nicht irgendwie auch wunderbar?«

Robert gibt dem Mann in dem weißen Kittel die Hand.

»Viel Glück.«

»Ja, Herr Truhs. Ihnen auch. Und Ihrer Frau.«

Das Letzte, was Robert sieht, bevor sie das Labor in Richtung der Feuertreppe auf das Dach verlassen, ist der kahle Schädel des Wissenschaftlers, der sich über den Säugling beugt. Robert meint zu hören, dass Schadeck etwas singt, ein Kinderlied, aber er kann sich auch täuschen.

Es geht kein Wind, sogar hier nicht, zweiundzwanzig Stockwerke über der Straßenschlucht. Der Helikopter landet auf der weißen H-Markierung. Ein Pilot in Bundeswehr-Uniform winkt ihnen zu, sich zu beeilen. Robert kommt als Erster, er hält Böttchers Karte mit dem ausgestreckten Arm weit nach vorn, dahinter Ben, der Sarah stützt. Er schnallt erst sie, dann sich selbst an und sinkt in den Sitz. Den Schuss, mit dem der Pilot Böttcher erschießt, hört er im Rattern der Rotoren nicht, er sieht nur, wie Böttcher rückwärts auf den Betonboden fällt wie ein nasser Sack. Der Pilot dreht sich zu Robert um, drückt ihm einen Kopfhörer in die Hand.

»… neue Richtlinie des Innenministeriums, heute Morgen erlassen von einem Kerl namens Böttcher. Sofortige Exekution von Personen, bei denen schon äußerlich eine Infektion festgestellt werden kann. Tut mir leid, dass es Ihren Freund getroffen hat.«

»Schon gut.«

Der Pilot nickt zu Sarah herüber, die, bleich wie Kalk, mit offenem Mund an der vibrierenden Scheibe des Helikopters lehnt. Die Schwesterntracht verdeckt, was von ihren Wunden übrig geblieben ist, aber selbst durch die Spiegelbrille spürt Robert den misstrauischen Blick des Piloten.

»Was ist mit der Frau?«

»Sie ist in Ordnung«, sagt Robert, und als der Pilot mit einer Antwort zögert, zieht er Sarah an sich heran und küsst sie auf den Mund.

Lange genug, um den Mann zu überzeugen.

»Sehen Sie?«

Der Daumen des Piloten geht nach oben.

»Wohin soll ich Sie fliegen?«

»Und wenn *Sie* die Wahl hätten?«

Der Pilot dreht sich, hebt die Brille.

»Wollen Sie eine ehrliche Antwort?«

Robert sagt: »Ich bin übrigens auch nicht der, für den Sie mich halten.«

»Dann sind wir uns ja einig!«

Der Helikopter steigt auf, und der Pilot dreht ihn schräg in eine Rechtskurve. Die erste Aufforderung, sofort nach Berlin zurückzukehren, kommt in dem Moment, als sie die gigantische Baustelle jenseits des ehemaligen Flughafens Tegel überfliegen. Die Mauer ist hier, schätzt Robert, schon zwei Meter hoch. Nach der dritten Aufforderung tritt der Pilot das Funkgerät aus der Halterung.

Drei Stunden später tauchen die Umrisse der Insel aus dem Nordseenebel auf. Sarah spricht ihre ersten Worte. Robert hat keine Angst mehr vor ihr.

Epilog

Hennig von Sterb ist froh, ein vertrautes Gesicht zu sehen.

»Das ist ja eine Überraschung. Schön, dass Sie vorbeigekommen sind. Wie geht's Ihnen? Schon wieder Fuß gefasst, wie man hört. Gut so! Bei mir läuft's auch wieder rund. Kann im Großen und Ganzen nicht klagen, wirklich nicht. Sie auch nicht? Perfekt! Habe ich immer gewusst, dass wir beide aus demselben Holz geschnitzt sind.«

Er beugt sich über seinen Schreibtisch und drückt auf die Ruftaste einer Gegensprechanlage.

»Beatrice, könnten Sie so freundlich sein und für mich und meinen Gast unten bei Pierre Lacheau eine klitzekleine Gänsestopfleber und ein Baguette und etwas von dieser Trüffelbutter organisieren? Dazu ein Fläschchen von dem Merlot, den ich so gerne trinke? Ja? Herrlich! Merci, meine Liebe.«

Dann, zu seinem Besucher: »Und, wie sind Sie rausgekommen? Erzählen Sie! Muss doch fast unmöglich gewesen sein, zwei Wochen nach der Abriegelung. Stand da schon die Blockade? Ja? Die ganze Stadt schon dicht. Respekt!«

Er schürzt die Lippen, nickt. Nimmt gedankenverloren ein kleines Stück Beton in die Hand, bunt bemalt, das ihm als Briefbeschwerer dient, und dreht es zwischen den Fingern.

»Eine Sache muss für uns immer klar sein, immer. Natürlich sind wir Berliner. Unsere Heimatstadt, die werden wir nie vergessen. Aber natürlich sind wir auch deutsche Patrioten. Ich liebe Berlin, und ich liebe Deutschland.«

Sterb legt das Betonstück zurück auf den Schreibtisch, schiebt es mit der rechten Hand zur Seite, greift einen Kugelschreiber.

»Aber ich bin auch, und zwar vor allem, Europäer. Ein stolzer Bürger Europas. Und als solcher habe ich, oder darf ich sagen, haben wir die Pflicht, die Interessen Europas über die unseres Heimatlandes zu stellen. Europa muss beschützt werden, das hat Priorität. Auch vor Deutschland. Auch wenn das dort nicht jeder einsehen möchte, vor allem nicht in Bonn. Wissen Sie, dass es seit letzter Woche vier dokumentierte Fälle von Lazarus außerhalb der Blockadeeinrichtungen gegeben hat?«

Mit einem Ächzen wuchtet sich der ehemalige Senator aus dem Ledersessel, geht zu einer Karte. Sie zeigt Berlin. Die Stadtgrenze ist mit einer rot schraffierten Linie markiert.

»Ich sage Ihnen, was wir falsch gemacht haben, und ich sage das nicht gern, weil ich doch Berliner bin und viel für die Stadt getan habe. Und die Stadt für mich. Aber man hätte die Stadt viel früher isolieren müssen. Solche Entscheidungen kann man nicht als Optimist treffen, sondern nur als Pessimist. Aber das ging ja nicht mit dem Mädchen, das da jetzt in Bonn sitzt und gar nicht mitbekommen hat, wie schlimm es in Berlin wirklich war. Und warum? Weil sie nicht da war, als es zu Ende ging. Oder vielleicht, weil die Gute es nicht einsehen wollte?«

Er setzt sich wieder.

»Aber hier bei uns, da wird mit klarem Blick entschieden und dann auch gehandelt. Wir vertreten nicht ein einzelnes Land, sondern siebenundzwanzig Staaten. Hier haben Nationalinteressen nichts verloren. Wir schützen die Menschen Europas. Und wir sind gewappnet. Für den Ernstfall. Sie fragen jetzt vielleicht, wann er eintritt, dieser Ernstfall. Und ich sage Ihnen: Er ist schon eingetreten.«

Einen Moment lang schweigt er, wie um seinen Worten das nötige Gewicht zu geben. Die wasserblauen Augen fixieren den Besucher.

»Unsere Aufgabe ist jetzt in erster Linie, die Ausbreitung von Lazarus über die Staatsgrenzen der Bundesrepublik Deutschland zu verhindern. Und das nehme ich sehr ernst. Als Deutscher und, ja, natürlich als Berliner. Aus einer tiefen Verantwortung heraus für das, was dort geschehen ist.«

Vom rechten Rand des gewaltigen Schreibtisches zieht Sterb eine Papprolle heran, fegt das, was auf der Tischplatte liegt, zur Seite, pult eine Karte aus der Rolle und streicht sie glatt.

»3757 Kilometer. Von Kiel bis Kiel. Kein Pappenstiel. Die größte logistische Herausforderung, die es jemals in unserer Geschichte gegeben hat, denke ich. Allein das Material heranzuschaffen, die Maschinen, die Leute. Und wir sind unter Zeitdruck. Ich rede nicht von Jahren oder Monaten, sondern von Wochen, sonst gerät so ein Projekt außer Kontrolle. Mit Milliarden rechnen wir schon gar nicht mehr, sondern mit Billionen.«

Sterb nickt, wie um sich selbst zu bestätigen, was er gerade gesagt hat.

»Aber das hat natürlich auch positive Seiten, das darf man nicht außer Acht lassen, das ist ein gewaltiger Wirtschaftsmotor für unsere europäischen Nachbarn. So viel Geld, das investiert wird, öffentliches Geld. Aufträge werden an Firmen vergeben, die Großen werden stärker und die Kleinen groß. Davon profitieren am Ende alle. Nun gut, fast alle. Aber ich übertreibe nicht, wenn ich behaupte, dass das hier das Ende der europäischen Wirtschaftskrise ist. Und zwar auf lange Sicht! Nachhaltig!«

Sterb klopft auf die Karte. Er wirkt jetzt zuversichtlich, ein Lächeln spielt um seinen Mund.

»Und dann, wenn wir eines schönen Tages diese Mauer nicht mehr brauchen, dann startet da drin das größte Aufbau-Programm aller Zeiten! Dann fangen wir Deutschen, wir, die das überstanden und gemeistert haben, noch einmal ganz von vorne an! Das ist auch eine historische Chance! Wissen Sie was? Wissen Sie, woran mich das hier erinnert?«

Sein Besucher weiß es natürlich, aber er möchte Sterb die Pointe nicht verderben. Also lacht er höflich und hofft, dass bald Beatrice mit dem Rotwein kommt, damit er sich endlich betrinken kann.

DANKE

Natürlich Julia für die große Geduld. Tim Müller für seine lässige Beharrlichkeit, Heiko Arntz für die Akribie, beiden für ihr Eintauchen in die Welt, die erst meine war und dann unsere wurde. Michael Meller für sein Vertrauen.

Kai Meyer für 30 Jahre Fernbeziehung. Benjamin von Stuckrad-Barre, Walter Mayer und Sebastian Zabel für ihre Freundschaft, die sogar die Angst vor den Untoten überwand.

Mathias Döpfner für weit mehr als 100 Minuten.

Michael Pagel für den freien Rücken.

Die Bands, ohne deren Musik ich nicht schreiben würde: vor allen IQ, King Crimson, Genesis, VDGG, Marillion.

Gute Besserung, Tim Smith!

Nachwort

Von Kai Meyer

Zombies, also. Und Politik. Und … Berlin?
Aber der Reihe nach.

Zombiegeschichten haben schon früh das politische Geschehen gespiegelt. 1968 geschah das per Zufall. Als George A. Romero in *Night of the Living Dead* erstmals die fleischfressenden Untoten aus ihren Gräbern steigen ließ, dachte er nicht an politische Allegorien. Nicht an Vietnam, nicht an die Ermordung Martin Luther Kings. Kritiker und Zuschauer haben ein Nachglühen beider Ereignisse im Film ausgemacht, doch Romero selbst erklärte später, dass es ihm darum gar nicht gegangen sei. Rebellion und Aufruhr hätten in den Sechzigern in der Luft gelegen, das merke man dem Film eben an; aber Absicht sei das nicht gewesen. Und doch bedeutete Romeros erster Zombiefilm den Startschuss für eine Bewegung, die *Harper's Magazine* »New Horror« taufte – in Anlehnung an die Bewegung des New Hollywood, das zur selben Zeit mit Filmen wie *Easy Rider* und *Bonnie and Clyde* das traditionelle Erzählen der Traumfabrik infrage stellte.

Ein Jahrzehnt später ließ Romero seine Zombies ein zweites Mal auf ein entsetztes Amerika los. In *Dawn of the Dead* strömen die Toten durch die Gänge einer Shopping Mall und setzen sich, einmal auch ganz buchstäblich, den Hut des kaufberauschten Kapitalisten auf. Die Aussage des Films ist diesmal nicht nur Absicht, sondern Provokation: Romero stellte die Shopperscharen im Kaufhaus als hirntote Konsummaschinen dar, die sich ein Happy Meal aus Eingeweiden zwischen die Zähne schieben. Die Aussage war maßgeschneidert für die Ära der boomenden Einkaufszentren. Die Kritiker mussten nicht mehr nach My Lai und Memphis blicken, sondern nur bis zum McDonald's nebenan – dort sah man alles, was zum Verständnis von Romeros Sozialsatire nötig war.

Zwischen diesen beiden Filmen lagen rund zehn Jahre, in denen der New Horror mit seinen politischen und gesellschaftlichen Subtexten explodierte. Für *The Hills Have Eyes* holte Wes Craven die Wilden aus den fernen Dschungeln in die Mitte der USA und degradierte die Idealfamilie des amerikanischen Traums zu Frischfleisch. Ähnlich ging Tobe Hooper in *Texas Chainsaw Massacre* zu Werke und illustrierte den Hass des konservativen Südens auf die Hippiebewegung, indem er ein paar langhaarige VW-Bus-Vagabunden von einer Sippe Hinterwäldler zu Sülze verarbeiten ließ.

John Carpenter beschwor den Untergang der Metropolen in Gewalt und Chaos herauf und machte die Gangs zu den wahren Herrschern der Großstädte: In *Assault on Precinct 13* belagern gesichtslose Horden eine Polizeistation am Rand eines urbanen Ödlands. Später, in *Escape from New York*, erklärte Carpenter gleich ganz Manhattan zum Hoheitsgebiet eines Mobs, dem auch die Armee keinen Einhalt gebieten kann.

Neben Romero, Craven, Hooper und Carpenter gab es zahlreiche weitere Filmemacher, die das Horrorgenre nutzten, um den althergebrachten Werten den Krieg zu erklären. Sie reflektierten den moralischen Bankrott der Gesellschaft in preiswerten Splatterdramen, und den meisten dieser Regisseure tat es nicht gut, wenn sie später in die Erstliga der Studios aufstiegen. Viele erlagen in den Achtzigern den Lockungen der Hollywood-Dollars und inszenierten sinnfreies Popcornkino für eine neue Generation von Multiplex-Zombies. Jene, die zweigleisig fahren wollten – Carpenter und Romero –, verwies man bald wieder in die hintere Reihe. Dort besannen sie sich ihrer Wurzeln, mit wenig Geld und noch weniger Erfolg, und produzierten finanzielle Flops wie *They Live* und *Bruiser*. Amerika ging es an der Oberfläche blendend, unmoralisch und arm waren jetzt nur die anderen.

Horror und seine Ambitionen vertragen sich weder mit großen Budgets noch mit einer satten Gesellschaft. Das Genre ist am spannendsten, wenn es Blut unter den abgefressenen Nägeln hat und nach zerrissenen Körpern riecht. Horror ist im besten Sinne selbst ein Zombie, nicht totzukriegen vor allem in Zeiten, in denen es dem Publikum dreckig geht, wenn Existenzängste ganze Nationen aus den Angeln heben und Aktionismus die Nachrichten beherrscht.

Und deshalb kommt *Berlin Requiem* genau zum richtigen Zeitpunkt. Und vom richtigen Autor.

Peter Huth ist Chefredakteur der *BZ*, Berlins größter Zeitung, und er kennt die Stadt so gut wie die deutsche Politik. Krisen und Absurditäten der Regierung spielen sich vor seinem Bürofenster ab, manchmal vor seinem Schreibtisch. Was nur heißen soll: Er weiß, wovon er schreibt.

Aber Journalisten gibt es viele und mit Faktenwissen ist es nicht getan. Erwähnen wir also nur am Rande – was hiermit erledigt ist – die groteske Affäre Sarrazin, die der Roman kommentiert, und reden lieber wieder vom Marsch der hungrigen Toten auf die Hauptstadt. Wenn Autoren sich eines Genres lediglich bedienen, es jedoch nicht lieben, dann führt das oft zu steriler Opportunistenliteratur. Peter Huth hingegen kennt sich aus, er hat seine Horror-Hausaufgaben schon vor Jahren gemacht. Ich weiß das, weil ich dabei war.

Mit vierzehn wurden wir Freunde, mit achtzehn Verbrecher.

Weil wir uns nicht die zensierten Fassungen der meisten Genrefilme anschauen wollten und viele Klassiker auf dem Index standen, fuhren wir gemeinsam ins gelobte Holland, wo alles erlaubt, alles ungeschnitten war. Mit zwei Videorekordern und dem berüchtigten »Überspielkabel« bastelten wir im Ferienhaus eine Bibliothek aus Splatterstreifen und schmuggelten sie zum halb legalen Privatgebrauch in die Heimat von Helmut Kohl und Bundesprüfstelle. Nächtelang diskutierten wir Kettensägenmassaker und Augäpfel am Stiel, lobpreisten italienische Zombiefilme und erinnerten uns kritisch an Horrorheftchen, die wir kaum drei Jahre zuvor während der gemeinsamen Schulferien ausgetauscht hatten. Andere Männerfreundschaften entstehen bei Sport und Motorenlärm, unsere vor blutroten Mattscheiben.

Das wäre kein Grund, *Berlin Requiem* für einen wichtigen Roman zu halten. Horror kann manch einer, und Satire ist via Comedy zum Volkssport geworden. Dieses Buch will eine Menge, und das meiste gelingt ihm mit erschreckender Leichtigkeit. Es stellt bloß, ohne den Zeigefinger zu heben, und es ist brachial in seiner Rasanz. Vor großen Themen hat es so wenig Angst wie vor Trivialität, und dieser Balanceakt hebt es aus dem Morast des Massenphänomens, zu dem das Subgenre der Zombiegeschichte in den letzten Jahren geworden ist.

Nicht erst seit *The Walking Dead* den opulenten Untotenschmuddel mit reaktionärem Gedankengut einfärbt, sind die Zombies im Mainstream angekommen. Peter Huths Roman ist ganz anders und um Welten besser. Er steht selbstbewusst in der Tradition eines New Horror, den es in Deutschland nie gab. Wir hatten gotischen Schauer und die Exploitation der Sechziger, hatten Heftroman und Gruselhörspiel, aber dem allen fehlte der Biss. *Berlin Requiem* hingegen ist so bissig wie

Sie-wissen-schon, und wenn seine Zombies sich durch die Straßen der Hauptstadt fressen, dann denkt man in doppelter Hinsicht: Das wurde auch mal Zeit!

Mai 2013

Kai Meyer hat über fünfzig Romane veröffentlicht, einige im Horrorgenre. Zuvor schwänzte er nachmittagelang seinen Zivildienst, um für Kinomagazine über Splatterfilme zu schreiben. Seinen ersten Artikel verkaufte er mit siebzehn – ein Porträt des Regisseurs George A. Romero.